明治文芸館 I

上田 博・瀧本和成 編

新文学の機運　福澤諭吉と近代文学

嵯峨野書院

『明治文芸館』（全五巻）刊行にあたって

明治維新から一三一年、明治天皇の死から八七年、今世紀もいよいよ最後になる。この間、現代の我国の社会・人心にはさまざまな深刻な問題が頻出し、その解決の糸口も我々の前に明らかではない。現況を考えるに、今一番重要なことは、近代の国家・社会の基礎を建設した〈明治〉に今一度立ち帰ることである。明治に生きた人々は国家・社会のどのような課題に取り組み、どのように解決してきたか。文学はどのような役割を果たしてきたか。こうした人間と国家・社会の基本的な問題から、現代の我々が学ぶべきことは数多くあるはずである。たえず〈新〉を求めて浮き足立つ現代こそ、以上の問題意識が求められなければならないのではないか。

本書の企画を〈明治文学（芸）〉ではなく、〈明治文芸館〉としたのは、明治文学が発生し、発展し、展開した時代社会を〈明治空間〉として把握し、その中で文学を読んでいこうと企てたことによる。

以上のような企画の性質ゆえに、この企画は主に若い世代の人達によって進められる。いろいろな錯誤は避けがたいが、趣意に協賛される先学の方々によって援助されることを心よりお願いしたい。

一九九九年八月

編者を代表して　上田　博

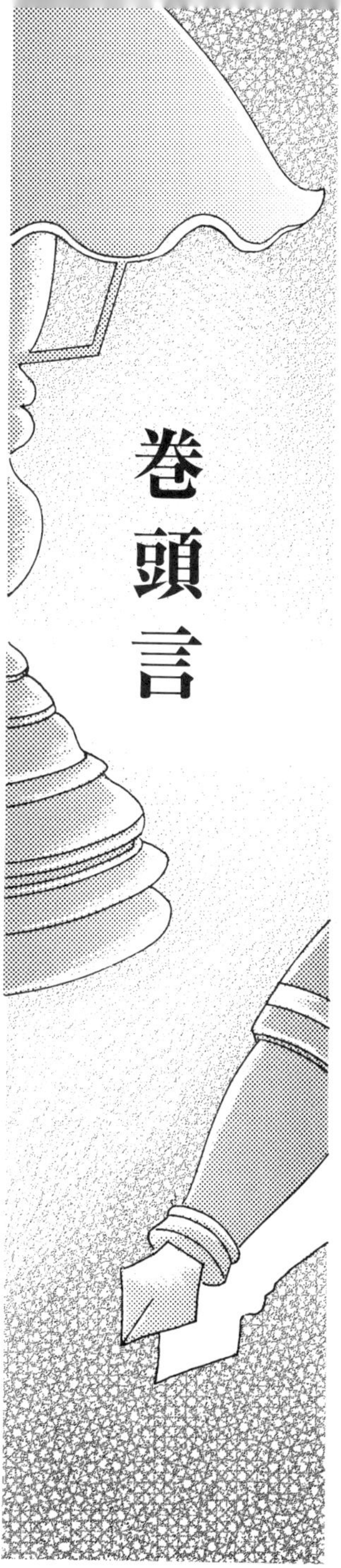

巻頭言

福澤諭吉の発想――「開知」から「学問」へ、「任意」から「自由」へ――

桑原三郎

福澤諭吉が遣欧使節の反訳方[1]（飜訳方）としてヨーロッパ諸国[2]（フランス、イギリス、オランダ、プロシャ、ロシア、ポルトガル）を巡《めぐ》ったのは、文久二（一八六二）年のことで、福澤は二七歳でした。

帰国した福澤諭吉は、早速一ヵ年の旅の印象を「唐人往来」という題名の文章に綴りました。文久三年でしょう。この「唐人往来」は印刷されませんでしたが、福澤の手許にあって、明治三〇（一八九七）年一二月出版の『福澤全集緒言』[3]に、全文が載っていますから、今日容易に読むことが出来ます。

「唐人往来」には、福澤諭吉らしい広い視野と深い洞察力が溢れておりまして、まる一年に近いヨーロッパ旅行で、福澤が実感した事柄が集約されています。その一つは人が平等であることと、もう一つはサイエンスの大事なことでした。

「唐人往来」に、福澤は「世界中の人数を十億人とし、其内《そのうち》日本人の数凡《およそ》三千万程あり」と記しました。つまり、百のうち九七人が外国人で、三人が日本人なのだと書いているのです。そして、人間は皆平等なのに、たった三人だけが外国人を嫌い、日本は神国だなどと己惚《うぬぼ》れているのは、大間違いだと指摘しました。そして、日本がこれから努《つと》めねばならないことは、世界普通の道理（サイエンス）を学び、西洋の文明を取入れて、光り耀《かがや》く大日本国としなければならない、と述べているのです。この考えは、その後の福澤諭吉の言動の根本となっていました。西洋文明国のあり方を思う時、日本人が日本国を立派にしたいと思う気持はいよいよ深くなるばかりだ、というのです。

人間の自由平等は、福澤諭吉が少年時代から探知してきたことでした。一二、三歳だった諭吉は殿様の名の書いてある紙を踏んで、兄に叱られました。(4) 紙を踏んで悪いのなら、神様の名の書いてあるお札を踏んだら罰《ばち》が当るのかなと思って踏んでみるが、別に何ともなかった。そこで、次に稲荷様の社《やしろ》の中の石を取り出して捨て、別の石を入れたりしました。そうすると間もなく初午《はつうま》になって、皆が幟《のぼり》を立てて諭吉の入れた石を拝んでいる。神罰冥罰などを、諭吉は自分の実感でもって信じなくなったのでした。

適塾(5)の塾生時代、諭吉は毎朝湯屋に行って、八文《もん》の銭を払い、丸裸《まるはだか》で湯につかったが、武士も町人も丸裸になれば、皆同じ人間であることを実感しました。つまり、福澤諭吉は、人間が皆平等であることを、少青年時代から実感してきたのです。

そして、ヨーロッパで一年を過ごしながら、更《あらた》めて、諭吉は、人間の平等自由を確信したのであります。

慶應二（一八六六）年二月、三一歳の福澤諭吉は「或云随筆」(6)を草しました。その中に、人は旅行して初めて自分の生国を他国と比較することが出来るし、自分の国の好さと未熟さを知ることも出来る。日本人がヨーロッパを旅して、日本をヨーロッパの文明国と比べてみて、日本が西欧文明諸国に劣らない独立国になってほしい、と願うのは自然の感情だと記しています。そして、そのためには文字を知り言葉を覚え、儒学などでない、物の理（サイエンス）を学ぶのが望ましい、と述べているのです。「或云随筆」の中で、諭吉は「文学」という言葉を使っていますが、この「文学」は、今日の言葉でいえば「学問」に当たります。

慶應四年七月、諭吉は「中元祝酒之記[7]」という短い文章を書いていますが、この中に「修身開知の道を楽《たのし》み」と記しています。開知は「智識を開くこと」で、西洋流の合理的な学問をみがくことに外なりません。翌明治二年にも「修徳開知倹約[8]」の大事に言及しています。また、明治三年にも「修徳開知[9]」という言葉を何度か使っています。学問という言葉が、儒学として理解されるのを嫌って、開知という言葉を使ったのでしょう。

慶應二年から四年後の明治三（一八七〇）年一一月、三五歳の福澤諭吉は、「中津留別の書」を執筆しました。この中に、「人間の天性に自主自由といふ道あり。一口に自由といへば我儘のよふに聞《きこゆ》れども決して然らず。自由とは他人の妨を為さずして我心のまゝに事を行ふの義なり[10]」とあります。

文久二年のヨーロッパ旅行中、諭吉は手持ちの手帖にVriyというオランダ語を記しました[11]。当初はVriyに「意を任す」という日本語を当てていたのですが、慶應二年一二月に刊行された『西洋事情初編[12]』では「自主任意」という言葉とともに、「他人の自由を妨げずして」と、自由という言葉を使用しております。

「中津留別の書」で注目すべきなのは「一身独立して一家独立し、一家独立して一国独立し、一国独立して天下も独立すべし[13]」と記していることです。これは福澤が一貫して、日本人の目標としたことであります。「独立不羈」、「不羈独立[14]」は、「西洋事情初編」巻之二に出て来ます。アメリカ合衆国の独立について書いた文章の中に登場するのですが、福澤の大好きな言葉でありました。

そして、そういう独立不羈の日本を造るためには、従来の皇学漢学などの教育を廃止することが必要だと、福澤は痛感しておりました。「中津留別の書[15]」で福澤は教育の重要を説いていますが、教育の大前提として、子供を教育する父母や教師の行状の正しいことを挙げていました。続いて皇漢学を捨て、専ら洋学を学ばせて世界の事情に通じさせ、内には智徳を修めて独立自由を逞《たくまし》くし、外には公法を守って一国の独立を輝かせて、初めて真の大日本国となることが出来るのだと記しています。

先覚者福澤諭吉を生んだ日本の幸運を思う次第です。

注

（1）富田正文校注『福翁自伝』（慶應通信株式会社　平6・5）一二四頁
（2）同右　一二三頁
（3）『福澤諭吉全集』第一巻（岩波書店　昭44・10）一〇～一二四頁
（4）注（1）に同じ　一九、二〇頁
（5）『福澤諭吉全集』第一一巻（岩波書店　昭45・8）三七五頁
（6）『福澤諭吉全集』第二〇巻（岩波書店　昭46・5）一三頁
（7）『福澤諭吉全集』第一九巻（岩波書店　昭46・4）三七〇頁
（8）『福澤諭吉全集』第一七巻（岩波書店　昭46・2）七〇頁
（9）注（6）に同じ　三七、五三頁
（10）同右　四九頁
（11）注（7）に同じ　一二七頁
（12）注（3）に同じ　二九〇頁
（13）注（6）に同じ　五〇頁
（14）注（3）に同じ　三二三、三二六頁
（15）注（6）に同じ　五一、五二頁

目次

資料篇……115

文学年表（明治元〜二〇年）……❶

装幀　伊藤典文

論叢

福澤諭吉と近代文学

平岡敏夫

武士の文学の系譜

近代文学に先立つ近世文学においては、「文学」は二つに分裂していた。すなわち武士の文学と町人の文学、あるいは上の文学と下の文学。前者は儒学を中心とする修身斉家治国平天下の実用の文学、後者は戯作とよばれた快楽追求の小説である。人間のありかたや家、国の治めかたをつねに念頭に置き、天下の情勢をも視野に収めようとする武士の文学の系譜に福澤諭吉がつながることは疑いない(1)。

一八三五(天保5)年、豊前国(現在の大分県)中津藩の下級武士の家に生まれ、一九〇一(明34)年に没した福澤諭吉が、武士・士族を重視したことは、「分権論」(明10)においても明らかであるが、「徳川政府の初より嘉永年間に至るまで、国事に関する者は必ず士族以上の人種に限り、農工商の三民は唯其指揮を仰て僅かに其身体を養ふに過ぎず。或は町人百姓の内にも字を学び文を弄て心を楽しましむる者なきに非ざれども、政治の一段に至ては挙《あげ》て之を士族に任し、遙に下界に居て上流の挙動を仰ぎ見るのみ。」とあるのは、そのまま武士の文学と町人の文学を語っている。明治初年の大ベストセラーであり、最大の啓蒙を果たし、陰に陽にその後の近代文学を創出するに力あったと考えられる『学問のすゝめ』を見てみよう。

学問とは、唯むづかしき字を知り、解し難き古文を読み、和歌を楽み、詩を作るなど、世上に実のなき文学を云ふにあらず。これ等の文学も自から人の心を悦《よろこ》ばしめ随分調法なるものなれども、古来世間の儒学者和学者などの申すやうさまであがめ貴むべきものにあらず。古来漢学者に世帯持の上手《じやうず》なる者も少く、和歌をよくして商売に巧者なる町人も稀なり。これがため心ある町人百姓は、其子の学問に出精するを見て、やがて身代を持崩すならんとて親心に心配する者あり。無理からぬことなり。畢竟《ひつきやう》其学問の実に遠くして日用の間に合はぬ証拠なり。されば今斯《かか》る実なき学問は先づ次にし、専ら勤むべきは人間普通日用に近き実学なり。

（『学問のすゝめ』初編）

先に武士の文学、すなわち儒学を中心とする修身斉家治国平天下、実用の文学と言ったが、右の引用では世間の儒学者、漢学者は「実のなき文学」に関わる者として和学者ともども批判されている。新しい時代に入って、現実の修身斉家治国平天下のアクティブな理想もない、ただ教養や趣味としての「実なき学問」、「実のなき文学」は否定されているのである。福澤の言う「人間普通日用に近き実学」は、以下、いろは四七字、手紙、帳《ちよう》合《あい》の仕方、算盤《そろばん》、天秤の取り扱い等をはじめ、地理学、究理学、歴史学、経済学、修身学等が列挙され、たとえば「一身一家の世帯より天下の世帯を説きたるもの」（経済学）、「身の行を修め人に交り此世を渡るべき天然の道理を述たるもの」（修身学）等とあるように、かつての儒学を中心とした修身斉家治国平天下の理想が西洋の学問を取り込むことで新たに息づいていると言ってよい。

是等の学問をするに、何《いづ》れも西洋の翻訳書を取調べ、大抵の事は日本の仮名にて用を便じ、或は年少にして文才ある者へは横文字をも読ませ、一科一学も実事を押へ、其事に就き其物に従ひ、近く物事の道理を求て今日の用を達すべきなり。右は人間普通の実学にて、人たる者は貴賤上下の区別なく皆悉くたしなむべき心得なれば、此心得ありて後に士農工商各其分を尽し銘々の家業を営み、身も独立し家も独立し天下国家も独立すべきなり。

（『学問のすゝめ』初編）

一身独立＝国家独立は福澤がくり返し説いている理想であるが、「身も独立し家も独立し天下国家も独立すべきなり」は、そのまま「身を修め家を斉《ととの》え、国を治め、天下を平《たひら》かにする」の理想を〈独立〉の言葉で新しく生かしたものと考えることができる。

一身一家一国天下に役立つ「人間普通の実学」こそ武士の文学を受けつぐ、広い意味での「文学」であった。これはまさしく「実用」である。福澤は「文学」ということばをこの面では用いず、「文学」は「実のなき文学」としてのみあらわれる。だが、一方その「文学」は「自から人の心を悦ばしめ随分調法なるもの」とその「快楽」性は認められており、「随分調法」とあるところ、その「実用」性も認めているわけだが、それゆえにこそ、福澤としてはこの類のものとしては唯一の著作とされる『かたわ娘』（明5）を書くに至ったのである。

『かたわ娘』の啓蒙と小説性

ある富家に女の子が生まれたが、顔かたちは申し分ない子であるのに、眉毛が出来ず、生えてくる歯は真黒であった。「親は代々たどん商売、くろいたどんを高く売りしろい飯を食ひし報《むくい》か、さなくばこゝに又説あり、あの親達はかねもちなれども、近処の人が借金の断りに行きしとき、いつもふくれつらして白い歯を見せたることなき其因果にて、黒い歯の娘を生みしならんなどゝて、でほうだいに嘲り笑ふもあり。」といった戯作めいた語り口は、世情にも通じた福澤のかくれた才能を見るようにさえ思われる。

また、

洋学先生の説に、眉毛の麗はしくして歯の白きは、婦人の面色を飾るため造物主の特に意を用ひしものなり、殊に眉毛は面の飾のみならず、光線の過劇を防ぐための要具なり、人に眉毛なきときは太陽の光線を上より直《ちき》に目に受け、眼病の原因となること多し、故に世界中に、熱帯諸国、日光の劇しき土地の人は眉毛濃く、寒帯に近き地の住人は眉毛薄し、かくまで造物主の深き趣意ある眉毛なるに、生れながら其痕跡《あとかた》もなきとは天に見放されたる罪人といふべしと。

といったところは福澤の新知識を生かして、戯作ながら説得性がある。親たちはこのような説を聞くにつけても一段とかなしみ、玉とも花ともたとえようのないひとり娘、はや年頃となったのにこれでは縁談の出来るはずもなく、医者を頼み神仏を祈り、この娘の歯を白くし眉毛をはやす法あらば身代も命もかけてと手を尽くしたけれども、効果はなかった。

かくて年月を経るに従ひ、不思議なるかな、世上にて此かたわ娘の評判次第にうすらぎ、二十歳《はたち》ばかりの年に至りしかば、近処にても全く忘れたるが如く、一人《いちにん》として噂する者もなきゆゑ、両親も心の中に悦び、然るべき聟《むこ》を求てこれに家を譲り、其身は隠居しけるに、彼のかたわ娘なる者、今は中分なき一家の細君となり、年来の心配も消て跡なかりしとぞ。

なぜこのような結果になったのだろうか。まだ読者は福澤の啓蒙の意図には気づかない。それは『学問のすゝめ』のような直接に読者に対して主張し、説き聞かすという方法を取らず、一つのふしぎな物語として語るという姿勢をここまで通してきたからである。

福澤はこのあと、この娘が申し分のない一家の細君と見られるようになった原因としての日本国の細君の慣習をふまえつつ、直言し、戯作的な物語から事実の指摘へと移る。

嗚呼このむすめは、不幸にして幸《さいはひ》を得たるものといふべし。外国にて斯る不具に生れつきなば、生涯身の片付も出来ぬ筈なるに、幸にして日本国に生れ、同類のかたわ多ければこそ、人なみに一家の細君とも なりしことなれ。此婦人不具なりといへども、既に人の妻となる上は、その娘の時の由来を知るものこそこれを不具なりといはん。知らずしてこれを見れば、隣の細君が眉をはらひおはぐろをつけたる風に少しも異なるなし。唯となりの細君は剃刀《かみそり》を以て眉の毛をそり、ふしの粉を用ひておはぐろをつけ、銭を費し手間をかけ、まんぞくなる顔に疵を付て漸くかたわになりたると、此娘は生れつきあつらへのかたわづらにて、剃刀を用ひずおはぐろを求めず、やす〳〵と世間のかたわに仲間入して、銭も手間も費さゞりしとの相違あるのみ。

読者はここにおいて結婚後の女性が眉を剃り、お歯黒をつけて歯を黒くするという慣習を〈寓言〉の方法によって批判していることをさとるわけだが、この日本の妻の慣習を当然として何の疑いもなく受け入れていた当時の人たちのすべてにとって納得できるというものでもなかったらしい。それを知ってか、福澤は結びに語気強く啓蒙家としての主張を表に出している。

実に不思議なるは世間の婦人なり。髪を飾り衣裳を装ひ、甚だしきは借着までしてみゑを作りながら、天然に具はりたる飾をば、をしげもなく打捨《うちすて》て、かたわ者の真似をするとは、あまりに勘弁なきことならずや。まして身体髪膚は天に受けたるものなり。慢りにこれに疵付るは天の罪人《ざいにん》ともいふべきなり。

「身体髪膚これを父母に受く、敢て毀傷せざるは孝の始なり」（『孝経』）をふまえつつ、「父母に受く」ではなく「天に受く」としている。「天は人の上に人を造らず人の下に人を造らずと云へり」という『学問のすゝめ』の冒頭にあり、天賦人権論へとつづく、父母や君主や国家を超えた「天」、ここにも儒教を新しく読みかえた福澤の、武士の文学の系譜をつぐ「文学」がうかがわれるわけだが、かつて次のように述べたことがある。

アレゴリイ（寓言）であるにせよ、福澤は自立した作品世界として『かたわ娘』をとどめておくことができない。あえて右のごとき批判をつけ加えねばならぬところに、彼の強烈な啓蒙思想をよみとることができる。いいかえれば、福澤の啓蒙思想は自立した作品世界をはみ出るものであったのであり、逆に言えば、

「文学」意識を直接的に吐露せねばならぬほどに、『かたわ娘』の小説世界は貧困であったということである。啓蒙と戯作、すなわち「文学」と「小説」は、このようなかたちで結びつこうとしていたと言えるだろう。(2)『かたわ娘』の小説世界は貧困と書いたことに今少しふれておくなら、戯作めいた語り口ながら福澤の文章には読者を引きつける力があるけれども、漢戯文で書かれた成島柳北『柳橋新誌』（明7）は、事件・事実をただ提示するだけで、十分、世相・社会の諷刺・批判となっていることに比べて、『かたわ娘』は直接啓蒙の言辞を結びに置かざるをえなかったということである。

京都の公卿たちのなかには今なお鉄漿《おはぐろ》をつけている者がいると聞いた福澤は、「王政維新すでに四五年を経過して貴上貴顕の因循之弱、唯驚くの外なし数百年来京都の公卿輩が国中に重きを為し得さりしも偶然に非ず実に気の毒なる次第なれば今これを文明に導て活発男児たらしめんとするには先づ其外形よりして兎も角も婦人やうの鉄漿を廃せしむるこそ至急なれと思ひ、執筆起草して之を議論せん」とし、公卿が婦人の真似をするはおかしいが、その婦人が白い歯を黒くそめること自体がおかしいと考え、婦人が陋習を脱するときは公卿も改めるだろう、一挙両善になると考え、「最前の文案を改め単に婦人に向て鉄漿の利害を説かん」とした、と語っている。「鉄漿否定論」という論文を書いてもよかったはずだが、「単に婦人に向て」という姿勢がこのような小説（戯作）の方法を取らせたと言ってよい。福澤の生涯中、ただ一度の試みであるが、「これ等の文学も自から人の心を悦ばしめ随分調法なるもの」であることを認めているがゆえであった。「小説というものが大多数の婦人をとらえる力をもっていることを福澤は認め、『実用』の見地から、その『快楽』性を利用したわけである(3)」と書いたゆえんである。

福澤が『かたわ娘』の前にも後にも小説を書かず、小説家にならなかったのは、本来下の文学（小説＝戯作）を「実のない文学」として評価してこなかった武士の文学の系譜にあり、その「文学」を新しい時代と学問により発展させようとつとめた啓蒙思想の圧倒的な比重による。『かたわ娘』への反論を『当世利口女《とうせいりこうおんな》』（明6）という戯作で示した万亭応賀《まんていおうが》も常陸国（現在の茨城県）下妻藩士で、『釈迦八相倭文庫《しゃかはっそうやまとぶんこ》』の著者としても知られているが、ある人妻の一人称体小説の形式は貫いている。「童《わらは》は日本の泰平の御代に生《うまれ》て物読書《ものよみかき》のすべさへしらぬ身で某の妻となりて眉を剃《そり》歯を染しが此頃珎《めづ》らしきことを見聞せしなかに。女の眉毛をそると歯を染るを。ものに譬《たとへ》て戒《いましめ》し冊子を見しが。たらわぬ身にて他の是非をいふはおこなれども愛国の為またその戒にあふ身ゆへいふことあり。」と書き出され、国々で風俗は異なるはずであり、「日本《わがくに》の妻室は古より眉を刺歯を染るは私ごとにあらず国の風俗に定りて……」、「皺がれたる顔へ眉をおき三ツわくむ老を白歯にすればとて化物と見る者あるともいかで美人と見るものあらんや」と反論する。万亭応賀のこうした反論的発想も「愛国の為」ともあるように、武士の文学の系譜につながっているが、町人の文学としての戯作、福澤の批判対象たる人妻の一人称として書くところ、『かたわ娘』と同じ位相にあると言ってよかろう。

武士の文学と町人の文学の分裂から一つの文学としての統一へ、啓蒙と戯作の結合、近代文学へという筋道から言えば、『かたわ娘』も『当世利口女』もその筋道の途上の産物であるが、『かたわ娘』は戯作の枠内から飛び出さざるをえないほど、啓蒙の比重が重く、武士・士族の使命の自覚が大きいのである。

「文学会員に告ぐ」の「文学」

『福澤諭吉全集』全二一巻（岩波書店　昭33～39）を繰ってみても、福澤の「文学」への言及はほとんどなく、明治一五年から三〇年ころまで「時事新報」に執筆した「時事新報論集」（全集8～16）の尨大な文章を追ってみても「文学」を題目に立てているのは見当たらないが、そのなかで唯一と思われるものに「文学会員に告ぐ」（明16）がある。慶應義塾の学生たちが文学会を組織し、雑誌を発行、その第二号に寄せたものであるが、次のように書き出されている。

抑《そもそ》も文学とは如何なる意義なるか。余以為《おもえら》く、英語に所謂リテラチュールと云ふ義ならん。然りと雖も古来文学の義解よりして誤謬の生ずること、其例寔《まこと》に少なしとせず。今単に文学会と云はゞ、或は之を支那風に解釈して風月に唫《ぎん》じ詩文を弄する会ならんと思ふ者なしとも云ふ可《べか》らず。是れ余の最も恐るゝ所なり。

ここには『学問のすゝめ』にいう「……和歌を楽み、詩を作るなど、世上に実のなき文学」への批判が生きており、「文学会」がそのような「風月に唫じ詩文を弄する会」とみなされることを最も恐れると言っている。そして、文明の進歩とは原則《ナチユラルロー》の支配する領分が日月に増加するをいうとして、技術《アート》と実学《サイエンス》についてはかつてアートとされたものも原則の所在を発見してサイエンスに属すべきものはつとめてこれに編入するのが文明の進歩というものだとする。

「近来我国の有様を見るに、技術と名《なづ》く可き支那流の文学を貴び器具を愛するの風漸く盛なるが如く」、「此文学会も文明の讎敵なる支那風に陥らざる様、余の切に望む所なり」と言い、一方、今日世の青少年が軽躁浮薄に流れ、みだりに政事を論ずるのは西洋学の影響だから、儒教主義にもとづく道徳を教えるべきだ、とする風潮をきびしく批判している。「儒教主義の追々頭角を現はすの傾嚮ある時に当て文学会と云はゞ、或は文学の義解よりして誤謬の生ずるなきも保す可らず。」として、孔子をはじめとして儒教の書に及び、すべて政談であり政書であって「儒学は政治学なり、儒者は政談家なりと明言するも、大して不可なかる可し。」と言い、漢学には原則なく、半解半知の少年輩が牽強付会の私説を作るには便利だが、「洋学は快して然らず。万古不易の原則なるものありて、凡そ如何なる学科にても各皆此原則に拠らざるはなく、一事を論ずる毎に必ず此原則と結果と符合せざれば決して一条の説となすを許さず。」と述べている。

見よ、今日新聞紙に演説に前後の考もなく叨《みだ》りに暴論怪説を吐き、世人に嫌悪せられ又法律に触る者は、儒者の言ふが如く必ずしも洋学者にあらずして、却て無学無識の徒に多く、然かも少小の時より専ら主義の空漠たる和漢の書を読むのみにして、洋書を解するが如き緻密なる脳力に乏しく、唯漠然たる漢儒者流の気象を学《まな》んで、口を開けば則ち天下国家と云ふが如き放縦磊落たる書生中に最も多かるべし。

明治一六年に結成された慶應義塾の「文学会」に対し、福澤は折柄の自由民権運動の壮士たちのごとき傾向となることを憂いて、「一時の流行論に拘泥せずして卓然其中間に立ち、原則の支配する境界をして益々拡張せしめんこと、余の本会に望む所にして、又洋学者の義務と云ふ可きなり。」と諭したのである。つとに『通俗民権論』（明11・7）を刊行し、「人民たる者の本分を遂げて、所謂民権を張り之を国権に及ぼして、永く独立国の体面を全ふせんとするには」、智力、財力、品行私徳、身体の健康の四者を備えねばならぬとした福澤が、明治一四年の自由党結成以後、自由民権熱にうかされ、「唯漠然たる漢儒者流の気象を学で、口を開けば則ち天下国家と云ふが如き放縦磊落たる書生」や壮士たちを批判したのは当然で、彼の希求する「文学」のイメージはこの「文学会員に告ぐ」にも明らかなのである。

すなわち、文学とは何かと問うて、英語にいうリテラチュールという義であろうが古来の文学の義からして誤まりが生じることが少なくないとして、文学会とは支那風に風月に吟じ詩文を弄ぶ会と思う人がいるかも知れず、そこが自分のもっとも恐れるところだと福澤は述べていた。文明の進歩とは原則《ナチユラルロー》の支配する領分が増すことであるが、支那学（儒学漢学）ははじめはわが国文明の元素だったが今は進歩《プログレス》の大害物となっている。儒学は政治学、儒者は政談家で、少しも原則なく、その根拠は陰陽・五行で立論も文章もきわめて簡単、漠然としているが、洋学は万古不易の原則に拠っていて原則と結果が一致しなければひとつの説たりえないとする。

儒学を中心とする修身斉家治国平天下の武士の「文学」は、原則《ナチユラルロー》に拠る洋学を中心とする「文学」として福澤により生まれ変わったと言えるだろう。

「瘦我慢の説」と佐幕派の文学

福澤諭吉の「瘦我慢の説」（明24・11稿）はあまりにも有名であるが、旧幕臣でありながら新政府に出仕し、高位高官となっている勝海舟と榎本武揚を直接名ざしで批判したもので、西南戦争の評論である「丁丑公論」とともに中村光夫は「その筆端から火を吐くやうな熱情は、彼の他の啓蒙的な著作には見られないもので、諭吉の心情は、ここに一番ぢかに感じられます。(4)」と言っている。

「立国は私なり、公に非ざるなり。」と書き出し、国を立て、隣国と境界を争い、一個の首領を君主と仰ぎ、君主のために生命財産を空しうするのはすべてこれ人間の私情に生じたことで公道でないとしても、今日の世界の事情ではこの私情は美徳であり、立国の公道だとして、時勢の変遷で国が衰え、廃滅の運命がすでに明らかになってもなお万一の僥倖を期して力尽きて然る後斃れるのは人情の然らしむるところ、父母が回復の見込みのない大病であっても臨終に至るまで医薬の手当を怠らず、万一の僥倖を念じて父母の死を促すようなことは情において忍びないところであると喩えている。

左れば自国の衰頽に際し、敵に対して固《もと》より勝算なき場合にても、千辛万苦、力のあらん限りを尽し、いよいよ勝敗の極に至りて始めて和を講ずるか若しくは死を決するは立国の公道にして、国民が国に報ずるの義務と称す可きものなり。即ち俗に云ふ瘦我慢なれとも、強弱相対して苟も弱者の地位を保つものは、単に此瘦我慢に依らざるはなし。啻《ただ》に戦争の敗北のみに限らず、平生の国交際に於ても瘦我慢の一義は決して之を忘る可からず。

福澤によれば「瘦我慢」は強弱相対しているときに弱者がけっして忘れてはならないもので、日本が世界に独立の体面を張る場合も同様であり、一片の瘦我慢は立国の大本として重んじ、ますます培養すべきであるが、維新の際、「不幸にも此の大切なる瘦我慢の一大主義を害したること」として、勝、榎本の批判に移る。

敵味方相対して未だ兵を交へず、早く自から勝算なきを悟りて謹慎するが如き、表面には官軍に向て云々の口実ありと雖も、其内実は徳川政府が其幕下たる二、三の強藩に敵するの勇気なく、勝敗をも試みずして降参したるものなれば、三河武士の精神に背くのみならず、我日本国民に固有する瘦我慢の大主義を破り、以て立国の根本たる士気を弛めたるの罪は遁る可らず。一時の兵禍を免かれしめたると、万世の士気を傷つけたると、其功罪相償ふ可きや。

明治文学は「佐幕派の文学」であると木村毅は言い[5]、この考えは山路愛山から来ているとして『現代日本教会史論』（明38）をあげている。キリスト教に入信し、宗教・文学の世界に生きようとする青年たちには佐幕派の子弟が多く、薩長藩閥政府のもとでは賊軍側として政界・官界・陸海軍人等、就職も昇進もむずかしく失意の逆境にあったと愛山は述べている。福澤の「瘦我慢の説」を佐幕派の文学の典型ともいうべき漱石の「坊っちゃん」の魅力と関連づけたことがあるが[6]、「瘦我慢の説」は佐幕派の文学の神髄と言ってよかろう。

文久元（一八六一）年、幕府の御雇翻訳方として遣欧使節に随行、元治元（一八六四）年、幕府に召出され外国奉行支配翻訳御用を命ぜられている福澤は幕臣にほかならず、旗本のような地位ともいわれるが、維新以後は明治新政府に生涯仕官しなかった。仕官して高位高官の地位についた勝・榎本を痛烈に批判する福澤に佐幕派の心情があったことは間違いなかろうが、そこには、たんに「三河武士の精神」のみならず、「我日本国民に固有する瘦我慢の大主義」があり、弱小国日本の独立、立国を支える「士気」、「士風」の精神の重視があった。これは本来、あるべき日本の近代文学における不可欠の精神であったと言えよう[7]。

功利主義を超える福澤諭吉の「文学」

「瘦我慢の説」を中村光夫は功利主義の問題と関連づけている。「要するに、国家なり、藩なり、その他自分のぞくする団体のために、成敗利害を超えて献身する精神」であり、この無償の献身は、一見個人主義と反するようだが、個人生活のモラルと矛盾せず、内的論理を貫くことで人間的な誇りを全うさせてくれるもので、勝や榎本は内的な論理を無視して外部の利害に屈服することを新時代の気風として蔓延させたとする。福澤の説いた功利主義の教説に応じて一身の功利しか考えぬ人間が輩出した世相、それが象徴する日本の将来に対する深い憂慮の念の現われが「瘦我慢の説」だと中村は言っている。

「実用」や「快楽」といった功利主義から自立したのが〈近代文学〉であり、文学の自律性が不可欠とされ、福澤諭吉らの啓蒙思想の功利主義を云々するのが従来の議論であった。しかし、「瘦我慢の説」は功利・損得をかえりみず、みずからの内的な論理として、「武士の意気地」、「瘦我慢」という無償の献身を貫こうとするものであり、ここにも福澤が継承した武士の「文学」の近代文学的性格を見ることができるのである。

文学の自律性を主張したものとして北村透谷が山路愛山との間でかわした人生相渉論争（明26）があるが、透谷は功利主義を批判して、吉野山の桜を伐って梅を、いや梅よりも甘藷を、安い甘藷よりもアメリカ種のりんごを、といった比喩を用いたあと、「吉野山を以て活用論者の手に委ぬるは、福澤先生を同志社の総理に推すことを好まざると同じく好まざるなり」（「人生に相渉るとは何の謂ぞ」「文学界」明26・2）と言っている。透谷への反論を含む愛山の「明治文学史」（「国民新聞」明26・3〜5）では、田口卯吉と福澤諭吉の二人を取りあげ、福澤については「文学者としての福澤諭吉君」の項もあって、そこでは「平民的文学」、「自得する所あり」をはじめ五つの特色を指摘し、平民的で直ちに自身の胸臆を語るので快聴出来、観察力、連想力にすぐれ、変化に富む文章に詩趣あり、視野広大と称讃している。

透谷も愛山も福澤をその功利主義ゆえに国民の嚮導家ではないとしているのだが、「瘦我慢の説」が「丁丑公論」とあわせて単行本として世に流布したのは明治三四年のことで、人生相渉論争当時にはまったく知られていなかった。「『文明男子の目的は銭にあ』ることを多年力説したために、福澤をもっぱら『拝金宗』と思い込んでいた国粋主義者たちは、彼の『瘦我慢の説』に接してかつは驚き、かつは喜んだ。[8]」とあるように、福澤の功利主義の根底にひそむものを同時代においてすら見抜くことは困難だった。

丸山真男が指摘するところだが[9]『福翁百話』（明30）の冒頭の「宇宙」と「天工」では、宇宙と自然の人智の想像を絶した神秘性について委由をつくして述べており、透谷などの宇宙観とも無縁ではない。福澤における〈近代文学〉はあらためて今後ますます検討されなければならない。

注

（1）「武士の文学と町人の文学」については、「実用」、「快楽」も含めて、平岡敏夫『日本近代文学の出発』（塙新書　一九九二・九）参照。

（2）同右

（3）同右

（4）「瘦我慢の説」（「現代日本文学全集月報95」筑摩書房　一九五八・八）。

（5）『明治文学夜話　新文学の霧笛』（至文堂　一九七五・一一）。

（6）平岡敏夫『漱石　ある佐幕派子女の物語』（おうふう　二〇〇〇・一）の「佐幕派の文学」及び「坊っちゃん」参照。

（7）松本三之介『明治思想における伝統と近代』（東京大学出版会　一九九六・二）の第五章「福澤諭吉における『公』と『私』――『瘦我慢の説』を手がかりに――」に次のような指摘がある。

福澤が「武士」に言及したのはただ単に勝および榎本という旧幕臣を批判の対象としたことから来るレトリック上の問題にとどまるものではあるまい。なぜなら士族は、日本社会における「気力」の伝統的な担い手として、日本の文明化にあってもまた貴重な役割を果すべきものと、しばしば福澤により注目されていたからである。例えば『文明論之概略』でも、彼は士族について「其品行も自から穎敏活潑にして、敢て事を為すの気力に乏しからず。実に我文明の根本と称す可きもの」（同書第九章）とその「気力」に着目を怠らなかったし、『分権論』（明治一〇年一一月刊）でも、「日本の士族は数百年の久しき、其心を政治上に養ひ、世々の教育相伝へて以て一種の気風を成し、他の三民に比すれば全く人種の異なる者の如し」とその評価は高い。

（8）丸山真男「福澤諭吉の哲学」（「国家学会雑誌」第61巻第3の号　一九四七・九、『現代日本思想大系34　近代主義』筑摩書房　一九六四・七の所収文による）。

（9）同右

東海散士『佳人之奇遇』

野村幸一郎

英雄物語としての政治小説

徳冨蘆花『思出の記』(1)には、「二三年前三国志に耽つて張波の長坂橋に胸を轟かした僕等は、今『西洋血潮小暴風』『自由の凱歌』など云ふ小説に余念もなく食ひ入る時となつた」という記述が存在する。蘆花は明治元年の生まれであるから、この回想は明治一〇年代の出来事であったはずである。三国志のような、英雄が活躍する冒険活劇として、『西洋血潮小暴風』、『自由の凱歌』は、同時代、蘆花によって受容されている。

たしかに、『自由の凱歌』(2)のアンジュ・ピトーは、バスチイル監獄に閉じ込められた義父、ギルベルトの救出を動機の一半として、フランス革命に参加している。作品のところどころには語り手の言葉として、自由民権思想を鼓舞する言辞は挿入されているが、思想そのものは物語の後景に退いている。たとえば、ピトーが民権思想に共鳴し、共和制の実現を目指してバスチイルを襲撃するといったような、政治思想が物語の筋に直接関わる形では登場していない。物語の前景に押し出されているのは、やはり、義父を救出するためにバスチイル監獄に向かうピトーやビロウの姿である。

『鬼啾啾《きしゆうしゆう》』(3)のソヒア・ペロウスキーの場合、政治信条についてはピトーと比べていっそう、自覚的ではある。しかし、やはり虚無思想そのものは物語の筋に絡むことなく、作品の後景に退いている。物語の前景に押し出されているのは、ソヒアやブラントネルが繰り返す要人襲撃の顚末、リソップとブラントネルによるクロパトキン脱獄の手助け、そしてソヒアの英雄的な死である。

明治一六年六月、「日本立憲新聞」に掲載された「我国ニ自由ノ趣旨ヲ播殖スル一手段ハ稗史戯曲等ノ改良スルニ在リ」には、「稗史演劇及ビ講談等ニヨリテ婦女、幼児、下等者流等ヲ感動セシムルノ有様ハ実ニ数々ノ差異アリト雖モ要スルニ多クハ専制ノ治下ニ顕ハル、所ロノ人情風俗等ヲ写シ来リタルモノナレバ我輩ハ開明ノ気運ニ遭逢シタル今日ニ於テハ其ノ利益スルノ部分ハ甚ダ少《ママ》レニシテ寧魯傷害ヲ興フルノ部分居多ナリト云ハント欲ス[4]」という記述が存在する。今日から見れば、上記のようなソヒアの英雄的な生存様式自体が、『鬼啾啾』を「専制ノ治下ニ顕ハル、所ロノ人情風俗等ヲ写シ来リタル」、「稗史演劇及ビ講談等」とは一線を画するような、「開明ノ気運ニ遭逢シタル」作品たらしめている面を持つ。

この点については、同時代の文学作品、たとえば仮名垣魯文の『高橋阿伝夜叉譚[5]』と比較してみれば、いっそう明らかになる。主人公のお伝は、一六歳で「男恋しき風情」となり、ばくちにも手を出すような女に成長する。やがて、波之助という婿をとるが、実父の喧嘩にまきこまれ、人を殺し夫婦で逃亡することになる。途中で波之助は癩病を患い、横浜に出たお伝は「難病の本夫の薬用」のため、外国人相手の娼婦になる。横浜で美男の掏摸市松を見そめたお伝は、「兎角市が事忘れかねては波の助を看るさへむさく物憂」く感じ始め、病夫を殺害する。その後、お伝は言い寄る男から金を巻き上げては捨て、最後に吉蔵という男を剃刀で殺したのが発覚して捕えられ、死刑に処せられるところで作品は終わる。

ソヒアと同じくお伝もまた繰り返し殺害を企てているわけであるが、にもかかわらず、両者の印象を決定的に隔てているのは、生の様式がまったく逆であることに依拠している。自身の生を歴史上の進歩への貢献の有無によって意味づけるソヒアが企てる要人殺害は、作品において、普遍的妥当性を内包した行為として語られるのであり、しかも、そこには我が身を危険にさらすことを厭わぬ克己心がともなっている。一方、お伝の場合、恋情や金銭欲に促された殺害に終始している。当然のことながら殺害が歴史の変革や一般意志との関わりから浄化され、普遍的妥当性をもって語られることはない。私的領域に封じ込められることで、むしろ業の深さの証として語られることになる。このような違いが、前者を英雄、後者を毒婦として印象づけており、その是非はともかく、ここに『鬼啾啾』に刻印された小説としての近代性の一端を指摘することができる。

没落士族のエートス

以上を前提として、東海散士の『佳人之奇遇』(6)を考えてみたい。作品は主人公の散士（作者と同名。以下、区別するために主人公と記す）が、フィラデルヒィアの独立閣の楼上で、アメリカの独立戦争に思いを馳せるところから始まる。そして、スペインのドン・カルロス党員の幽蘭、アイルランド独立運動に献身する紅蓮という二人の女性に巡り合い、明朝の遺臣鼎范卿を交えて、憂国の至情と独立の悲願を語り合う。その後、主人公と二人の女性との別離と邂逅の過程で醸し出されるプラトニックな恋情や幽蘭の異境漂泊、主人公が見聞した、エジプトやビルマなど世界の弱小国が欧米列強の植民地とされていく様が語られていく。

『佳人之奇遇』のとくに巻一から巻三においては、これらの挿話と、主人公が情熱的に語る憂国の情が、一種の政治的ロマンティシズムを醸しだし、政治的主張それ自体は作品の背景に退いている。そして、このロマンティシズムこそ、『佳人之奇遇』のもう一つの政治性を形成している。この作品に描き込まれた政治性とは、憂国の情を激しく語る主人公や幽蘭、紅蓮が体現する、個人の生を歴史との関わりの中で意味づけるような存在様式そのものである。

この問題を考えていくにあたって重要な点は、作者、東海散士と同じく、主人公もまた会津の遺臣として設定されているところにある。幽蘭、紅蓮、鼎范卿の話を聞いた主人公は、「散士モ亦亡国ノ遺臣、弾雨砲煙ノ間ニ起臥シ生ヲ弧城重囲ノ中ニ偸ミ、国破レ家壊レ窮厄万状辛酸ヲ嘗メ盡ス。何ゾ令嬢等ニ譲ランヤ」と語る。回想は、白虎隊の自刃、主人公を含めた兄弟の参戦と祖母や母、妹の死、会津藩の降伏へと進み、さらに無数の藩士とその親族が、ある者は自刃し、ある者は縊死し、ある者は火の中に身を投じと、つぎつぎと死んでいった様子が事細かく語られていく。

その中にあって生を選んだ者は、会津藩「主将」の「空シク死シテ名ヲ滅センヨリハ、恥ヲ忍ビ生ヲ全フシテ一旦外患アルノ日誓テ神州ノ為メニ生命ヲ鋒鏑ニ委シ、而シテ是非正邪ヲ死後ニ定メンニハ若カズ」という言葉に説得された者達である。主人公もむろんその中の一人であり、だからこそ、「今ヤ外人禍心ヲ包蔵シ神州ヲ蔑視シ」、「俄独ハ勢威ヲ頼ミテ驕傲シ、英仏ハ狡知ニ老ケテ蕩逸レ、我ニ飲マシムルニ美酒ヲ以テシ我ニ贈ルニ翠羽ヲ以テス。其酒其羽往往鴆毒ノ製スル所、我士民之ヲ受ケテ而シテ未ダ疑ハズ」、「且ツ彼口ニ仁義ヲ誦シテ而シテ桀虜ノ行アリ。表ニ天道ヲ説キテ裏ニ豹狼ノ欲ヲ抱ク。亜細亜北部ハ彊俄ノ為メニ并セラレ、南方印度ハ英王ノ臣妾トナリ、安南ハ仏国ニ隷属シ、土耳其清国モ亦萎微已ニ亡滅ノ運ニ傾ケリ」と、欧米列強の帝国主義的な外交政策を前にした日本国家の行く末を深刻に憂えることになる。

このような主人公を、先に論じた『自由の凱歌』のピトーや『鬼啾啾』のソヒアと比べてみた場合、無論国家に対する姿勢という点において決定的な違いがある。『佳人之奇遇』の主人公の場合、その歴史的自覚の中身が、共和制の実現から、植民地化への危機意識へと入れ替わっている。このような違いが生じるに至った原因を、作品の筋立ての中に求めた場合、歴史的自覚に至るプロセスが『佳人之奇遇』の主人公の場合、翻案小説の主人公達とは異質であることに気づく。ピトーの場合は、革命運動に身を投じた父の拉致監禁が政治参加の動機を形成しているのに対して、『佳人之奇遇』の主人公の場合、会津滅亡が動機となっている。主人公もまた、肉親の死を体験してはいるが、それすら「国破レ家壊レ窮厄万状辛酸ヲ嘗メ盡ス」とあるように、はじめから歴史的に位置づけられている。まったく個人的な生活上の危機から歴史的自覚に至るというプロセスとは異なり、会津藩士としてはじめから歴史的な自覚の中で生きていた主人公が、その自覚の中で負った心傷を媒体として、新たな歴史的自覚を構築するというプロセスをたどっている。

士族達の市民精神

ところで、丸山真男は『日本政治思想史研究』(7)において、江戸期の侍階級の思惟様式においては、自身が帰属する共同体の意志と個別的な個人的利害関心との間に現実の乖離は生じようがなかったと論じている。朱子学的思惟様式においては、「自然界の理(天理)は即ち人間に宿ってはその先天的本性(本念の性)となり、それはまた同時に社会関係(五倫)を律する根本規範(五常)でもある」。すなわち、人間存在には先天的に社会秩序の根本規範が内在することによって、本然の性として、仁義礼智を希求し、士農工商によって構成される階層秩序を支えると見なされたわけである。とするならば、個人的なるものはすべて一般的なるものに一致し、それゆえに価値ありとされることになろう。逆から言えば、もし一致しなければ、個人の意志は道徳的な意味において悪であり堕落であり、そのような生の在り方は、なんら考慮に値しない、無意味なものとなる。

そうであるならば、明治維新にともなう藩体制の崩壊は、士族にとって、倫理的堕落を意味していたことになろう。藩体制の崩壊は、士族から共同体への帰属感を奪う。それはすなわち、〈私〉という存在が普遍的価値に通じるような倫理的主体ではなくなることを意味していたはずである。とくに『佳人之奇遇』の主人公の場合、会津藩が「反賊ノ臭名」を負うことになったわけであるから、なおさらである。作品において主人公は、「只恨ムラクハ我公(会津藩主松平容保を指す—筆者注)多年ノ孤忠空ク水泡ニ帰シヲ反賊ノ臭名負ウヲ。是レ終天ノ憾ミ海枯レ山翻ルトモ消エ難シ」と語っている。「我公」が「反賊ノ臭名」を負う以上、忠節を尽くした自身も汚名を負うことになる。儒教的エートスを存在原理とする主人公にとってみれば、それは自らの存在を否定することに等しい。

このあたりは、明治初期、自由民権運動に従事した士族も、事情は同じである。同様の主張は、明治初期の自由民権運動の中心的結社であった立志社の趣意書にも記されている。

それ士族なるものは四民の中に就いて独りややその智識を有し、粗々自主の気風を存する者なり。今三民の地位未だ進まず、しこうして士族まずその従前の地位を失す。これすなわち挙国も人民まさにことごとくその智識気風を喪なわんとするなり。（中略）士族のごときはすなわち数百年文学武技ただ従事せいしの余、一旦にわかに力衣力食もってその恒産を求めんとす、勢い必ず難からざるを得ず。これをもってそのまさに貧窮厄に陥り、ほとんど無産の民たらんとする者また少なからず。然りといえどもその智識気風に至りてはすなわちなお四民の最たり。それ智識気風独り存するあたわず、必ずその恒産に須ち、しこうして後ち人民よくこれを保ち得べし（中略）このゆえに三民の恒産、士族の智識気風相須つ、しこうして互いにその作用を相為すものなり

（「立志社趣意書[8]」）

士農工商の四民の内、士族のみが知識欲に富み精神的崇高性を有している。ところが今や士族は経済的基盤を喪い貧窮に苦しんでおり、知識も気風も喪いつつある。しかし、彼らは、やがて国家の発展に資するものであるがゆえに、残りの三民は経済的に士族を支えなければならないというのが、ここでの主張である。どこが自由民権なのかと、首を傾げたくなるほど虫のいい政治理念であるが、この文献で重要なのは、士族の気風が精神的特権性として自覚されている点にある。

そして、経済的支援を要求しているわけではないが、『佳人之奇遇』の主人公もまた、作品において「士風壊頽徳義地ヲ払ヒ、朝ニ民権ヲ主張セシ者夕ニ官権ニ呼号シ、甘ジテ轅下ノ駒トナリ、士ニ常操ナク議ニ確論ナシ」、「嗚呼此大難ヲ救済挽回スルノ策果シテ如何セン。上下小怨ヲ棄テ旧悪ヲ捨テ、私心ヲ去ツテ公義ニ従ヒ」、「国権恢復ヲ以テ各自ラ任ジ、国家ノ盛運ヲ以テ自ラ期シ」、「四民心ヲ一ニ耐久努力セバ、厄漸ク去リ、自由始メテ伸ビ、国家ノ富強文明ハ期シテ待ツベキナリ」と語るのである。いずれも、何らかの国家的目標について、士族のエートスをそこに振り向けることによって、実現が可能となると主張しているのである。

『佳人之奇遇』の近代性

ここで、福澤諭吉の『学問のすゝめ』(9)に記された、「古の政府は民の力を挫き、今の政府はその心を奪う。古の政府は民の外を犯し、今の政府はその内を制す。古の民は政府を視ること鬼の如くし、今の民はこれを視ること神の如くす」という言葉に注目してみたい。この言葉は、自由民権運動に従事した士族にも『佳人之奇遇』の主人公にもそのままあてはまる。「自由」という言葉とは裏腹に士族が望んでいるのは、実際には不自由である。かりに、自由という言葉を何ものにも束縛されない状態という意味で理解するならば、現状を肯定することこそ、もっとも自由であるはずである。しかし、『佳人之奇遇』の主人公達は、政治参加主体、すなわち、〈市民〉あるいは〈国民〉として〈私〉を再構築しようとしている。そうすることによって、個人意志を越えて一般意志に通じるような座標軸を取り戻そうとしているのである。

以上のような経緯を念頭に置くならば、明治初頭、士族にとって、あるいは『佳人之奇遇』の主人公にとって、人間であることと市民や国民であることを等号で結びつける市民精神とは、ナショナリズムでなければならなかったと、見るべきである。それは、けっしてねじれ現象ではない。ナショナリズムを内包する市民精神のみが、士族達を、幕藩体制崩壊後の精神的堕落から救済し、ふたたび政治参加主体としてのアイデンティティを取り戻すきっかけを与えることができたのである。

最後に、以上のことを踏まえた上で『佳人之奇遇』が内包する近代性の内実について言及しておきたい。それは、この作品を近代国民国家・近代的市民の成立を目指した物語としてすぐさま規定するのは、誤解を生じかねないということである。重要なのは、市民や国民の成立を説く主人公や作者、そして政治活動に従事した同時代の人間が、近代資本主義の発達にともなって勃興した産業ブルジョワジーでも地主階級でもなく、没落士族であったことである。この背景こそが、この作品において成立が目指された市民や国民の性格を決定している。近代資本主義の発達ではなく、藩体制の崩壊を歴史的背景として背負うことで、『佳人之奇遇』においては、近代的市民・国民が士族的エートスの所有者のアナロジーとしてイメージされている。その意味において、この物語では、一般的な意味での市民や国民といった近代的概念は、なかばあてはまらない。

東海散士の市民概念・国民概念の近代性を照射するためには、まず、『佳人之奇遇』が発表された明治一〇年代においては、まだ天皇制や家制度が成立過程にあったことを想起する必要がある。親に対する「孝」と天皇に対する「忠」の合一を説いて、家制度の確立と天皇崇拝の内面化に大きな役割を果たしたのは、言うまでもなく教育勅語である。その教育勅語が発布されたのは、明治二三年一〇月三〇日であるから、有地亨が指摘するように[10]、明治二〇年代においては、まだ教育勅語は国民全体に浸透していたわけではないことになる。当然、人々の意識の上には、天皇制への崇拝の念もいまだ浸透していない。

それはすなわち、藩体制崩壊にともなって現出した混沌の中にあって、一定の国家的政治秩序、国家と個人に関する基本的な座標軸がいまだ決定されていない時期に、『佳人之奇遇』が成立していることを意味する。たとえば、作品では明治天皇が「幼主」と語られている。作品では天皇は神格化されることなく、幼く弱々しい存在としてイメージされている。そして、その主人公の主張においては、個人による直接的な国政参加、ということは国家による個人の直接支配が求められているのであり、家や天皇という因子はその論理の中に組み込まれてはいない。その後、明治国家によって確立された、家を媒介として天皇という絶対的権威と通じる回路を開くという座標軸と比べれば、主人公の国家観においては、天皇や家が少なくとも教育勅語においてなされたような位置づけとは別の場所に置かれる余地が残されている。ここには『佳人之奇遇』が裏面として内包する、意外な可能性が存在する。士族的エートスの保存を希求する主人公の主張が近代市民精神と隣接する面を探すとするなら、家に対する「孝」を天皇に対する「忠」に転化するのでなく、個人が直接的に国家という――多分に観念的であるとはいえ――集合体に対する責任主体たらんとしている点、国家と個人の座標軸について（今日から見れば）もう一つの選択肢を暗示し得ている点にこそ存在する。

『佳人之奇遇』に描かれたシティズン・シップとナショナリズムは、このようにさまざまな歴史的、政治的環境が複雑に絡み合って成立している。そして、上述のような、政治参加主体＝倫理主体であることを強烈に希求する主人公の生存様式がもたらす、政治的ロマンティシズムの情緒こそが、『自由の凱歌』や『鬼啾啾』などの英雄物語的要素と同質のもの、すなわち、この物語に小説としての近代性を刻印する一因を形成しているのである。

注

（1）民友社　明34・5、引用は岩波文庫。
（2）絵入自由出版社　明15・8〜16・2
（3）「自由燈」（明17・12〜18・4）
（4）『近代文学評論体系』Ⅰ（角川書店　昭46・10）
（5）金松堂　明12・2〜4
（6）博文堂　明18・10〜30・10、引用は『明治文学全集』6（筑摩書房　昭42・8）
（7）東京大学出版会　一九五二・一二
（8）植手通有編『思想の海へ』6（社会評論社　一九九〇・七）
（9）慶應義塾出版局　明5・2〜9・11、引用は岩波文庫。
（10）『近代日本の家族観』（弘文堂　昭52・4）

坪内逍遙と二葉亭四迷　文学改良の試み

瀧本和成

逍遙の『小説神髄』

坪内逍遙は、明治一六（一八八三）年三月「小説神髄緒言」を執筆、五月に東京稗史出版社より『小説神髄』の出版を企図したが、出版社の経営失敗のため実現を見なかった。その後明治一八（一八八五）年八月「小説論一斑—小説の主眼」を「自由燈」に発表、同年九月から翌年四月にかけて『小説神髄』分冊本（全九冊）を松月堂より発行。明治一九（一八八六）年五月上下二巻本として同じ松月堂から刊行している。このとき逍遙二八歳、第一原稿に着手してからほぼ三年を費やし完筆している。『小説神髄』は、当時の時代思潮、あるいは小説の現状を鑑み、その執筆意図を記した〈緒言〉から稿が起こされている。〈小説総論〉では、『美術真説』（明15・10）においてフェノロサが美術を娯楽提供の手段と看做すことを「世の謬説」として反駁していることを挙げ、小説が美術的価値を持つという説を紹介している。そのうえで、フェノロサが「世界の開化」を「人力の効績」として位置づけ、それらが「須用」と「装飾」とに分かれること、「須用」は実学、「装飾」とは芸術を指す言葉であり、芸術が「人ノ心目ヲ娯楽シ気格ヲ高尚ニスル」ことを目的とするものであることを彼の言説から看て取っている。そうした見解を踏まえて、逍遙は、芸術は「気格ヲ高尚ニスル」ことが目的ではなく、むしろそれらは結果に過ぎないことを述べ、いくつかの「疑団」、つまり疑問があることを表している。すでにこのときの逍遙からは教育や道徳からの分離を芸術において考えていることが窺われる。逍遙は、文学は教育や道徳の方便であってはならないことを論じ、それらの傘下にある「勧善懲悪」、「因果応報」を諭すための文学を批判する。教育や道徳の鋳型に嵌め込むだけのものでは、本来持つべき創造性を喪失してしまいかねないことを憂え、文学の自立を説いたところに逍遙の主張がある。

逍遙の考える文学とはどのようなものだったか、〈小説の主眼〉において、次のように述べている。

小説の主脳は人情なり、世態風俗これに次ぐ。人情とはいかなるものをいふや。曰く、人情とは人間の情慾にて、所謂百八煩悩是れなり。（中略）此人情の奥を穿ちて、賢人、君子はさらなり、老若男女、善悪正邪の心の中の内幕をば洩す所なく描きいだして、周密精到、人情を灼然として見えしむるを我が小説家の務めとはするなり。（中略）おのれの意匠をもて善悪邪正の情感を作り設くることをばなさず、只傍観してありのまゝに模写する心得にてあるべきなり。

「小説の主脳は人情」を描くことであると言い、「所謂百八煩悩是れなり」と説明している。逍遙は人間は善人、悪人と単純に分かれるものではなく、周りの人間を等距離に置き、そして彼らのありとあらゆる心の動きを描くことこそ重要であるとし、小説家は心理学者のようでなければならないと考える。登場人物の心理描写、そこに作者の意図の反映があり、人間の心の内面に絞ってそれを徹底的に明らかにするところに「小説の主眼」を見ている。ここに逍遙の〈写実〉論の本質がある。逆に言えば、そのような描き方をした小説が、これまで存在しなかったことを指摘しているとも言える。また、小説は「平常世間にあるべきやうなる事柄をもて材料として而して趣向を設くるもの」（〈小説の変遷〉）とも先に記しており、普段の日常生活を観察したうえで、いかにもありそうなこととして描かれねばならないと論じ、人間の実在感、立体感を描いて見せることが肝要であることを説いている。

〈小説裨益〉では、小説は「実用に供すべきもの」ではないが、あえて作者の望まないところで「間接の裨益となす」面があることを述べている。

小説は美術なり、実用に供ふべきものにあらねば、其実益をあげつらはむことなかなかに曲ごとなるべし。

（中略）美術の妙工神に入りて完美の程度に達れる物は、大いに人心を感動して暗に気格を高尚になし、教化を裨補する由あれども、そは妙工の神に入りて自然に生ぜし結果といふべく、決して美術の目的ならねば、其直接の利益といはむはいと大なる誤なるべし。

逍遙は、「妙工神に入りて完美の程度に達れる物」の通り、作品を読むことによって読者の「気格」が「高尚に」繋がり得る要素を否定していない。目的としてはいけないが、自然にそのような結果として結実することがあると、小説の裨益性を認める発言をしていることも重要である。優れた芸術品は、教化を補助する役割があることを逍遙は見逃していない。これらを総合すると、『小説神髄』において逍遙がもたらしたものは何だったのか。その意義と功績について考えてみたい。まず、第一に文学の自立性を主張したこと、第二に文学の中心ジャンルに小説を置いたということ、第三に（心理的）写実主義を提唱していることが挙げられる。

逍遙と『一読三歎当世書生気質』

『小説神髄』で示された理論の実践は、『一読三歎当世書生気質』において描かれることになる。この作品は、明治一八（一八八五）年六月より翌年一月にかけて一七冊に分けて晩青堂から刊行され、明治一九（一八八六）年四月前後編の二巻本として同じ晩青堂から出版された。従来『小説神髄』で唱えられた説に対応すべく書かれたが、その書が近世戯作を批判摂取する形で論じられていたにもかかわらず、この小説はむしろ批判的に捉えたはずの戯作趣味の根深さを露呈する結果となってしまっているとして酷評されてきた。戯作調の文体、物語の偶然性による箇所の多用、悪人の登場などが随所に見られ、近代文学の第一歩とは言い難い作品として評価は低く、ただ世態風俗を描いて見せただけの皮相的な読み物として位置づけられている。しかしながら、次の小町田粲爾と宮賀匡との会話、

少年「小町田君、どうだネ、ご病気は。」机によりかゝりて、書を読居たりし小町田は、ふりかへりて、

小「オヤ宮賀君か、這入たまへ。もう全然癒のさ。」宮「そりやアい、ネ。」トいひつ、窮屈さうに片膝たて、坐りながら、宮「君の脳が平癒つたと聞いちやア、此間の復讐をしなくちやアならん。」小「オヤ復讐とは何んだ。」宮「ソラ、干渉論の続きさ。」小「ヘン。もうあの議論は廃止たまへ。コントの糟粕を荷ぎだしたッて画餅だョ。」宮「イ、ヤ今日は決してまけない。此間は君が病気だと思ふから、負けておいてやつたんだ。……それはさうと、昨日任那から手紙が着たが、君と連名だから持つて来た。相替らず中々 interesting（おもしろい）だヨ。マア読んで見たまへ。」

（後編　第一九回）

などに見られるように、明治一七、八（一八八四、八五）年という時代の原動力であった学生たちの言動を取り上げ、描写している点において、時代の息吹を表現し得ている箇所も少なくない。また、読者に判断を委ねようとしている所が見受けられる。そこには道徳的説教に拘泥していない作者逍遙の姿が看て取れるのである。そのほか文明批評が物語中に指摘できることも重要である。そして、なによりも『一読三歎当世書生気質』が作者逍遙と根津大八幡楼の娼妓花紫こと後の逍遙夫人センとの結婚をめぐる苦悩の中から生まれた作品であったということを考えるとき、小町田の恋人田の次が士族の娘であったという形象は、逍遙の恋人センが士族出身ならどんなに良かろうかという夢想の設定に拠ってなされており、ここに作者の内面の真実を明らかにしようとする視点を指摘することができる。

『小説神髄』に於いては作者の問題意識、作品のテーマの有り様について明確に意識されていなかったのに対して、むしろ実作『一読三歎当世書生気質』の方に逍遙の内面独自の創造行為としての形象設定が見られることに、留意しなければならない。書き手の内面衝迫性とその主体的活動に目を向ける必要がある。『小説神髄』が作者の主体性について触れておらず、書くという行為が内面の問題と関わって分析されていない点が、戯作から完全に吹っ切れていない逍遙の認識の限界を示すものだと結論づけることは容易だが、強烈な主体性に基づく行為として、けっして社会に対峙する形とは言い難いが、夢想的に表現されているところに、作者の問題意識の在処とこの作品の特徴を指摘することができる。

そうした作者の主体性や小説の方法論の側から問題を提出し、論じたのが、二葉亭四迷の「小説総論」である。この論文は、明治一九（一八八六）年四月「中央学術雑誌」第二六号に冷々亭主人の筆名で発表された。それまで逍遥に師事していた四迷が執筆したこの論考は、ある意味で『小説神髄』の批評序論として位置づけることができる。

四迷の「小説総論」

凡そ形（フォーム）あれば茲に意（アイデア）あり。意は形に依つて見はれ、形は意に依つて存す。物の生存の上よりいはば、意あつての形、形あつての意なれば、孰を重とし、孰を軽ともしがたからん。されど其持前の上よりいはば、意こそ大切なれ。（中略）小説に勧懲、模写の二あれど云々の故に、模写こそ小説の真面目なれ、（中略）抑〳〵小説は浮世に形はれし種々雑多の現象（形）の中にて其自然の情態（意）を直接に感得するものなれば、其感得を人に伝へんにも直接ならでは叶はず。直接ならんとには、模写ならでは叶はず。（中略）よつて試に其大略を陳んに、模写といへることは実相を仮りて虚相を写し出すといふことなり。

江戸から明治初期の文学において「形（フォーム）」が重要視され、優先されてきた文壇界にあって、「意こそ大切なれ」と主張したこの書の意味は大きい。作品の多くが口頭で複数の人々を対象に読まれ、聞かれるものであった時代であり、その文体は自然とリズミカルにならざるを得ず、美文調に走る傾向があったことは否めない。それは同時に内容空疎に陥る結果を生じていた。四迷の問題意識は現象である「形（フォーム）」よりも「意（アイデア）」、つまり内在する理念、内容こそが重要視されねばならないことを説いたところに見られる。「実相を仮りて虚相を写し出す」と論じた四迷の考え方は、「実相」、すなわち現象である「形」をもって「虚相」である「意」、つまりイデーを描き出すという〈虚〉と〈実〉の問題を意識した理論構築の場となっていることが注目される。ここに四迷の写実主義の真髄を見ることはあながち的はずれではない。「自然の情態（意）」を写し出す「模写」小説に作者の真実を重ねて描くというやり方は、「虚相」を意識した本質に迫り得る写実論の展開として、位置づけられる。こうして四迷が「小説総論」で示した写実論は、翌年刊行される小説『浮雲』において実践されることになる。

四迷と『浮雲』

『浮雲』は、第一篇が明治二〇（一八八七）年六月金港堂より出版されている。第二篇は明治二一（一八八八）年二月同じ金港堂より刊行、第三篇は明治二二（一八八九）年七月から八月にかけて雑誌「都の花」（金港堂）に分載されて発表された。周知の通り、第一篇の著者名は、表紙と扉が坪内雄蔵、内題が春のや主人（逍遙）と二葉亭四迷の合作、奥付の方は坪内雄蔵となっている。これは出版社金港堂が新人二葉亭四迷が無名だったことを鑑み、推薦者逍遙の名義を求めたからだと言われている。実作者は二葉亭こと長谷川辰之助であることは逍遙の〈序文〉や〈浮雲はしがき〉で明らかである。この作品の起稿の時期は明確ではないが、およそ明治一九（一八八六）年後半だと考えられている。未完に終わる明治二二（一八八九）年八月まで足掛け四年にわたり執筆されていることがわかる。後藤宙外筆記の「作家苦心談」（「新著月刊」第二号　明30・5）によると、

> 『浮雲』には一貫してゐる思想といふ程のものはありません。始めは何とかいふ考でかきましたよ、今は忘れて仕舞ひましたがね。（中略）終の方なんぞは『浮雲』といふ題意を奈何してあらはさうなんて考へた位でしたからね、殆ど一貫の思想といふべきものはありませんよ。

と記されているように、試行錯誤を繰り返しながら書かれていったことが窺える。そのような状況にあって、「三回あたりからは日本の新思想と旧思想をかいて見る気になツたのは覚えて居ます。お政に日本の旧思想を代表させ、昇、文蔵《ママ》、お勢などには新思想を代表させて見たのです」と述べている。作者が意図した構想[1]として新

旧価値観の対立模様を描こうとしたことが「作家苦心談」から知ることができる。西洋化する日本の社会にあって旧い価値観が遠ざけられ、一方で新しい価値観が皮相的な形で漂っていく様を〈浮雲〉という形態と〈浮雲〉と書いて〈アフナシ〉（危し）と読んだ江戸期からの意味に象徴させ、明治二〇年前後の明治社会の特質を穿とうとの思惑が働いていたと考えられる。

第一篇の冒頭は、「千早振る神無月も最早跡二日の余波となツた廿八日の午後三時頃に、神田見附の内より、塗渡る蟻、散る蜘蛛の子とうよ〳〵ぞよ〳〵沸出で、来るのは、孰れも顋を気にし給ふ方々」（第一回　ア、ラ怪しの人の挙動）より始められ、退庁してくる官吏たちが描き出されている。髭で威厳を誇示することに腐心していた官吏たちを諷刺的に描くことによって、「官尊民卑といふことが嫌いであツた、其の考へ」（「作家苦心談」）が表現されており、語り手はとても遠い視点から官吏たちを冷ややかに眺めている。第二回以降は、蟻や蜘蛛の子の如く形容された官吏たち一群の中から二人に焦点が絞られて描かれる。この二人とは下級官吏内海文三と同僚の本田昇である。この物語は、その後官吏を免職になる内海文三（の心理描写）を中心に、主に元同僚本田昇、従妹のお勢、その母お政と父孫兵衛との関係の中で進行していく。

高い男と仮に名乗らせた男は本名を内海文三と言ツて静岡県の者で、父親は旧幕府に仕へて俸禄を食だ者で有ツたが、幕府倒れて王政古に復り時津風に靡かぬ民草もない明治の御世に成ツてからは、旧里静岡に蟄居して暫らくは偸食の民となり、為すこともなく昨日と送り今日と暮らす内、坐して食へば山も空しの諺に漏れず、次第々々に貯蓄の手薄になる所から足掻き出した（中略）叔父は園田孫兵衛と言ひて、文三の亡父の為めには実弟に当る男、慈悲深く、憐ツぽく、加之も律儀真当の気質ゆゑ、人の望けも宜いが、惜哉些と気が弱すぎる。（第二回　風変わりな恋の初峯入　上）

語り手と登場人物との距離を保ち、かつ作者と語り手との距離をも十全に意識して書かれている様が窺えよう。そこに作者と語り手を配して、人物や物事をじっくり観察しようとする態度が明らかに示されていることに気づく。そのうえで登場人物たちの心の中の在処に迫ろうとしているところが、この作品の真骨頂であると言える。表面的な登場人物たちの形象の中にすでに内面的な葛藤や思惑を看て取り描くというやり方、つまり「実相を仮りて虚相を写し出す」写実主義（リアリズム）の方法を見い出すことができる。それは内海文三の形象を通して鮮明に描かれていると言えよう。「作家苦心談」と重ねれば文三の苦悩や葛藤から、近代知識人の生き難さや官僚制度への批判、新旧思想の対立など時代の孕む問題を捉え、描こうとする作者の問題意識が明らかであろう。

何故言難い。苟も男児たる者が零落したのを耻づるとは何んだ。其様な小膽な。糞ツ今夜言ツて仕舞はう。それは勿論彼娘だツて口へ出してこそ言はないが何んでも来年の春を楽しみにしてゐるらしいから、今唐突に免職になツたと聞いたら定めて落膽するだらう。しかし落膽したからと言ツて心変りをするやうな其様な浮薄な婦人ぢやアなし、且つ通常の婦女子と違ツて教育も有ることだから、大丈夫其様な気遣ひはない。

（第四回　言ふに言はれぬ胸の中）

「真面目」に「正直」に生きること、人に恥じることなく生きることを最良の生き方としている人間をはじき出してしまうような非情な組織の論理を官僚制度や文三が生きる近代社会の中に見破って「不条理」として描いているこの作品の持つ意味は大きい。真摯な生き方が、この近代社会にあって通用しないことを新旧思想の孕んでいる問題や知識人の〈病〉としてその時代性に触れながら描いたということになる。それは近代明治社会の〈病巣〉を抱え込まざるを得なかった作者四迷の問題とその意識の深さを物語っている。

〈言文一途〉の試み

当時小説は、会話文は口語、地の文は文語文で書くのがごく一般的だった。それに対して、四迷は〈浮雲はしがき〉で「薔薇の花は頭に咲て活人は絵となる世の中独り文章而已は黴の生えた陳奮翰の四角張りたるに頬返しを附けかね又は舌足らずの物言を学びて口に涎を流すは拙し是はどうでも言文一途の事だと思立」たと述べているように、漢文調の文章はすでに時代から取り残された「黴の生えた陳奮翰」なるものにほかならないと断じている。そこには、近代人の新しい生き方や価値観を描出するためにはそれにふさわしい新しい文体が必要となるという認識が示されている。後に「余が言文一致の由来」（明39・5）で「どこまでも今の言葉を使って、自然の発達に任せ、やがて花の咲き、実の結ぶのを待つとする」と回想しているように、人々が普段日常生活で使用している口語を基礎に「言文一途」を考えていたことが判る。すでにロシア文学の翻訳や三遊亭圓朝が語る人情噺の速記本の発刊などから影響と刺戟を受けていた四迷は、言文一致体の実践を小説『浮雲』において試みることとなる。したがって、『浮雲』が文体に口語体を採用し、近代人の思想、感情を表現するのにふさわしい清新な文体を編み出そうとしたところにその特徴を看て取ることができる。「小説総論」において提出した「形（フォーム）」と「意（アイデア）」の問題、つまり現象である「形」をもって「虚相」である「意」、つまりイデーを描き出すという関係に、言語表現化する行為が介在し、作用するものであることを実践を通して顕らかにしたとも言える。近代社会の新しい価値観や生き方、その方向性を描くには、必然的に旧い文体による言語表現では限界があり、そこに新しい表現や文体を要求することを作品内に具体的に指し示したのである。その結果『浮雲』は、日本で最初の言文一致体採用の小説となった。そしてこの作品は、その方法において写実主義の手法をもって描かれ、人物の造型が鮮やかで、その心理描写が克明であるとの評価を受けることになる。

しかしながら人物形象においていま一度見るならば、お勢や昇は文三ほど内面描写や心理分析が克明でなく、複雑で立体的な内面や人間性を獲得するに至っていない。素材としてあまりにも観念化されたお勢や昇がそこにいることは否めない。また、その性格の中にすでに悲劇的資質が内在している文三の形象にも問題がある。それは文三自身の内部分裂の要素が回を追うにしたがって色濃くなっていくことからも説明できる。性格破綻者としての文三の側面が強調され過ぎて、社会制度や官僚批判的な視点が説得力を持ち得ない形に物語が変貌していく処に、戯作調の文体や性格を残存している点を指摘できる。そこにこの作品が未完に終わらざるを得なかった理由があるように思われる。もっとも四迷自身「今のところでは直ちに作中の人物と同化して仕舞ふ方が面白いと思ツて居ます、が是れには動もすれば抒情的に傾く弊がありまして、種々なる人物を活現する妨げをなす虞はあるのです」(「作家苦心談」)と語っているように、『浮雲』第三篇以降、作者が文三をだんだん制御できなくなって、ついには中絶に追い込まれていく問題が創作方法そのものに宿っていたことは否定しがたい。

逍遙が、四迷こと長谷川辰之助に出会った頃を綴った文章が収められている書に『柿の蔕』(昭8・7)というのがある。

彼れは(中略)後の新人なぞとは違つて、礼儀も正しく、謙遜でもあり、口吻も至つて穏やかであつたが、虚偽を、矯飾を、浮誇を、軽薄を蛇蝎の如くに憎んだ。随つて自ら欺くやうな言動をするのを最大罪悪としてゐたらしく、常に事々に反省して自己の欠点を剔抉し、自ら責め、自ら罵り、やゝもすれば取越苦労をして、厭世的、悲観的になりがちであつた。(「二葉亭の事」)

この逍遙の文章は部類の真面目さゆえに己れに厳しく、その純粋さゆえに懐疑派たらざるを得なかった生身の四迷を髣髴させる。作者自身が文三の生き方に共鳴し、抜き差しならない状況にまで責め立て、追いやることを自ら課した人の生だとも言える。逍遙と四迷、二人が真摯に文学改良に懸けた生き様は、江戸から明治へと移行する日本社会が直面した問題の凝縮にほかならない。

注

(1) 『浮雲』の構想に関する論考としては、関良一の「四辺形の構想」(「『浮雲』考」「国語」一九五四・一二)、和田繁二郎の「三角錐の立体図」(「二葉亭四迷『浮雲』の構想」「国語と国文学」一九六九・一二)などがある。

〈付記〉本文の引用は、春陽堂版『逍遙選集』、岩波版『二葉亭四迷全集』を参考にして、初出及び初版によって校合したものを用いた。引用に際してルビは省略し、旧漢字は原則として新字体に改めた。

近代短歌の黎明

上田　博

「伝統」の魔力

和歌は俳諧とともに、日本文学史上、もっとも代表的な詩歌の形態である。とりわけ和歌は『万葉集』に「倭歌」（やまとうた）と訓まれて、長歌と組み合わされて『万葉集』の主な詩形式をなしている。和歌は『万葉集』からとしても、『古事記』からとしても、すでに千三百年以上の長い伝統を有している。

ところで、ここに言うところの「伝統」とは過去の時代から享けついだ文化遺産を指すのであるが、芸術上における個性の果たす役割が重視される風潮に対抗して、〈個性〉をも歴史的総体の一部分として人々の意識に上ってくるときに〈伝統〉はその本来のちからを発揮するのである。和歌史上に〈伝統〉が明確に意識されるのは『古今集』、『後撰集』、『拾遺集』の三代集の伝授として相承される《古今伝授》がそれである。歌道家と称される二条家がその中心勢力となって、鎌倉時代以後、藤原定家以来の美意識を守り、後世に伝承する過程で著しく形骸化していったのである。和歌が二条派の掌中に在って形骸化したのは、『古今集』が神秘化されたためであって、現在が過去に一方的に規制された結果に他ならない。それぞれの時代の創造的個性の中で〈伝統〉が真に生動するには、現在が過去に働きかけることが重要である。窪田空穂が古今伝授の思想を「和歌は、今日いうところの文芸ではなかった。文芸ではあるが、それは宗教と一つにされたところのもの」である（『近世和歌研究』）と見たのは〈伝統〉に内在する魔力への戒心を示すものであった。

近代短歌史の時代区分

小泉苳三は『近代短歌史　明治篇』（白楊社　昭30）の中で、斎藤茂吉『明治大正短歌史概説』、児山信一『新講和歌史』をふまえ、時代区分を、一、胎生期（明1〜25）二、成立期（明26〜33）三、展開期（明34〜大3）四、円熟期（大4〜15）としている。そうしてこれを類型によって区分し、①近世期に続く理想主義的傾向の時代②①の展開としての主情派の時代　③浪漫派の時代　④新浪漫派および自然主義派の時代をへて現実派の時代としている。以下、胎生期から成立期を中心に述べることにする。

「明治」の和歌

この国の近代化はまず第一に「文明開化」をキーワードとして推進されるが、政治上は近代天皇制の確立に向けて、国家、社会、文化の全分野が整備、改革されてゆく。近代短歌史もこうした動向と無関係ではない。明治四年、宮内省に「歌道御用掛」が設置され、福羽美静、八田知紀、渡忠秋、近藤芳樹、高崎正風らが御用掛に任命される。同七年から御歌会始に国民一般からも詠進が許され、そのうち優秀作を天皇の前で披講することになった（明12）。一九年に侍講局文学御用掛、侍従職御歌掛となり、二一年、御歌所（長、寄人〔七人〕、参候の各職制よりなる）が設けられ、ここに宮中の私的な歌会が、国家の機構中の重要な役割を荷なうこととなった。

八田知紀（一七九九〜一八七三）は薩摩の出身で、上京して香川景樹に学んでいる。一八二〇（文政3）年、近衛家に出仕して藩の朝廷工作にあたり、維新後は東京に出て宮内庁歌道御用掛を命じられた。香川景樹没後、桂門先輩の熊谷直好と『古今集』と『万葉集』の評価をめぐって論争した。五七歳のとき、家集『しのぶぐさ』を刊行。題詠を旨とすることに本意なく、「見るもの聞くものにつけてうめきいでたる限」（高崎序）を歌としており、歌集中には『万葉集』に通じるような主情的な歌も多く見られる。

あれはてし歌のあらす田君なくば紀の河水をいかでひかまし　（香川うしのかたに）

つながれて世にある人をいかのぼりいかに哀と空に見るらむ
（紙鳶）

門下に高崎正風、黒田清綱、税所敦子ら同藩の歌人を擁し、御歌所長となった高崎を通して桂園派の歌風が御歌所を占めることになった。

高崎正風（一八三六〜一九一二）は御歌所の初代所長に任命され、明治四五年二月、七七歳の高齢で没するまで四半世紀の長きにわたって宮内省派の頂点に君臨した。家集『たづがね集』がある。

今日も亦日よりなるらし朝日夜きりにくもりてひぐらしのなく

たらちねの母にむかひていひがたき心はかつてなかりしものを
（初恋）

皇后、女官に歌文を指導した税所敦子（一八二五〜一九〇〇）は薩摩藩士の妻であり、高崎正風同様、西南雄藩の人脈であった。歌集『御垣の下草』には高崎正風の序がある。「十八の年に父を失ひ、廿にして薩摩の殿人税所氏にとつぎ、廿八にて良人におくれ、あくる年忘れがたみの娘を連れて鹿児島にくだり、姑に仕へ」るとある。高崎の推挙によって皇后宮の内侍に召された。文藻深く、つつましい性格の中に勁さがあり、「古への紫式部」と評判された旧派の代表的女流歌人。歌集中には文明開化を支える人々に思いを寄せる歌もある。

糸ならぬ力車は夏ひきの手引やいかにくるしかるらむ

力なき身をうし車いつまでか重荷ひきつつ世をめぐるらむ

時代は「明治」に改元されても、和歌は人脈の上でも完全に幕末歌壇の連続であって、さらにこれが国家の庇護を受けて制度化されたのであるから、明治二〇年代に入って胎動する「新派和歌」が御歌所派をまっ先に攻撃の的に絞ったのは自然のなりゆきであった。しかし、一方で旧派歌人も新時代の影響を受けて、伝統に縛られた題詠雅語の世界に文明開化の「開化新題」を持ち込む動きも示されたのである。佐佐木弘綱『開化新題和歌梯』（明14）があり、大久保忠保編『開化新題歌集』（明11〜17）がこの時代の雰囲気を伝えている。

〈時計〉時はかるうつはのはりもをりをりにおくれ先たつ世こそありけれ
（税所敦子）

〈写真〉鏡にも今やうつさじ残しおかば子さへみにくきかげをいとはむ（近藤芳樹）

〈郵便〉ふみかよふ道もひらけて遠つ日とかりのゆききを待つ人もなし（伊東祐命）

歌語に文明開化の新題材を求めたところに御歌所派を中心とする歌人たちの動向を見ることもできるが、歌が風流事であることに変化はなく、時代はもっと深部からの改革を要請していたのである。

歌論の動向

和歌に対する時代の関心はまず和歌否定論として示される。明治一五年に刊行されたわが国初の西洋詩（ポエトリー）の訳詩集『新体詩抄』の「序」に、「我邦にも長歌だの、三十一だの、川柳だの、支那流の詩だのと様々の鳴方ありて、月を見ては鳴り、花を見ては鳴り、別品を見ては鳴り、矢鱈に鳴りちらすとも十分に鳴り盡すこと能はず。」、「三十一文字や川柳等の如き鳴方にて能く鳴り尽すことの出来る思想は、線香烟花か流星位の思に過ぎざるべし。少しく連続したる思想内にありて鳴らんとするときは、固より斯く簡短なる鳴方にて満足するものにあらず。」と述べ、和歌は新時代の複雑な思想を表現するのに不適格であると全面的に否定した。三人の編者――井上哲次郎（東大卒、ドイツ留学、東大教授、ドイツ哲学）、矢田部良吉（開成学校教官、アメリカ留学、東大教授、植物学）、外山正一（開成学校教官、アメリカ留学、東大教授、化学・哲学）に共通するのはスペンサーの社会進化論を思想的バックボーンとしていることで、当時の明治新政府の欧化政策を文学改良の面で支持する側面を持っていたのである。『新体詩抄』「序」の和歌否定論を、体系化した文学理論の中でさらに明確にしたのが坪内逍遙（一八五九～一九三五）の『小説神髄』（明18～19）である。この中で、「ポエトリイは我国の詩歌に似たるよりもむしろ小説に似たるものにて専ら人世の情態をば写しいだすを主とするものなり。」と肯定し、これに対比して「我短歌長歌のたぐひはいはゆる未開の世の詩歌といふべくけつして文化の発暢たる現世の詩歌とはいふべからず」と否定した。『小説神髄』はわが国の短詩型文学に対する厳しい評価を示す一方で、近代小説の理論的基礎を明らかにしたのである。小説は「専ら人世の情態にあり」とし、人間と社会の有様を目に見えるがごとくに描くところにあって、人の人格を高めたりする効果は「偶然の作用にして美術（芸術）の目的とはいふ可らず」とした。文学を政治目的実現の手段にしたり、道徳教化に効あらしめることを否定し、文学・芸術の自律性を明確にしたのである。

時代社会の動向は、欧化一辺倒への反省が次第に動きはじめ、明治一五年九月、東京大学に「古典講習科」が設けられ、四〇名の入学者を得た。古典講習科第一回卒業生（明19・6）中に『日本文学全書』（24巻）の編者となる落合直文、小中村義象、萩野由之が居り、佐佐木信綱（『日本歌学全書』）、三上参次・高津鍬三郎（『日本文学史』）、大和田建樹（『明治文学史』）、物集高見（『日本大辞林』）、大槻如電（『日本教育史』）などを輩出した。以上に見る古典講習科出身者を中心に、本格的な和歌改良論が提起された。萩野由之・小中村義象の『国学和歌改良論』、佐佐木弘綱の『長歌改良論』、海上胤平『長歌改良論弁駁』などである。とりわけ、萩野由之（一八六〇〜一九二四）の「小言」（「東洋学会雑誌」4号　明20・3）は、和歌の歴史概観の上に立って改革すべき諸点を提言している。

（1）「歌題」について

題詠によって歌が「品下り」しは自明であるが、歌の目的（例えば歴史的識見を教示する）によっては「一ノ方便」としては許容される。

（2）「歌格」について

長歌、短歌の優劣比較などは無用であって、「人ノ心ノ働キハ千変万化」することを心に留めて、表現すべき詩型を撰ぶべきである。

（3）「歌調」について

歌は「恋ヲ主トシテ、物ノ哀レヲ知ルコト」というように狭くするべきではない。「快活」「勇壮」の気象をこそ大切にするべきである。

（4）「歌材」について

「歌ノ主トスル感情ハ、誠ナラテハ起ル」ことはないのであって、自分の感情（感動）の入らない歌材を選ぶべきではない。歌語に字音を嫌って「汽船」を「黒船」などとするべきではない。要は歌うべきものに感情がこもっていればよいことである。

和歌改良論の先駆的役割は大きく、歌論から次には実作面の改革者の出現が期待された。

落合直文と新派和歌運動

東大古典講習科を出た若い世代による和歌改良運動は、理論の考究から歩を進めて、実際の作歌指導の方面に具体化した。落合直文編（小中村〔池辺〕義象・萩野由之・増田于信合著）の『新撰歌典』（明24）は作例、用語、歌の歴史、作法をそれぞれが担当し、作歌辞典と作歌法をかねた入門書である。落合直文（一八六一～一九〇三）には「緒言」に、陰暦による部立（四季、恋、雑）の太陽暦による改良、電信・郵便など開化による社会の変化に対応した「歌題」の改良、短歌・長歌の五七調に加えて近世の今様の七五調の復活などを説き、真淵派、景樹派などの門流に固執する弊にまで説き及んで、作法と態度の基本的立場を示して参考に供している。

狂痴とは、心の幼く、あどけなき趣をいふ。歌の文と異なる所は、句の整否のみならず、幾分かこの狂痴の態あるによりて、判別するなり。文は理によりて論じ、実を取りて記す。歌は理屈にかゝはらず、事実によらずして、興趣を添ふることあるものなり。遠山の桜を見て、雲かと疑ひ、草葉に置ける露を、玉かといふかり、白頭をかこちて、白髪三千丈といひ、瀑布をみては、銀河落九天と疑ふ類、皆これなり。蓋、悲喜恋哀の情の盛なる時は、見るもの聞くものにつけて、正当の判定を失ふものなり。歌は正にこの境に発す、理論を以ていふべからざる所に、却て感情あるをいふものなり。古人の、歌は幼くよむべしといへるも、この故なりと知るべし。

落合直文の業績はこの分野にとどまらない。前記の『日本文学全書』による古典文学の整備をはじめ、国語辞書『ことばの泉』編纂、教科書『中等国語読本』、森鷗外の文章にも影響を与えた独自の和文体文章など多方面に及んでいる。そうしてこれら多面的な業績は、「外国主義」つまり西洋主義に圧倒されて、見る影もないわが国の歴史と文化の再発見を促して、「世人の迷夢」(「日本の文学」明22・2)を醒まさんとする心意に一貫しているのである。落合直文の首唱する「日本主義」はこの意味で偏狭な保守主義ではなく、極端な「外国主義」から脱却した自立的な学問と文化の確立の期待への表現であった。第一高等中学はじめ、多くの学校への出講はもちろん、近代短歌の画期となった結社「浅香社」の創設は次世代への大きな功績となった。明治二六年二月に結成された浅香社には、国分操子、大町桂月、塩井雨江、内海月杖、鮎貝槐園、堀内新泉、師岡須賀子、金子薫園、久保猪之吉、服部躬治、武島羽衣、尾上柴舟、与謝野鉄幹らが同人に名を列して、短歌の創作と研究を行った。浅香社は、結社としての規則、目的などをとくに定めることなく、同人の発表の場も機関誌(紙)を持つでもなく、「日本」、「自由新聞」、「二六新報」などに作品が掲載されても、ごくわずかなものであった。例会の記録なども残すことがなく、以上の点を見ると正岡子規の根岸短歌会と著しい対照を見せているのである。浅香社は主宰者落合直文の若い世代への情熱と温和な人柄、広辮な学問を中心とした個々人のゆるやかな精神的結合体であって、文学を通して自由な精神と個性の発揮を目指す点に、近代結社としての特色がある。没後に、『萩之家遺稿』(明37)、『萩之家歌集』(明39)、『落合直文集』(昭2)が編まれた。

うまや路の並木の松をつたひきて袂にかかる秋のむら雨
松風の音ばかりだにさびしきを雨もふりきぬ小夜の中山
砂の上にわが恋人の名をかけば波のよせきてかげもとどめず

礼なしてゆきすぎし人を誰なりと思へど遂に思ひいでずなりぬ
をさな子が乳にはなれて父と共に寝たるこのこと日記にしるさむ
夕ぐれを何とはなしに野にいでて何とはなしに家にかへりぬ
病める身の縁までいでて蜘蛛の巣にかかりし蝶を放ちてやりし
木枯よなれがゆくへのしづけさのおもかげゆめみいざこの夜ねむ
（病おもくなりて）

『萩之家歌集』中より八首引用したが、はじめの二首は初期の作で、古今調の域を脱していないものの、浪漫的歌風から現実的歌風への推移のうちに、次第に直文の日常観察と自己凝視が深化してゆく跡が明らかである。小泉苳三は「落合直文の表現様式は、鉄幹の浪漫精神と子規の写実精神との中間を行く、謂はば微温的な折衷の態度を示してゐる」と指摘している。直文は若い人々に向って、「一人一人の長所を顕著に発揮せよ」（鉄幹）と指導し、自身の歌においては古典情調をベースに現実の実感を平明、温雅な態度で表現する主情的浪漫的歌風を示したのである。落合直文の浪漫的歌風の一面を与謝野鉄幹が継承し、現実の実感の温雅な抒情を金子薫園や尾上柴舟が継承したのである。浅香社の活動期間は明治二六年秋から翌二七年夏頃までの一年間で、鉄幹の渡韓とともに自然消滅に至ったのである。明治三一年六月、浅香社の門から久保猪之吉、尾上柴舟、服部躬治らによる「いかづち会」が生まれ、三二年には東大学生らを中心に「わか葉会」が生まれ、若い世代の間に新しい強力な結社出現の機運が高まった。

新体詩の成立

木股知史

斎藤緑雨の「おぼえ帳」（『あられ酒』明31・12）には、「シンテイシ、シンテイシとさる老先生の真面目にいふをきゝて、新体詩家の頭を抱へざるは無しとかや」という一節がある。明治三〇年代になっても、まだ新体詩という呼称が一般的に根づいていなかったことがわかる記事である。

ところで、この新体詩という呼称を世に送り出すことになったのは、明治一五年七月に日本橋通三丸家善七（丸善）より刊行された『新体詩抄』初編であった。著者は、社会学者の丶山《ちゆざん》外山正一、植物学者の尚今《しようきん》矢田部良吉、哲学者の巽軒《そんけん》井上哲次郎という東京大学に勤務する三名であった。当時は、韻文としては、漢詩と和歌が中心であった。詩といえば漢詩のことを指し、まだ盛んに制作されていた。井上たちは、西洋の韻文を読み、その形式は、漢詩にも和歌にもない独自のものであることを知っていた。あるとき、矢田部がシェークスピアの『ハムレット』の独白の一節を試みに訳したものを、井上に見てくれといってきた。井上は、その訳詩に評語をつけて、杉浦重剛と創刊した「東洋学術雑誌」に掲載した。それがきっかけで、矢田部の友人外山も訳詩や創作詩を試みて井上のところに持ち寄るようになった。作の数もたまったので、選択して刊行を思い立ち、漢詩でもなく和歌でもない自分たちの作品を「新体詩」と名づけることにしたのである。井上は、自作「玉の緒の歌」の解説で、「夫レ明治ノ歌ハ、明治ノ歌ナルベシ、古歌ナルベカラズ、日本ノ詩ハ日本ノ詩ナルベシ、漢詩ナルベカラズ、是レ新体ノ詩ノ作ル所以ナリ」と述べている。

近代の詩をどのように定義するか、井上が執筆した「凡例」の一節には、次のように記されている。

均シク是レ志ヲ言フナリ、而シテ支那ニテハ之ヲ詩ト云ヒ、本邦ニテハ之ヲ歌ト云ヒ、未ダ歌ト詩トヲ総称スルノ名アルヲ聞カズ、此書ニ載スル所ハ、詩ニアラス、歌ニアラス、而シテ之ヲ詩ト云フハ、泰西ノ「ポエトリー」ト云フ語即チ歌ト詩トヲ総称スルノ名ニ当ツルノミ、古ヨリイハユル詩ニアラザルナリ、

旧来の「詩」という語を、韻文の詩歌を総称する英語の poetry という語の翻訳にあてたため、漢詩の呼称としての「詩」と区別するために、「新体詩」という呼び方が必要とされたのである。「凡例」の次の項は、詩の形式についてふれている。「和歌ノ長キ者」、即ち長歌の音数律は「五七、或ハ、七五」であり、新体詩も七五の形式をとるが、それは、「古ノ法則ニ」に拘束されているのではなく、さまざまの「新体」を追求したいと記している。「新体」をかかげながら、長歌の形式と同じ所から出発した新体詩の矛盾がうかがえる一節である。翻訳という契機によって、西洋の詩を移植しようとしながら、伝統的な音数律を採用したところに、新体詩の出発点があったのである。西洋の詩を「新体詩」として伝えようとした『新体詩抄』は、菊版、和紙袋とじの和装本であったが、装幀にも中味との矛盾という問題が現れているのである。

『新体詩抄』には翻訳詩一四編と、創作詩五編が収められているが、三名がそれぞれ序を寄せ、凡例を付している。詩によっては解説が付いており、序文とあわせて、各人の新体詩についての考え方が現れている。井上は序で「且夫泰西詩。随世而変。故今之詩。用今之語。周到精緻。使人翫読不倦。於是乎曰。古之和歌。不足取也。何不作新体詩乎。」（且ツ夫レ泰西ノ詩、世ニ随ヒテ変ズ。故ニ今之詩今之語ヲ用フ。周到精緻、人ヲシテ翫読倦マザラシム。是ニ於イテカ又曰ク、古之和歌、取ルニ足ラザルナリ。何ゾ新体ノ詩ヲ作ラザルヤト。）と言い、時代によって変化する西洋の詩を模範にして、新時代にふさわしい「新体之詩」を作ることを推奨している。矢田部の序は、「傾者同士一二名ト相謀リ我邦人ノ従来平常ノ語ヲ用ヒテ詩歌ヲ作ル少ナキヲ嘆シ西洋ノ風ニ模倣シテ一種新体ノ詩ヲ作リ出セリ」と述べ、「平常ノ語」の使用を強調している。外山の序は、近世以降の長歌の衰退を嘆きつつ、自分たちの試みを「古来の長歌流新体」と名づけたが、「法螺」かもしれないと謙遜のうちに自信のなさを

示している。
翻訳詩として収録されたのは、「ブルウムフヰールド氏兵士帰郷の詩」（外山）、「カムプベル氏英国海軍の詩」（矢田部）、「テニソン氏軽騎隊進撃の詩」（外山）、「グレー氏墳上感懐の詩」（矢田部）、「ロングフェルロー氏人生の詩」（外山）、「玉の緒の歌（一名人生の歌）」（井上）、「テニソン氏船将の詩（英国海軍の古譚）」（矢田部）、チヤールス、キングスレー氏悲歌」（外山）、「高僧ウルゼーの詩」（外山）、「シヤール、ドレアン氏春の詩」（矢田部）、「ロングフェロー氏児童の詩」（矢田部）、「シェーキスピール氏ヘンリー第四世中の一段」（外山）、「シェーキスピール氏ハムレット中の一段」（矢田部）、「シェーキスピール氏ハムレット中の一段」（外山）の一四編であった。「ロングフェルロー氏人生の詩」と「玉の緒の歌（一名人生の歌）」は同一作品の訳であり、『ハムレット』の一節も同一箇所を競作のかたちで翻訳している。
ハムレットの独白の外山訳の最初の部分は次のようなものであった。

死ぬるが増か生くるが増か、
思索をするはここぞかし
つたなき運の情なく
うきめからきめ重なるも
堪《こら》へ忍ぶが男児《おとこ》ぞよ、

冒頭の七七が例外で、七五のリズムを基調としている。矢田部訳の最初の部分は次のようなものであった。

ながらふべきか但し又
ながらふべきに非るか
爰が思案のしどころぞ
運命いかにつたなきも

これに堪ふるが大丈夫か

両者とも散文に訳さずに、音数律を生かした訳としているが、その結果、伝統的な演劇の科白回しに近づいている。新しさを追求することが、伝統への回帰につながってしまっているのである。ただ、七五律の使用は、口調の良さを実現しており、新体詩の朗誦性という問題につながっている。黙読によって鑑賞される以上に、口ずさまれることによって、新体詩は受け入れられていったのである。

たとえば、口調の良さからもっとも親しまれた「テニソン氏軽騎隊進撃の詩」の冒頭は次のようなものである。

一里半なり一里半
並びて進む一里半
死地に乗り入る六百騎
将は掛れの令下す

テニソンの詩は、クリミヤ戦争に材をとったものだが、リフレーンの効果的な使用によって、音数律の口調の良さはさらに高められている。

心の内部の思いの微細な動きを伝えることができている翻訳詩は多くないが、矢田部訳の「グレー氏墳上感懐の詩」が例外的に心の動きを伝えることに成功している。墓を前にして感じた死の無常を歌いあげた作品だが、墓地に一人たたずむ導入部は、人々に愛唱された。対照できるように、原詩 An Elegy Written in a Country Churchyard の一節もあげておく。

山々かすみいりあひの
鐘はなりつゝ野の牛は
徐に歩み帰り行く
耕へ《ママ》す人もうちつかれ

やうやく去りて余ひとり
たそがれ時に残りけり

The curfew tolls the knell of parting day,
The lowing herd wind slowly o'er the lea,
The Ploughman homeyard plods his weary way,
And leaves the world to darkness and to me.

死を悼む哀切な感情の頂点は、「眼の光り止むときは／恋しかるらん身のやから／たましい体を去るときは／いたく慕はん妻子ども／たとひ焼くとも埋むとも／人の思ひは消えはせじ」というように訳されている。遙かに藤村詩を遠望するような、抒情的な修辞が実現されている。

創作詩は、翻訳詩よりずっと少なく、「抜刀隊」（外山）、「勧学の歌」（矢田部）、「鎌倉の大仏に詣でて感あり」（矢田部）、「社会学の原理に題す」（外山）、「春夏秋冬」（矢田部）の五編であった。外山の「抜刀隊」は、西南戦争での巡査隊の勲功を歌っている。

我は官軍我敵は
天地容れざる朝敵ぞ
敵の大将たる者は
古今無雙の英雄で
之に従ふ兵《つはもの》は
共に剽悍決死の士

この詩は、メロディが付いて歌われるようになったが、軍歌の先蹤といってよいだろう。明治一七年に、『新体詩抄』は再版を出し、模作をする者も出たが、続編は刊行されず初編のみに終わった。抒情の内容に乏しく、見るべき作は少なかったが、七五律、分かち書きのスタイルは、初期の近代詩に形式の手本を提供したことは確かであった。専門詩人ではない、学者たちの試みであった『新体詩抄』は、明治一〇年代の欧化主義の潮流の一翼を担う啓蒙的な思想に基づく文化改良の一環であったといえるだろう。外山正一の「社会学の原理に題す」は、「宇宙の事は彼此の／別を論ぜず諸共に／規律のなきはあらぬかし／天に懸れる日月や／微かに見ゆる星とても／動くは共に引力と／云へる力のある故ぞ」と始まるが、新知識普及のため朗誦性を重視した福澤諭吉の『世界国尽』（明2）からの影響が感じられる。

こうした形式改良の啓蒙性の限界について、日夏耿之介『明治大正詩史』（昭4）は、「『新体詩抄』は、史的に見て、新詩の第一歩を踏み出したものではあるが、生れた事情は他の通俗小説と同じ欧化思潮の偶然なる産物としての立場から出たものにすぎず、他に一として後世に残すものはなかつた」ときびしい評価をくだしている。ただ、新体詩の朗誦性や歌唱性は、ある程度読者にひろがりをもって受けいれられた。国木田独歩は『抒情詩』（明30）の序に次のように記している。

『新体詩抄』出づ、嘲笑は四方より起りき。而も此覚束なき小冊子は草間をくゞりて流るる水の如く、何時の間にか山村の校舎にまで普及し、『我は官軍我敵は』てふ没趣味の軍歌すら到る処の小学生徒をして足並揃へて高唱せしめき。

抒情の内実は乏しくとも、その歌唱性ゆえに新体詩が普及していったことがわかる。『新体詩抄』の類書としては、明治一五年の一〇月に、竹内節が編んだ『新体詩歌』の第一集と第二集が刊行された。明治一六年には、第三集、第四集、第五集が出た。『新体詩抄』の作品を収録したほか、雑誌に載った新体詩、唱歌的な作品、吟唱に適した古典作品を採録している。新旧が同居した『新体詩歌』は、歌唱性・吟唱性に重点を置いたもので、広く受容されていったのである。

蒲原有明は、「創始期の詩壇」（『飛雲抄』昭13）という回想で、少年時に合本袖珍版の『新体詩歌』にふれた思い出を記している。有明は、「姉と二人で競って、何がなしに集中の詩を暗唱していた」と言い、「グレー氏墳上感懐の詩」の冒頭については、「今でも切れ切れながら口調子に乗つて思はず吟じ出されることがある」と語っている。有明は、小室屈山の「自由の歌」についても、「わが邦の埋れたマルセイエエズ」であると評している。自由民権思想の洗礼を受けた「自由の歌」の小室は、新聞記者であり、『新体詩歌』第一集に序文を寄せている。自由民権思想の洗礼を受けた「自由の歌」の冒頭は次のようなものである。

天には自由の鬼となり
地には自由の人たらん
自由よ自由や自由
汝と我れがその中は
天地自然の約束ぞ

新体詩は、その内容においては実質にとぼしいというのが、大方の評価であったが、有明は、興味深い見解を述べている。『新体詩抄』が『ハムレット』の生と死の苦悩を述べた部分を選んで訳していることについて、有明は次のように述べている。

わたくしは沙翁の佳句も多からうに、訳者は何故にこの独白を特に選んだか、そんなことを考へるのである。これは要するに訳者の趣好に由ると言ふより外にその答は得られぬものであらうが、わたくしはその無言のうちにも近代的思潮の到らぬ隈もなき浸潤を考へてみたいのである。わたくしはこの見地から明治十五年に始めて詩の天に輝いた一新星は二重星であつたと観てゐる。幽かに白光を放つ星のうしろに重り合つて、闇く青い宿命の星がひそんでゐたやうに思はれるからである。

明治三〇年代の煩悶の時代に詩的出発をとげた蒲原有明ならではの見方であるが、空疎だと見られる『新体詩抄』にも、近代の刻印は確かに押されていたというのである。有明の見方は、先に引いた日夏耿之介の評価と比べると随分落差があるが、私たちは、その間に佐藤春夫「新体詩小史」(『詩の本』昭35・6)の、「これほど内容が貧弱でこれほど史的価値の高い著作といふのも亦珍しからう」という言葉を置いておくことにしたい。

さて、新体詩以前の近代の詩の源流はどこまでさかのぼれるだろうか。北原白秋「明治大正詩史概観」(『現代日本文学全集　現代日本詩集』改造社　昭4・4、巻末付録)では、与謝蕪村の「春風馬堤曲」と「北寿老仙をいたむ」をあげている。後者の書き出しは、「君あしたに去ぬ、ゆふべのこころ千々に何ぞはるかなる」である。白秋は、また、近世末期の香川景樹や橘曙覧の清新な和歌も源流の一つに数えている。

翻訳については、文政六年頃に詩文集『後夢路日記』に、国学者の中島広足がオランダ語の詩を訳していると伝えられている。また、幕末に勝海舟がオランダ語の詩を訳し、外山正一が明治一五年一一月の「東洋学術雑誌」に紹介している。「思ひやつれし君」という題で、冒頭は、「なにすとて、やつれし君ぞ、／あはれその思ひたわみて、／いたづらに、わが世をへめや」というものであった。翻訳という契機からは、もう一つ、讃美歌が注目される。明治七年に長崎で『讃美歌』が刊行され、明治二三年『新撰讃美歌』に集大成されるが、島崎藤村にも影響を与えたことはよく知られている。明治一四年に初編が刊行された『小学唱歌集』(明治一六年第二編、明治一七年第三編)も歌唱性と形式の点で、新体詩に通じるものがあった。

『新体詩抄』以降は、たとえば、美妙山田武太郎が編集し、硯友社の尾崎紅葉や丸岡九華の創作詩を収めた『新体詞選』が、明治一九年四月に刊行された。「敵は幾万ありとても、すべて烏合の勢なるぞ」の冒頭をもつ美妙の「戦景大和魂」は、軍歌となって広まった。

新体詩の系譜は、歌唱性にのみ傾いて表現上の新味をなかなか出せなかったが、明治一八年一〇月に自費刊行された湯浅半月の長編譚詩『十二の石塚』に、むしろ修辞の工夫の探究が見られた。『旧約聖書』の「士師記」のイスラエルの説話に材を求め、ベニヤミン族ゲラの息子エホデが、エリコ城でエグロン王を倒すという物語を、五七長歌体で歌いあげたものである。北原白秋は、「明治大正詩史概観」(前出)で、「その行文の典麗と品位の都雅とは従前の平俗な訳詩類を超ゆること数等であつた」と高く評価しており、半月が古典和歌に関心を持つ一方、香川景樹の『桂園一枝』の読者であったことに注目している。半月の清新な表現の源流が景樹にあり、それが落合直文にも継承されていることに、白秋は注意を喚起しているのである。

その落合直文が、明治二一年二月から翌年五月にかけて「東洋学術雑誌」に掲載したのが、「孝女白菊の歌」であった。井上哲次郎の『巽軒詩鈔』に収められた同題の漢詩がもとになっている作品だが、白菊のロマンスを抒情的に歌いあげた、七五律五五二行の長編詩であった。直文は、七五律四行の今様体を重ねるというスタイルを考案し、冗長になるのを防ごうとしている。物語の筋は、阿蘇に暮らす父と二人暮らしの白菊が、ある日狩りに出て帰らぬ父の安否を気づかって、父探しの旅に出るが山賊に襲われ、危ういところを柴刈りの翁に救われる。だが、里の長に結婚を迫られ、白菊が自害を思い立ったとき、兄を名のる許婚者が救出に現れるといったものである。「阿蘇の山里秋ふけて/ながめさびしき夕まぐれ/いづこの寺の鐘ならむ/諸行無常とつげわたる/をりしもひとり門に出で/父を待つなる少女あり」という、人々に朗唱された冒頭のあとは次のように展開する。

袖に涙をおさへつゝ
憂にしづむそのさまは
色まだあさき海棠の
雨になやむにことならず

父の安否を懸念して思いにしずむ白菊の様子を、雨にうたれる海棠の花にたとえている。修辞そのものは、伝統的な型に従ったものだが、こなれた表現は、読む者に清新な感じを与える。修辞の柔軟さの点では、藤村詩の世界までもう半歩のところに迫っているといっても過言ではないだろう。

翻訳詩の試みとして、『新体詩抄』以降で重要なのは、森鷗外を中心とした「於母影」の試みである。訳詩集

「於母影」は、明治二二年八月の「国民之友」の付録として、新声社の略号であるS.S.S.の署名で発表された。鷗外のほか、落合直文、井上通泰、市村瓚次郎、小金井きみ子が参加し、和文、漢詩のほか、英独の翻訳詩が収められた。鷗外訳と伝えられる、バイロンの長詩『マンフレッド』の冒頭を引いておこう。

ともし火に油をばいまひとたびそへてむ
されど我いぬるまでたもたむとも思はず
我ねむるとはいへどまことのねむりならず
深き思のために絶えずくるしめられて
むねは時計のごとくひまなくうちさわぎつ
わがふさぎし眼はうちにむかひてありけり

近代特有の心の孤独が、古典的な表現や音数律とは異なる修辞によって表現されている。佐藤春夫「新体詩小史」（前出）は、鷗外には『新体詩抄』の未熟を補うというモチーフがあったと推測し、「新体詩の創設は『於母影』によってはじめて成功した」と述べている。

詩形式の面では新体詩は、島崎藤村の『若菜集』以降の成果に影響を及ぼしているが、象徴詩から口語自由詩にかけての展開は、新体詩とは次元の異なる独自の詩形式の探求という新たな段階を示している。だが、翻訳として出現した新体詩の人工性は、近代の詩の歴史に長い影を落とすことになったのである。

作家と作品

仮名垣魯文「安愚楽鍋」開化の断面

水野　洋

仮名垣魯文が「談笑風諌　滑稽道場　御誂案文認所　江戸作者鈍亭魯文」の看板を湯島妻恋坂の自宅にかかげて本格的に戯作の道を歩みだしたのは嘉永六（一八五三）年の夏のことである。そこでは安い稿料で、先行作品の焼き直しから引き札、手紙、流行の端歌の作成など求められるままに何でも手懸けた。それでもたいていの戯作者がそうであるように生活は貧しく、自宅では古道具屋を営み、「牛の煉薬《ねりやく》黒《くろ》牡丹《ぼたん》」という丸薬を売った。

魯文の最初の大きな仕事となったのは安政二（一八五五）年、安政の大地震のルポルタージュ『安政見聞誌』三冊の刊行で、昼夜兼行で仕事をつづけて、まだ混乱の収まらない地震の三日後に発行するという早業をやってのけた。このとき、執筆に協力した二世一筆庵永寿と稿料を折半し、五両という大金を手に入れた。そんな彼の出世作となったのは、女子の富士登山が許されて話題となった庚申の年をねらって出した『滑稽富士詣』（一八六〇）で、その目論みは的中し、「今三馬」との評判をとった。維新の後には福澤諭吉の本をネタにした『西洋道中膝栗毛』を刊行、弥次郎兵衛と北八がロンドンの博覧会見物に出掛ける道中記という趣向で、開化期の庶民の西洋に対する関心にいち早く応えて大当たりとなったのである。

こうして幕末から維新の激動期を生きぬき「明治初期に於ける戯作者の殿《しんが》り」（「仮名垣魯文翁の自伝」野崎左文『私の見た明治文壇』）となった魯文の代表作が、

当時流行の牛鍋屋にやってきた人たちを描いた『安愚楽鍋』（明4～5）である。当時の牛鍋には並肉を葱と一緒に味噌などで煮込んだ「並鍋」一人前三銭五厘と、牛の脂をぬった鍋で上肉を焼き、タレを付けて食べた「焼鍋」一人前五銭があった。それまで牛や豚などの獣を食うのは「薬食い」などと称して庶民の間にこっそりと行われたこともあったようだが、徳川時代には普通の人間のすることではないとされてきた。開国後には牛肉も商う外国人相手の西洋料理店が店開きし、これがきっかけとなって外国人が居留する江戸・横浜・神戸あたりで牛肉を賞味する習慣が少しずつ広まっていき、明治となってから、東京芝露月町に「中川」、京橋「三河屋」、妥女町「角屋」、神田橋「桃林舎」などの牛鍋屋が出現、牛鍋流行の魁となった。

　さて、店を開くは開きしも、一向来客なし、なきはずなり、店前を通る人さへ、この店の前は、鼻を押さへ目を閉ぢ、二、三軒先より、駈けて行くくらゐなり。「店開きにお客が一人ないといふのは、心細い」と、口小言いひいひ、夜の十時頃に、店を締めようとするとき、図部六に酔ひし、仲間二人飛び込み来り、「さァ牛肉を食はせろ、俺達はイカモノ食ひだ」と、大威張りにて食ひ行けり。その後とも、ときたま来る客は、悪御家人や雲助、人柄の悪い奴ばかりにて、「俺は牛の肉を食ツた」と強がりの道具に使ふためなりし。いわゆる真面目の人は皆無なりければ、商売にはさぞ骨の折れたることとなるべし。

（「最初の牛鍋店」石井研堂『明治事物起源』）

こうして始まり、当初評判の悪かった牛肉も食べてみたら結構美味いし、政府の奨励策もあって急速に広がっていったのである。

　東京《とうけい》にゐたじぶんにやァ、牛《うし》やのまへを通《とほ》るのもいやだッたが、だれもすゝめもしないくせに、牛がたべたくなッて、割烹人《こつく》が煮《に》てゐる処《とこ》へいッて、ちいさく切《き》ッてもらッて一ト口たべて見るとおいしくなッて、外《ほか》のおさかななんぞより牛《うし》が好《すき》になッたのだから、私《わちき》の牛《うし》をたべるのはしらうとじやアない、くろッぽいのでスヨ。

（「茶店女《ちやみせむすめ》の隠食《かくしぐひ》」）

このように、魯文が入れ込んだ式亭三馬の『浮世風呂』、『浮世床』や気質物などを真似た巧妙な語り口でもって、牛鍋屋を訪れた田舎武士、商人、町医者、芸者、娼妓たちの独白や対話一八条と「当世牛馬問答」に序、前口上などをそえた三編に当時の庶民の開化期の諸相を描きだしたのである。書画会に出た文人には「僕《ぼく》がからだの居《ゐ》まはりを、雲霞《うんか》のごとく取巻《とりまい》て、お跡《あと》で一本どうか諸先生《しよせんせい》の合作《がつさく》でござりますから一寸《ちよつと》ねがひますの、ヤレ遠国《ゑんごく》からたのまれました。書画帳《しよがでう》だのと、たちまち扇紙《せんし》の山《やま》をなしたは実《じつ》にうるさい。」「実《じつ》に高名家《かうめいか》には誰がした。モウ〳〵、名聞《めうもん》は廃《はい》すべし〳〵。」（「生文人《なまぶんじん》の会談《かいばなし》」）といった具合にキザで嫌味な俗人ぶりを描き、男に入れこんですっかり金をなくしてしまった娼妓の話（「娼妓《おいらん》の密肉食《あくものぐい》」）や仕事を終えた人力車夫の酒をあおりながらの独白（「人車《じんしや》の引力言《ひきごと》」）などを織りまぜて、さまざまな職業の人たちの悲喜こもごもの人生を浮かび上がらせている。

これもまた文明開化のシンボルだった瓦斯燈の放つ光が、その当時の庶民には海の彼方のどこか手の届かない不可思議な西洋の術として物珍しい対象なのに対して、牛鍋の流行とはまさに庶民の間に流入してきた西洋文明とそれにともなう大きな時代の変化を実感させるものであった。

我国《わが》も文明開化《ぶんめいかいくわ》と号《い》ッてひらけてきやしたから、我ゝ《われ〳〵》までが喰ふやうになったのハ実《じつ》にありがたいわけでごス。それを未だに野蛮《やばん》の弊習《へいしゆう》と云ツてネ、ひらけねへ奴等《やつら》が肉食《にくしよく》をすりやア、神仏《しんぶつ》へ手が合《あは》されねへの、ヤレ穢《けが》れるのと、わからねへ野暮《やぼ》をいふのハ窮理学《きうりがく》を弁《わきま》へねへかのことでげス。

（「西洋好《せいやうす》きの聴取《きゝとり》」）

国産多《こくさんおほ》きは国《くに》の富《とみ》ぢゃ、僕《ぼく》も旧《もと》は和漢《かん》の書《しよ》をすこしばかり読《のぞ》いたけれど、横文字《よこもじ》ばかりは大きらひ。鎖港攘夷《さかうじやうゐ》の説《せつ》を唱《とな》へたが、斯《かく》まで互市《かうえき》がさかんに成《な》ッては、外国《ぐわいこく》の実情《じつじやう》を知らぬもふじゆうで、嫌《きら》ふた事《こと》をくやんで居《を》れど、さりとて白髪《はくはつ》をいたゞきながら、ヱビシをまなぶもはづかしいゆゑ、訳書《やくしよ》だけを読《よん》で、かの国《くに》の事情《こと》はすこしわかッたから、以前《いぜん》の説《せつ》を覆甕《ほぐ》にしテ、開港互市《かいこうごし》にあらざれば、富国強兵《ふこくきやうへい》の策《さく》なしとおもふこゝろになったぢゃテ。

（「覆古《ふくこ》の方今話《いまやうばなし》」）

ここにあるのは文明開化の風潮の礼賛であり、明治新政権の政策の積極的な支持である。眉剃りやお歯黒などの旧習を批判した福澤諭吉の『かたわ娘』を、同時代の戯作者万亭応賀は『当世利口娘』（明6）において旧秩序の側から論駁し、さらに『安愚楽鍋』を意識し、肉食批判をまじえた戯作『近世惘蝦蟇《あきれかえる》』（明7）などをものして、魯文と対照的なスタンスをとった。魯文をしてこのような進歩的ともいえる姿勢をとらしめたものはなんであったのか。それは『安政見聞誌』、

『滑稽富士詣』、『西洋道中膝栗毛』と流行を当て込んで売り出し、つぎつぎとヒットさせた際物作家魯文のジャーナリスティックな才覚であった。その新政策を支持する進歩的ともいえる側面は明治政権に無批判に迎合していくことにつながり、明治五年、明治政府が風紀粛正を旨とした「三条の教憲」を発令し、芝居、寄席の自粛ムードが広がる中、いち早くこれに応じ『蛸之入道魚説教』のような幇間的な文学を書き、「著作道書き上げ」を政府に提出して自己批判を行うなど、従来の戯作者と何ら変わりない卑屈な態度を見せたのである。

　魯文の、時流をとらえて生き抜く際物作家としての才は、福澤の著からこれからの読者の関心を引き、流行すること間違いない「西洋」という実に魅力的な対象を発見したのであり、その読みは見事に当たった。

　風船《ふうせん》で空《そら》から風《かぜ》をもってくる工風《くふう》は妙《めう》じゃアごうせんか。あれはネ、モシ、斯《かう》いふ訳《わけ》でこぜへス、地球《ちきう》の図《づ》の中《なか》に暖帯《だんたい》と書てありやす国《くに》があるがネ。彼所《あすこ》が赤道《せきだう》といッて、日《ひ》の照《て》りの近《ちか》イ土地《とち》だから、あついことはたまらねへ。そこで以《もつ》テ、国の人《ひと》が日《ひ》にやけて、皆《みな》くろん坊《ばう》サ。それだから、その国《くに》の王《わう》がいろ〳〵工風《くふう》をして、風船《ふうせん》といふものを造《つく》ッて、大きな圓《まる》い袋《ふくろ》の中へ風《かぜ》をはらませて空《そら》からおろすと、そのふくろの口《くち》をひらきやすネ。すると、大きなふくろへ一《いつ》ぱいはらませてきた風《かぜ》だから、四はう八方《ぱう》へひろがッて、国《くに》の内《うち》がすゞしくなるといふ工風《くふう》でごス。（「西洋好きの聴取」）

生半可な知識をひけらかし得意になっている西洋文明の半可通を穿ったのである。このように西洋かぶれを茶化して読者の笑いを誘い、開化の絵解をするのがこの書の主眼であった。それは読者の嗜好とよくマッチしたものの、従来の戯作的手法とは何ら変わりないものでもある。巧みな戯文調を駆使し、それぞれの登場人物を通した開化期の世態を浮かび上がらせた写実の妙はあるが、魯文自身が新思想、新知識の体現者となりえてはいなかった。が、当時の読者層の関心とするところ、のぞいてみたいと思った「肉食」という西洋文明に由来する新風俗を作品化し、これをよく描きだしたところに戯際物作家魯文の手柄があったのである。

大和田建樹と『明治唱歌』

古澤夕起子

岬の分校

小さな岬の分校では唱歌の時間は一週一度きり。女《おなご》先生が休んでからというもの、生徒たちにはつまらない時間になり、オルガンの苦手な男先生は密かに特訓を始める。「ひとつ、しゃんとした歌を教えるのも必要だからな。大石先生ときたら、あほらしもない歌ばっかり教えとるからな。『ちんちんちどり』、だことの、『ちょっきんちょっきんちょっきんな』、だことの」、「ここらでひとつ、わしが、大和魂をふるいおこすような歌を教えるのも必要だろ。生徒は女ばっかりでないんだからな」。男先生が選んだのは「千引の岩は重からず／国家につくす義は重し……」という「千《ち》引《びき》の岩」。男先生はこの歌の「深い意味をとき聞かすが、低学年ばかりの分校の子にはのみこめない。あげくのはてに男先生は「ヒヒヒフミミミ　イイイムイはいッ」と「昔流」[1]の音階で指導をはじめ、生徒たちはそれを面白がって歌詞を歌おうとはしなかった。

――『二十四の瞳』（壺井栄）の一場面には、大正自由教育の残り香が戦争のきなくさい臭いに消されていく昭和のはじめの様子が、唱歌と童謡を効果的に使って描かれている。女先生が教えたのは「ちんちん千鳥」（北原白秋作詞、近衛秀麿作曲）など大正期の童謡運動の中で生み出された歌である。白秋は、唱歌がわらべ唄を棄て去ってヨーロッパの音楽を移植したものであること、また、子どもの生活感情を無視したものであることなどを厳しく批判したのだが、では、その唱歌とは、いったいどのようにして生まれたものであったのだろうか。

唱歌の誕生――わらべ唄の排除

明治五年九月、最初の近代的教育制度である「学制」が頒布された。「一般ノ人民必ス邑ニ不学ノ戸ナク家ニ不学ノ人ナカラシメン事ヲ期ス」として、全国を学区に分け、各学区にそれぞれ大学、中学、小学等を設立して文部省がこれを統括するというものである。その第二七章には、尋常小学を上下に分け、六歳より九歳までを下等小学として「男女共必ス卒業スヘキモノ」とし、次の一四の教科を定めた。

一．字綴　二．習字　三．単語　四．会話　五．読本　六．修身　七．書牘　八．文法　九．算術

一〇．養生法　一一．地学大意　一二．理学大意
一三．体術　一四．唱歌
最後の教科「唱歌」の下には「当分之ヲ欠ク」とあり、実施方法である「小学教則」には唱歌の項目自体がなかった。つまり、教科として設定されたものの、何を、誰が、どう教えるか、見当がつかなかったのである（図画は教科としても挙げられていない）。
では、明治のはじめの子どもたちのまわりにはどんな「音楽」があったのだろうか。一番親しいのは遊びながら歌うわらべ唄、子守唄。身近なおとなたちが仕事をしながら歌う唄、祭礼の太鼓や笛。地域によっては三味線や琴の音色。しかし、後に白秋が批判するように、子どもたちに親しいわらべ唄や民謡は「俗楽」とされて、教材には不適当だと考えられた。「俗楽」に対するものは「雅楽」と呼ばれた宮廷の音楽だが、雅楽の旋律は一般人にはまったく親しみがなかった。明治一二年に学制が廃止されて改正教育令が出され、教科としての唱歌の内容がかなり明確にされたが、「唱歌」の教材にする音楽はどこにも見当らなかったのである。このような状態を「唱歌を実施するの難きに非ずして、却て適当なる音楽を撰択するの難きにあるものの如し」と見て、音楽取調掛《とりしらべがかり》の設置を働きかけたのが伊澤修二であった。

伊澤修二と『小学唱歌集』

伊澤修二は嘉永四（一八五一）年信濃国伊那郡高遠に生まれた。幕末、高遠藩がオランダ式調練をはじめたとき鼓手として採用され、食事のときにも茶碗をたたくほど熱中したという。選ばれて藩の貢進生となり大学南校に学んだが、明治二〇年には日本人としてははじめて皆既日食の観測をするなど自然科学にも関心が深く、多方面に業績を残した人物である。二三歳の若さで愛知師範学校校長になったとき、付属幼稚園で唱歌の指導を試み、この実践の中から、後に『小学唱歌集』に収められた「蝶々」〔てふ〳〵てふ〳〵。菜の葉にとまれ。〕が生まれた。明治八年文部省の留学生として渡米。国家を背負ったエリートとして教育学の視察研究をすすめた伊澤の奮闘努力はここでは省く。帰国して東京師範学校校長となった伊澤の働きかけが実って、明治一二年、文部省に音楽取調掛が設置されたのである。

御用掛に任命された伊澤の提案は合理的で、実行力に富んでいた。「東西二洋の音楽を折衷し、将来、我国楽を興す」（『音楽取調成績申報書』明17）ため、やる

べきことは三つある。東西の音楽の調査研究、人物の養成、諸学校への実施。明治一三年秋には音楽取調掛伝習生として二二名が選ばれた。一二歳から四四歳の男女一五名と奥好義《おくよしいさ》ら七名の伶人で(2)、これを第一期生として養成は順調に行われた。

教材については、ヨーロッパと日本の歌曲の違いが比較的少ないものとして「童謡の如き其結合簡短なるもの」を挙げ、手始めに相当の歌曲を作って小学生徒に授けることを提言。一三年には、東京師範学校、東京女子師範学校とそれぞれの付属小学校において「唱歌伝習」をはじめている。新しい音楽を受け容れるのは、いつの時代も若い世代であることは言うを待たない。たとえば、付属小学校で伊澤の招聘したアメリカ人の音楽教師メーソンに学んだ幸田延(幸田露伴の妹)は、音楽取調掛の第一回全科卒業生となり、バイオリニストへの道を進んだ。

取調掛の編んだ最初の音楽教科書『小学唱歌集初編』(明14・11出版届、同15・4発行)は横長の小振りな和装本で、伊澤の緒言、音階練習、楽譜の付いた三三の歌曲からなる。作詞者、作曲者は記されていない(以後編集された「文部省唱歌」はこれに倣っている)。一年足らずで八千部を重版したという。曲の多くは外国の民謡で、現在の「むすんでひらいて」が「見わたせば」(第一三 J・ルソー作曲)と題して収められた他、先述の「蝶々」(第一七 スペイン民謡)や「蛍」〔「ほたるのひかり。まどのゆき。」〕(第二〇 スコットランド民謡)など今も歌われている歌がある。作詞は多く師範学校の教員経験者の手になった。緒言に言うように小学の教育は「徳性ヲ涵養スルヲ以テ要トスヘシ」とされ、「音楽ノ物タル性情ニ本ツキ人身ヲ正シ風化ヲ助クルノ妙用」があるとされたためであろう。「徳性ヲ涵養」することが全面的に打ち出されたことが音楽の楽しみを減じたにせよ、それ自体は非難されることではない。ただ問題は、歌詞が小学生にとって難解で、忠君・愛国・敬神といった徳目が際だって強調されていったところにあった。

唱歌作詞者としての大和田建樹

明治一八年、森有礼が文部大臣になり、新しい小学校令によって小学校の教科書はすべて文部省の検定を経ることとなった。検定制度の初期に発行された教科書の中で「もっとも重要なもの」(『日本教科書大系』解説)が大和田建樹、奥好義選の『明治唱歌』(全六巻 中央堂 明21〜25)である。

大和田建樹《たけき》は、『鉄道唱歌』(明33)に代表される唱歌の作詞者としてのみ現在に名を残しているが、東大の古典講習科で国文学を講じて『明治文学史』(明27)を著した国文学者であり、訳詩集のはじめをなした『欧米名家詩集』(全三巻 明26~27)の訳者であり、『雪月花』(明30)、『したわらび』(明35)などの美文韻文集で文名を上げた文章家である。これらの仕事に先んじて、『明治唱歌』は著されている。大和田と唱歌のつながりは、どこに生じたのだろうか。

大和田建樹は安政四(一八五七)年宇和島藩の神官の家に生まれ、藩校の俊才少年と目された。明治九(一八七六)年広島外国語学校に学び、一三年に上京して交詢社書記となり、英・独・ラテン語を独習したと言われる。建樹とほぼ同年齢で、教育・出版界に足跡を残した山縣悌三郎は、明治八年ごろ東京英語学校で学んだとき英語の唱歌を習い、ドレミから始めて三、四の歌詞に進んだと回想している。あるいは建樹も外国語の習得の過程で、唱歌に触れることがあったかもしれない。その後、博物館勤務を経て、明治一六年に東京大学古典講習科の講師、一九年には東京高等師範学校・同女子部教授となった。神官の家に生まれた建樹は、宇和島時代から雅楽の素養があり終生これに親しんだが、東大に職を得たころから、東儀彭賢について雅楽を、観世清孝に謡曲を習い、『謡曲通解』(明25)の著書もある。高等師範学校に勤務し、国文学者であり、英文を解し、雅楽を習得——唱歌の作詞者としての白羽の矢は、大和田建樹に立つべくして立ったというべきかもしれない。矢を放ったのはおそらく『明治唱歌』の共編者、奥好義[3]である。

『明治唱歌 第一集』(明21・5)は赤い布表紙に金字でタイトルを入れた上製[4](定価三五銭)と、紙表紙の並製(一二銭)が刊行され、第二集(明21・12)、第三集(明22・6)、第四集(明22・12)、第五集(明23・8)、第六集(明25・4)と集を重ねた。各々二五~三〇曲が、左ページに歌詞、右に楽譜の見開きで収められ、第一集のみメーソンの肖像と彼への謝辞(奥)が載っている。第一集では、二九曲の内、税所敦子、高崎正風、外山正一らの作詞が八篇、残りは大和田の作詞で、作曲は奥六篇、上真行《うえさねつら》他が一〇篇、その他の一三篇は外国曲である。現在も親しまれているものは外国曲が多いが、「舟あ

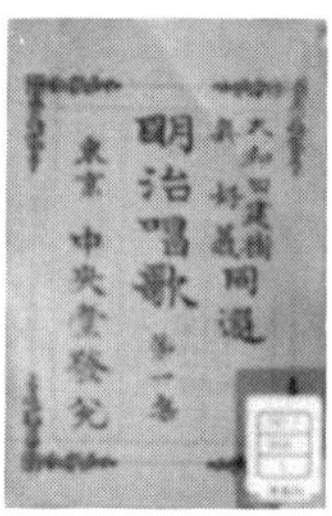

『明治唱歌』
第１集表紙
同志社女子大学
図書館 所蔵

そび」（大和田作詞、奥作曲　第二集）などは雅楽の音階（ヨナぬき）で作られ、当時愛唱されたという。

さて、大和田建樹の作詞意識にしぼって見てみよう。曲と詞の関係について第二集序文に、建樹はこのような喩をもって書いている。

　西洋より帰りたる友の曰く。かの地の菫をもちきたりて、庭に植へてみるに、そだちはすれど花はさかず、もとのいろ香はおほかたなし。薔薇も又しかり、これにひきかへわが国の百合は、かの地によくそだちて、すこしの色香も失わせぬは、その地にふさふとふさはぬとによるならんと。

「外国唱歌のおもしろき譜をとりて、それにわが歌を附さんとするに、うまくはまるもはまらぬも」あるが、この集には「なるべく菫ならぬものを」(5)と努めた、と続く。第二集では建樹以外の作詞は一篇で、凡例にはその理由を「第一集には、選者の歌の外に諸先生の歌をひろく輯めたれど、此書ハそれまでに及バず、採らぬにはあらず、得ざりしによるのみ」と遠慮がちに記している。それが第三集になると、「此集に載する歌は、のこらず選者大和田建樹の作なれば、一々その名をしるさず」とあって、作詞者としての矜恃が感じられ、自らの既刊の詩集『いさり火』（明21）の詩も四篇収めている。建樹の自信の背景にあったのは『明治唱歌』の売れ行きであろう。第三集で見ると、明治二二年六月刊行、翌月再版、それから一年余の間に五版を重ねている。

『明治唱歌』——青春の夢の酵母

『明治唱歌』より代表作を三編挙げて建樹の詞を見ておこう（歌詞はすべて一番のみ）。

故郷の空

夕空はれて　あきかぜふき
　つきかげ落ちて　鈴虫なく
おもへば遠し　故郷のそら
ああ　わが父母　いかにおはす
（第一集　スコットランド民謡を奥が改作）

あはれの少女《をとめ》

吹き捲く風は　かほを裂き
　みるみる雪は　地にみちぬ
あはれ　すあしの　をとめ子よ
　別れし母を　よぼふらん
（第二集　フォスター作曲）

旅泊

磯の火ほそりて　更くる夜半に
　岩うつ波音　ひとりたかし
かかれる友舟　ひとは寝たり
　たれにか　かたらん　旅の心

（第三集　イギリス曲）

「故郷の空」は今でも大和田の作詞で歌われている。原歌詞とは異なるまったくの創作歌詞。建樹は二三歳で上京し、家族も籍も東京へ移したが、思郷の気持ちは生涯変わらなかった。「故郷の空」に流れるものは、歌日記のような形で『雪月花』などの美文に綴られたのと同様に、名をなした人の屈折のない故郷への思いである。それは、「夕空・月影」、「秋風・鈴虫」に見られるような古典和歌の枠組みの内で表現しうるもので、型にはまったこの感傷性こそ、故郷を離れた多くの人を慰撫することができたのである。

「あはれの少女」は現在では「故郷の人々」の題で歌われている。アンデルセンの「マッチ売りの少女」を下敷にした創作歌詞。このような物語性の高い詞は、建樹の最も得意とするものであった。

「旅泊」は現在「灯台守」の題で歌われている。やはり創作歌詞で、旅は建樹の文学に欠かせないものであった。その集大成と言えるのが後年の『鉄道唱歌』で、建樹の散文も韻文も旅を主題にするものがほとんどである。

まことに、この集の中に収められた平淡ではあるが嫻雅な、単調ではあるが優美な、美しいセンティメンタリズムを波々とたゝへた曲唱が、当年以後、夥しき全国浦々の青年子女が青春の夢の酵母とどれほど多くになつたか計り知るべからざるものがあるので、文学史的重要の一点から視れば、いふまでもなく「新体詩抄」の方をあげなければならぬが、直接に且つ感情的に端的に実際に於て民族の感情に新味と繊細とを注入した点に於ては新派らしい詩抄よりも古風な唱歌集の方が重視されなければならない。

これは日夏耿之介が『明治大正詩史』（巻ノ上）で『小学唱歌集』について述べた箇所であるが、『明治唱歌』にも当てはまるだろう。日夏は同書で大和田を評して、「新体詩に対する異常の熱心を示したが」、「畢竟、唱歌の作者にすぎない」としている。建樹自身は新体詩を「長歌」と同義語（『新体詩学』）に捉えており、卑俗に流れなければよいと考えていたような人であるから、近代詩人としての評価が低いのは当然であった。

明治二三年「教育に関する勅語」が出されてからは、検定制度と相まって唱歌の歌詞は急速に教訓的になり、徳目を歌ったもの、歴史上の人物や軍人の忠心・貞操などを題材にしたものが増えていくことになる。『明治唱歌』最終第六集（明25）序文で建樹は、「唱歌書類の世に出づる事日に月におびたゞし」かったのも早や過去となり、「ふたゝび第一集のうまれざりし以前に復らんとす」る唱歌の季節の終わりを、平安朝の神楽《かぐら》・催馬楽《さいばら》の盛衰と重ねて嘆いている。日清戦争から日露戦争にかけての軍歌ブームが積極的に教育に取り入れられていく中、士族意識が強く、物語詩にすぐれていた建樹は、『征露軍歌広瀬中佐』（明37）や『佐久間艇長』（明42）の作詞者として晩年を過ごし、その死の床で海軍軍歌を作った[6]。「畢竟、唱歌の作者」であったことは、大和田建樹にとって必ずしも不本意な評価ではなかったと思われる。

注

（1）「ドレミファソラシド」を「ヒフミヨイムナヒ」と呼んでいた。

（2）京都の楽所にいた楽人は、明治維新の後、太政官雅楽局に呼び寄せられて伶人と呼ばれた。奥は後、音楽取調掛助教。

（3）『明治唱歌』第三集では奥好義の肩書は「高等師範助教諭」となっているが、いつから勤務先が同じだったのかは不明である。また、音楽取調掛伝習生の中に、建樹の雅楽の師と近い関係の人ではないかと思われる「東儀彭質」という名があり、ここに唱歌との接点を見ることもできるか。

（4）第二集以下は並製本だけか。定価は第六集まで一二銭のまま。

（5）例外の一篇は建樹の妻けい子（計伊子）の作詞。第四、五集にも各一篇が載っている。

（6）建樹は明治四三年三月、海軍省教育本部から海軍軍歌の作詞を嘱託され、九月、感冒の発熱をおして作詞。一〇月一日永眠した。

三遊亭円朝『怪談牡丹燈籠』

山下多恵子

『怪談牡丹燈籠』は、明治一七（一八八四）年七月、東京稗史出版社より上梓された。日本初の速記本であり、二葉亭四迷などの言文一致体に多大な示唆を与えたものとして、文学史的にも看過できない位置を占めている。

作者の三遊亭円朝は天保一〇（一八三九）年に生まれ、明治三三（一九〇〇）年に没した。幕末から明治にかけての江戸（東京）に生き、時代の大きな動きを身をもって感じ、それと対峙しつつ自らの芸を極めた。本名を出淵《いずぶち》次郎吉という。父は二代目三遊亭円生の弟子で橘屋円太郎といい、次郎吉も、七歳のとき小円太の名で高座に上がり、九歳で父と同じ円生門下となった。のち商家へ奉公に出たり浮世絵師一勇齋（歌川国芳のもとで絵画修業をするという経験を経て、一七歳で円朝を名乗り、以後芸の道を邁進した。

父の円太郎は家庭を顧みぬ芸人肌の男であった。遊蕩三昧の父に代わって円朝を気に掛け彼の人格の陶冶に大きな力を注いだのが、異父兄の徳太郎（のちに玄昌、さらに永泉）である。僧侶であり人格者であったこの兄は、円朝を寺子屋にやり、仏教思想を教え、座禅を組ませ、「何事にまれ（中略）心を外に移さぬやう、一念に是れを勉め」[1]ることが肝要であると教えた。これらはのちに円朝の創作および口演の際に大いに役立つこととなる。

『怪談牡丹燈籠』は円朝二三歳の作である。速記本としてまとめられたのは明治一七年、四六歳のときのことであるから、創作時より二十数年が経っている。

話は若侍飯島平太郎（のちに平左衛門）が酔って絡んできた黒川孝蔵という侍を斬り殺したところを「第一回」として始まる。「第二回」はそれから一八年後、中年となった飯島は妻を亡くし、女中のお国を妾としているが、お国と合わない飯島の娘お露は家を出て余所に暮らしている。このお露と美男の浪人萩原新三郎との出会いが描かれる。「第三回」で飯島家の雇人孝助が登場する。忠義に篤く一本気な青年である。飯島は、孝助が一八年前に殺した黒川孝蔵の息子であるということを知り、いつの日か名乗り出て討たれてやろうと思う。以後、飯島―孝助の主従の絡みと新三郎―お露のあえかな関係とを縦糸横糸として、交互に物語は展開していく。それぞれ独立したおもむきを呈しながらも、両方の登場人物がいつしか自在に行き来して、やがていくつかの因縁の糸があらわとなり、作中人物も読者も共にその不思議に打たれる。

円朝五〇歳のときの口述という「三遊亭圓朝子の伝」[2]は、『怪談牡丹燈籠』の制作に関して、彼を贔屓にしていた旗本の隠居が「我が予《かね》て知れる話にて（中略）面白しと思ふ物語あれば」といって話してくれた仇討ち話の「一伍一什《いちぶしじふ》の話の趣を基礎《どだい》とし」ていると伝えている。物語の後半、新三郎とお露の話は、彼らが哀しくも恐ろしい結末を迎えたのを機にふっつりと途切れ、それゆえ全体としては仇討ち譚の中に幽霊譚が挿入されたという印象を与えるが、このことからも物語の「基礎」は孝助を中心とした人間関係を通して武家社会の義理と人情を描こうとしたもののように思われる。にもかかわらず、『怪談牡丹燈籠』と、幽霊話の方を暗示する題名としたのはなぜなのか。

仇討ち話にモデルがあったように、お露・新三郎の話にも、モデルがあったことがわかっており、また『伽婢子《おとぎぼうこ》』[3]をヒントにしているということも、つとに指摘されるところである。円朝は創作意欲を刺激された二つの巷談に、『伽婢子』などによって知られた怪談「牡丹燈籠」を折り込んだ。化政期から幕末にかけて怪談話が流行しており、それを取り入れることが客の期待に沿うということを、知っていたのである。円朝は怪談仕立てにすることで、客の関心を引くと同時に、話全体に浪漫の色づけを施した。

伴蔵は蚊帳の中にしゃに構えて待っているうち、清水の許《もと》からカランコロンカランコロンと駒下駄の音高く、常にかわらず牡丹の華の燈籠を提げて（中略）伴蔵はぞっと肩から水をかけられるほど怖気《こわけ》立ち（中略）ぶるぶる慄えながらいると、蚊帳の側へ来て「伴蔵さん伴蔵さん。」

いくどめかの「カランコロンカランコロン」[4]の場面である。有名なこの下駄の音や、何としても死霊除《よけ》の札を剥がそうとするお露幽霊の執着は、恋人の新三郎や百両の金と引き替えに新三郎の命を彼女に引き渡そうとたくらんでいる伴蔵夫婦の身になれば恐ろしいが、たとえば「真景累ケ淵」などが醸し出すような凄惨な雰囲気はなく、むしろ幻想的な幽玄の世界を作り出している。はかなくも美しいその世界を崩し、聴衆を現実に引き戻すのは、隣家の息子と密通し夫を亡きものにしようとするお国や先の伴蔵の小悪党ぶり、主人を身をもって守ろうとする孝助とその孝助に自らを討たせようとする飯島との主従愛、孝助と母との数奇な巡り合せなど、登場人物たちの織りなす人間模様である。聴衆は幽霊話の浪漫の世界と愛憎渦巻く現実世界とを行きつ戻りつしながら、円朝の語りを満喫していたのであろう。

　円朝が亡くなったときの「文芸倶楽部」の記事(5)には「三寸の舌先にて百人百種の人物を現わし、もって聴者を感動せしめ」とあり、岡鬼太郎は円朝の話の筋立てについて「一興行十五日間分の筋を立て、而《そ》して毎夜の切り所を考へ、興味の中心点即ち話の山を工夫し(6)」と書く。右に言うような、円朝の作品に共通するすぐれた人物造型と聴衆を引付けてあきさせない構成力は、若い頃から「粋狂連《すいきようれん》(7)」などに参加して技を磨いたり、山岡鉄舟はじめ数多くの知識人との交流を通して虚心に精進し続けたたまものであろう。

　ところで、関山和夫は「円朝の怪談噺は、人生の種々相を仏教的な解釈で描くところに究極の目的があった(8)。」と書き、『怪談牡丹燈籠』にも仏教思想の並々ならぬ影響があることを指摘している。異父兄の薫陶を得て仏教思想を教養として身につけていたこと、そもそも怪談噺そのものが説教の譬喩因縁談を祖としていること、円朝が参照したとみられる『伽婢子』の作者浅井了意は真宗の説教者であり『伽婢子』も説教の話材と考えられること、『怪談牡丹燈籠』の結末部分に新幡随院濡れ仏の縁起があることは無視しがたいことなどをその裏付けとして挙げているが、説得力があるように思う。登場人物たちが思いもかけないところで結びついてくる不思議や、色と欲に溺れたお国や伴蔵の末路は、なるほど仏教の因果応報という概念を思い起させる。古道人は『怪談牡丹燈籠』の序に、この作品の創作の意図を「凡夫の迷ひを示して、凡夫の迷ひを去り、正しき道に入らしむるの栞《しをり》とする為め」であろうと書いているのも、このことを言っているのであろうか。

　さて、もう一つの序の作者――春のやおぼろ（坪内逍遙）は、作品の価値について、主にその文体に言及し、次のように述べている。この作品が「速記といふ法《はふ》を用ひてそのままに謄写《うつ》しと」ったものであること、その文章は「句ごとに、文ごとに、うたた活動する趣《おもむき》ありて、宛然《さながら》まのあたり」に作中人物に「逢見る心地」にさせられ「仮作《つくり》ものとは思は」れないほどであること、そしてそれは「文の巧妙なるに因《よ》る」こと、「人情の髄を穿《うが》ちて、よく情合《じやふあひ》を写」すこの文章を、文筆に従事する者たちは学ぶべきであること。

　『怪談牡丹燈籠』が従来文学史的な意義という観点

から論じられてきた所以は、実に逍遥が指摘したこの点にある。『怪談牡丹燈籠』は作者円朝が意識しないままに、言文一致の運動に大きな影響を与えた作品として、文学史の中に飛び込んでいたのである。

円朝の語りが活字になるには速記[9]という技術が必要であった。文体について悩む二葉亭四迷に逍遥が円朝の語りのように書くことをアドバイスし、そのようにしたことは有名な話だが、円朝の語りと二葉亭の作品（『浮雲』）の間には「速記」という仲立ちが必要であった。逍遥の二葉亭への助言は、当然のことながら「速記本に書いてあるように」という意味であったし、「速記」によって紙面に移された文章に、二葉亭は新しい文体を感じたのである。つまり、円朝自身が意識して文体を変革したのではなく、語りという形態があり、それが速記術によって文字化されたとき、そこに新しい文体が現れたのだ。おのずからのものであり、結果的にそうなったのである。しかし円朝噺の筋立てや語りの魅力が速記と結びついたことは確かであり、その意味で円朝とその語りが果たした役割は大きい。

稲垣達郎は、速記術の発明により「はなしの活字化、はなしの定着がおこなわれ」、「円朝物が（中略）芸能から文学に転位した[10]」と述べている。音声のみを媒介としてきた芸能が速記術を得て文字化され「文学に転位」したとする視点である。稲垣は社告に「総テ噺ノ侭ニ言語ヲ直写」したといいながら、円朝が校閲を要求し、また各回ごとに漢文風の見出しが付けられたことなど「文学的操作」が見られることも指摘している。「文学」ということを円朝自身も次第に意識していったであろうことは、彼が自ら筆を執り始めたことからもわかる。明治二八年四月から中央新聞に連載された「名人長二[11]」は、速記ではなく円朝自身が執筆したものである。落語家か、作家か——晩年の円朝は自らをどのように認識していたのであろうか。

明治三二年、死の前年、病んだ身体で最後の高座に上がった円朝が演じたのは、『怪談牡丹燈籠』であった。青春時代「最も力を尽[12]」くし、まわりから「ふぬけ（中略）と綽名《あだな》」されるほどに「放心なすまで」のめりこんで作り上げたこの作品を演じる円朝の胸を、如何《いか》なる思いが去来したであろうか。

注

（1）「三遊亭圓朝子の伝」

（2）三友舎　明22・11。三友舎主鈴木金輔が円朝自身から聴いた自伝を、編集者の水沢敬太郎（朗月散史）が筆記したもの。

(3) 一六六六年刊。浅井了意作の仮名草子。円朝は本書の「牡丹燈籠《ぼたんのとうろう》」を参考にしたと思われるが、これは、中国明代の伝奇小説『剪燈新話』中「牡丹燈記」を翻案したものである。

(4) この下駄の音は円朝の創作である。『剪燈新話』にもそれを翻案した『伽婢子』や『奇異雑談集』にも出てこないし、この時代幽霊に足がないというのが共通の認識だったであろうことは、当時の絵などにも表れている。円朝が、語りの中で幽霊を「聴かせる」ということを意識したとき、幽霊の足音という、奇抜ともいえる発想を得たのではなかろうか。

(5) 第六巻第一二編、明33・9

(6) 「円朝雑観」『円朝全集』第一三巻（春陽堂　昭3・1）。『明治文学全集一〇　三遊亭円朝集』（筑摩書房　昭40・6）より引用。

(7) 示された三つの題を折り込んで一つの話にまとめるという三題噺の自作自演グループ。仮名垣魯文・山々亭有人・のちの河竹黙阿弥らがいた。

(8) 「三遊亭円朝」『落語名人伝』

(9) イギリスから速記法を移入した田鎖綱紀は、明治一五年、「日本傍聴筆記法講習会」を開くが、これを受講した若林玵蔵・酒井昇造は、速記術の宣伝・普及のために高座を速記させてくれるよう円朝に依頼、速記本『怪談牡丹燈籠』の誕生となった。

(10) 『日本現代文学全集1　明治初期文学集』（講談社　昭44・12）の作品解説による。

(11) モーパッサン「親殺し」の翻案。

(12) 注（1）に同じ。

研究ノート

広津柳浪『女子参政蜃中楼』

森崎光子

広津柳浪の処女作である『女子参政蜃中楼』（以下『蜃中楼』と略記）は、明治二〇年六月一日から八月一七日まで「東京絵入新聞」に連載され、二二年金泉堂から刊行された。

作品の舞台は執筆時期から二十数年後の明治四〇年代前半、女子参政を目指す活動家山村敏子《さとこ》が主人公である。当時、政治小説が盛んに書かれており、その中には未来を舞台にした作品も少なからずあった。『蜃中楼』も、そういう未来記型の政治小説のスタイルを採っているのである。それ故、かつてはこの作品は特異な政治小説と評価されていたが、現在では政治小説とは見做されなくなっている。政治小説は、自由民権運動の活動家が、政府の弾圧のために本来の政治活動ができなくなったことから、代わりに自らの主張を宣伝する目的で執筆したものである。だから作品も、自分たち「民権党＝権利要求＝善」、一方、対立する「保守党＝権利抑圧＝悪」[1]という発想で貫かれ、民権党の主人公が自らの（つまり作者の）政治的主張に従って行動し、勝利を勝ち取るという筋立てが多い。ところが、『蜃中楼』ではこういう政治小説の常識が通用しないのである。

広津柳浪

『蜃中楼』の政治的課題は女性の参政権の是非であ

『女子参政蜃中楼』表紙

るが、柳浪は、単行本の序文で「女子に参政の権が有と云ば、無と云ひ、なんといへばかんと云。作者の意匠も有耶無耶で有から、寓意も有耶無耶の中に有でもよし無でもよし」、後年には「婦人の参政なるものは、ほんの理想にすぎない、空中楼閣である、蜃中楼であると云ふ意味で[2]」こういう作品名にしたと述べている。明治二〇年当時、西洋先進諸国でこそ女性の参政権獲得運動が行われていたが、日本では将来問題になるかもしれない課題にすぎず、取り上げられることがあっても反対論が大勢であった。つまり、同時代人にとっても柳浪にとっても、極めて非現実的な問題だったのである。とはいえ、柳浪の眼の付けどころの新しさは評価に値する。

　非現実的な政治課題を扱うからこそ、二十数年後の未来に時間が設定されたのであろう。それにしても、二十数年後という設定はくせものである。問題の非現実性を考えれば、常識的には、相当遠い未来を想定しなければ実現可能なこととして描くことはできまい。さして遠くもなく近くもない二十数年後とは、問題があまりに非現実ではなくなっているかもしれないが、まだ実現は不可能な時期と考えられる。換言すれば、柳浪はそもそも目標の実現を描くつもりがなかったことになる。

　作中、すでに男性には財産の有無に関係なく選挙権が与えられており、政権与党の保守党は、今度は「先づ実産を有する女子のみに投票権を得せしめやうと云ふ」法案を国会に提出した。主人公山村敏子は女子参政党の党員として法案の成立を目指して世論を喚起すべく、大阪に向かう。大阪には野党改進党の主幹久松幹雄がおり、敏子は自分の味方になってくれることを期待するが、久松は反対運動を行い、法案は否決されてしまう。党名とは反対に、与党保守党が革新的で、野党改進党が保守的という設定は、政治小説の常識を覆すもので、これは政治小説のパロディを意図しているのかもしれない。

　登場人物では、主人公敏子の他に従姉桜田艶子、久松の恋人松山操の二人が主要な女性であり、この三人はタイプの異なる女性として描き分けられている。

　まず敏子は、上院議官の伯爵山村高潔の長女で、「自ら参政の発狂者」と称するほどに「主義の為めに奔走する」という、男性の行動原理を身につけている。容貌描写でも、美人ながら「女子には有り難き決断に富むめり」と語られていて、外見もそれにふさわしい。こういう敏子の性格は、母の早世、父高潔の強い影響を受けて形成された。たとえば、敏子の下阪時に父は「我事をな心に掛けそ、主義の為めには死をだも厭はず、身をさへ忘れよ」と訓戒した。謂わば、滅私奉公を娘に教えたわけである。敏子は父の教え通りに行動するが、それは彼女の女性性と、ときに背馳することになる。

　久松に対して敏子は、「これ迄そんな事なんぞは少しも起した事のない妾でさへ……」、「お目に掛る度に愛慕の情が」高まるのを自覚するが、その感情を抑え久松と恋敵の操を結び付けようとする。それは、主義の実現に二人の援助を期待した「政略」であったが、「女子参政と云ふ無形の良人の為め」というからには、久松が政敵でなくても恋愛感情は抑圧されねばならなかった。だが、二人は敏子と私的な交際は続けながらも、法案成立への協力を断るばかりか、積極的に反対運動を展開し、敏子に打撃を与える。また、父が事故に逢い負傷したことを知った敏子は心配するが、父から、帰京せず主義に専念するように命じられる。彼女はそれに従い、父を看病したい気持ちを抑えていたが、やがて父の死去の報を受け取り、悲嘆にくれる。

　異性への愛情と父親への愛情は、敏子の女性ならではの二つの私情であるが、彼女の信条からすれば抑圧すべき情である。だが、「愛憎の情も亦た常人に勝れた敏子の愛情は激しく、当然、抑圧するための力も強力にならざるをえない。しかも、そうまでして挺身してきた主義に破れたことは、私情を抑圧するという犠牲が無駄になったことになる。そのとき、これまでの抑圧の反動が二人への怨恨になって発現する。作品は、敏子の二人に対する狙撃未遂を匂わせ、彼女の失踪を伝えて閉じられる。

　敏子の女性性は愛情だけではない。「男子に比べては其体格の上に就ても構造と共に軟弱なるに、男子にても勝へ能はぬ程の繁劇に、女子の堪へ得べき道理なければ」、在阪中敏子は体調を崩し、政治活動をするべき時期を何ヵ月も病床で過ごさねばならなくなった。

　このように、敏子の身につけた男性的な行動原理を、女性らしい愛情と身体のひ弱さが裏切る結果になった。敏子の頭脳《ヘッド》に心臓《ハート》と肉体が付いていくことができなかったのである。換言すれば、敏子の悲劇は女性にもかかわらず男性の行動原理に則って生きたための悲劇と言えるだろう。

頭脳派の敏子（それかあらぬか、彼女の病気は父親譲りの脳病である）に対し、従姉の艶子は肉体派である。はじめ久松に恋していた艶子は、浮田青萍に犯されてから浮田に恋着するようになり、浮田が不誠実な悪人とも気づかず結婚する。結婚後、夫の裏切りに苦しんだ艶子は、夫と愛人を射殺し自殺した。人を見る目を持たず、肉体に引かされた彼女は、頭脳を欠いた肉体に心臓が付いていった結果の悲劇と言えようか。

頭脳派の敏子、肉体派の艶子が共に悲劇を迎えたのに対し、操は幸福を勝ち取る。敏子同様女子大学出である操は、敏子の演説を新聞で読み、感服する。自分も運動に参加しようかと思ったが、恋人の久松に反論され、「成程と思つて」敏子と「反対の主義を取って尽さうと」する。その後、敏子から様々に親切にされ親しくなっても、敏子の女子参政への協力要請を「私情の為めに」、「政治上の主義はどうも……枉《ま》げる訳には参りません」と拒絶するのである。本来敏子の言うべき台詞を、皮肉にも操が敏子に投げ返した体であるが、真に公私を峻別しているのは久松であって、操ではない。操の発言の内実は、操が敏子よりも恋人久松のほうが大事だと言っているにすぎない。つまり、操は久松への愛情を最優先し、久松に自分の頭脳も肉体も預け従う女性なのである。敏子、艶子と対比するなら、操は心臓派と称せよう。久松にとっても、当時の男性一般にとっても、こういう女性が最も好ましい伴侶であった。

肉体派の艶子はどこにでもいそうな愚かな女性の、また心臓派の操は一般に男性の理想とする女性の類型である。それに比べ頭脳派の敏子は、たとえば作中に唯一、大阪事件で逮捕された景山英（後の福田英子）の実名が出ており、まったくありえないとまでは言えないが、例外的な女性像と言えよう。景山英のような政治活動に身を投じる女性の登場が、あるいは、敏子という主人公を発想する契機になったのかもしれない。

男性の行動原理を身につけた敏子は、女性だからこそ女子参政という理想の実現を目指して挺身するが、逆に女性であるがために苦悩に直面し、終に挫折する。敏子において女性であることは悲劇を招来する内的要因なのである。ここには、男性に比べ女性は肉体面でも感情面でも脆弱だという暗黙の前提がある。そういう弱点を抱えながら、敏子は容易ならざる目標に立ち向かった。結局、本来の目標では敗北したが、それでも敏子は桜田家松山家の紛争や久松と操の仲違いは見事に解決している。
　敏子は伯爵令嬢という貴種であり、トラブルを解決し、活躍する。しかし、女性という弱点を持ちながら極めて困難な戦いに挑み、敗北して悲惨な最後を迎える。これらは、古今の英雄譚に登場する英雄の条件に当てはまる。謂わば『蜃中楼』は、政治小説風衣装をまとった悲劇的英雄譚であり、英雄が破れ去る、その「悲壮感悲劇美」(3)にこの小説の眼目があると思われる。

注

（1）高田知波「『女子参政蜃中楼』ノート」（「成蹊国文」15号　一九八一・一二）

（2）広津柳浪「過去の事ども（一）」（「時事新報」一九二四・七・二）

（3）和田繁二郎「『女子参政蜃中楼』試論」（「広津柳浪研究」創刊号　一九八六・三）

明六社

田村修一

中学・高校の歴史の教科書に必ずといっていいほど記載され、私達日本人にその名がよく知られている「明六社」であるが、その詳しい活動の様子となると、案外あまり知られていないようである。その要因として、「明六社」に関する研究書がこれまであまり多くは刊行されていなかったことや、明六社の機関誌であった「明六雑誌」も、これまで読み易い形では復刻されていなかったことなどがあげられるだろう。しかしそのような状況の中で、篤実な研究が積み重ねられて来たことも見逃せない。代表的なものとして、戦前のものでは、麻生義輝『近世日本哲学史』(近藤書店　一九四二・七)所収の「洋学者の集団明六社」があり、戦後のものでは、西田長寿「『明六雑誌』」(「文学」一九五五・一)、遠山茂樹「明六雑誌—日本の思想雑誌—」(「思想」一九六一・九)、大久保利謙『明六社考』(立体社　一九七六・一〇)、戸沢行夫『明六社の人びと』(築地書館　一九九一・四)などがあげられる。また『明治文学全集3　明治啓蒙思想集』(筑摩書房　一九六七・一)は、「明六雑誌」のアンソロジー的性格を持つとともに、大久保利謙による解題、年譜、参考文献目録など、充実した内容を持っている。本稿はこれら先行研究を踏まえながら、明六社の歴史的意義について考えてみたい。

明六社はその名の通り「明治六年」(一八七三年)にその起源を持つ。成立には森有礼の果した役割が最も大きかった。薩摩藩出身の森は、幕末にすでに洋行体験があったが、明治新政府誕生後の一八七〇年閏一〇月に再び渡米、一八七三(明6)年七月に帰国するまでの三年間、アメリカに滞在していた。

渡米中、欧米の教育全般について調査していた森は、日本に欧米流の学会組織を創設することの必要性を感じていた。帰国後、彼は横山孫一郎を介して西村茂樹のもとへ足を運び、学会創設の趣意を伝えた。趣意に賛同した西村は奔走し、福澤諭吉、西周、中村正直、加藤弘之ら錚々たるメンバーを集め、活動を軌道に乗せることに成功したのである。このとき、森は二六歳、西村は四五歳であった(満年齢)。

加藤弘之が残した日記によると、この年の九月頃より早速定期的にメンバーが集まって会合を開いていたということであるが、明六社の正式な発足ということでは、社の制規の定められた翌一八七四年二月とするのが妥当とされている。森と西村は当初福澤に社長を要請したが、福澤はこれを固辞し、最も若い森有礼が社長の座についた。メンバーは森以外はいずれも旧幕府に関係したことのあるインテリであり、福澤以外は新政府の要職に就いたような面々であった。すなわち近世から近代への過渡期に、幕府と新政府とをまたいで日本の知識層の中枢にいたような人達である。

中では慶應義塾を創設し新政府の招きに応じなかった福澤が最も異端の存在であった。彼は「明六社」結成の頃、ちょうど、かの『学問のすゝめ』を刊行中であったが、その四編に「学者の職分を論ず」という論文を載せ、「方今世の洋学者流は概ね皆官途に就き、私に事をなす者は僅に指を屈するに足らず。……」云々と、他の明六社社員を挑発する論陣を張った。これに対して「明六雑誌」二号に加藤弘之、森有礼、津田真道、西周の四名が反論を載せているが、福澤としてはこうした議論を惹き起こすこと自体に、そのもくろみがあったのであろう。社長を固辞し、「明六雑誌」にも三回しか寄稿しなかった福澤は、官僚色の濃い明六社には、中枢にいながらも一定の距離をおく、というスタンスを取っていたようである。福澤の明六社における位置については、前記の戸沢行夫著『明六社の人びと』で詳しく分析されている。

「明六雑誌」には三回しか寄稿しなかった福澤であるが、月二回、洋食屋の精養軒で開かれた定例会においては彼が全体をリードしていった。中でも大きな功績は、この定例会に「演説」を導入したことであった。当時の日本にはまだ演説という手法はなく、「スピーチ」を「演説」と翻訳したのも、この頃の福澤らが初めてであったという。日本語による「スピーチ」は無理ではないかという森有礼の危惧を振り切って、福澤自ら社員の前で鮮やかに演説して見せることに成功し、そして福澤のアイデアになる定例会への演説の導入は功を奏して、社の外からも参会者が多く訪れ、定例会は隆盛を極めていったのである。この定例会の参会者の中には、後の民権論者、植木枝盛もいた。

メンバーの八、九割方が官吏であった明六社であるが、そのことはこの集団の限界をも規定していた。明六社が活動を始めるちょうど一八七三（明6）年、「征韓」論争が起こり、論争に敗れた板垣退助・後藤象二郎らは下野したのち翌一八七四年一月に民撰議院設立の建白書を左院に提出したが、この一連の動きには「明六社」もかかわらざるをえず、「明六雑誌」誌上で森有礼、西周、加藤弘之らが論陣を張った。しかしそれらはいずれも「民撰議院は時期尚早」の見解に逢着するものであった。幕末・開化期を通じて知的エリートであった彼らは民衆を愚民視する傾向も強く、その点、新政府の「上からの近代化」路線に呼応するものでもあった。明六社創設の前年（一八七二年）には、新政府も「学制」をしいている。もちろん彼らの蓄積していた「知」を解放し、郵便制度の発達と「明六雑誌」の売捌所であった報知社や丸屋商社（後の丸善）などの取次所の販売力と相俟って、「知」の恩恵を日本中に広めた彼らの功績は計り知れないことは言うまでもないことではあるが。「明六雑誌」は、一八七四（明7）年の四月に創刊され、翌一八七五（明8）年一一月に彼らが自ら出版停止とするまで四三号を数えたが、その平均発行部数は三千冊を超えたという。この発行部数は、当時としては驚異的な数字であった。

しかし大きな反響を呼んだ「明六雑誌」もわずか一年半で終刊してしまう。それには、一八七五（明8）年六月二八日に制定された讒謗律および新聞紙条例が決定的役割を果した。新政府に対し、楽観的な見方をしていた「明六社」の面々であったが、自由民権運動の進展に伴う政府批判の言論に対し、明治新政府は言論弾圧の牙を剝き出してきたのであった。

一八七四年制定の「明六社制規」第一条に「社ヲ設立スルノ主旨ハ我国ノ教育ヲ進メンカ為ニ有志ノ徒会同シテ……」（傍点—田村）と記されているように、「教育家」の森有礼としては、明六社が時の政治にかかわっていくことは、彼が明六社創立時に描いていた構想からは外れていくものであり、事実一八七五年二月、森は「……時ノ政事ニ係ハリテ論スルカ如キハ本来吾社開会ノ主意ニ非ス且ツ唯其労シテ功ナキノミナラス亦之ニ由テ或ハ不要ノ難事ヲ社ニ来タスモ計ル可ラス……」云々の演説を行っている。しかし時の情勢は、明六社も政治にかかわらざるをえない状況にあった。明六社のメンバーは、封建制からようやく脱しようとしている日本の人々を広く啓蒙しようという大きな目的のもとに集まってきたのであって、多士済済のメンバーの論調を、森の考えていたような狭いコンセプトの中に収束させていくことは、どだい無理な話であった。一八七五年五月に改定された明六社制規の第一条は「社ヲ設立スルノ主旨ハ同志集会シテ意見ヲ交換シ知ヲ広メ識ヲ明ニスルニ在リ」と改められ、前年制定時の「我国ノ教育ヲ進メンカ為ニ」という記述は削除されている。「明六雑誌」が取り上げた論題は、政治ばかりではなく、文化・社会全体にわたっており、遠山茂樹が「『明六雑誌』は、思想雑誌の起源をなすとともに、綜合雑誌の源流であったともいえよう」と指摘しているように、この幅の広さが「明六雑誌」の大きな存在意義の一つであったことは間違いない。「明六雑誌」には、男女（夫婦）同権論に関するものや、死刑の是非の論議など、今もって古くて新しい問題も取り上げられている。また文学と深い関連を持つものとして、「明六雑誌」創刊号に掲載された西周の「洋字ヲ以テ国語ヲ書スルノ論」および西村茂樹の「開化ノ度ニ因テ改文字ヲ発スヘキノ論」、七号掲載の清水卯三郎による「平仮名ノ説」などの国字改良論や、二五号掲載の西周の「知説五」における西洋文学理論の紹介、三三号掲載の中村正直の「善良ナル母ヲ造ル説」における、ブラウニング、バーンズなど英文学の紹介などが、従来指摘されている。

一八七五（明8）年九月、明六社は自ら「明六雑誌」の出版停止を決定した。六月二八日に讒謗律・新聞紙条例が制定されて二ヵ月余り後のことであった。九月一日の定例会において出版停止の議案を提出したのは福澤諭吉であり、西周、津田真道、阪谷素、森有礼の四名が出版の存続を主張した他は、おおむね福澤の議案に同意したという。こうして近代日本黎明期の啓蒙の光ともいうべき存在であった「明六雑誌」は慌ただしく消滅することになったが、この幕引きの仕方の評価は難しい。「明六雑誌」を政府の御用雑誌に転落させなかったことは彼らの良心であり、プロテストの一つのあり方である、との見方もできようが、戦わずして白旗を掲げた感も否めない。とは言っても、社員の多くを官吏で占める明六社に、「明六雑誌」の廃刊以上のものを求めることは、やはり無理だったのであろう。また慶應義塾という基盤を持ち、『文明論之概略』を上梓したばかりの福澤諭吉にとっては、官僚色の強い明六社は、ここらあたりが見切り時であったのかもしれない。明六社の定例会は「明六雑誌」廃刊後も続き、明六社そのものは一八七九（明12）年創立の東京学士会院に事実上吸収されるまで存続していたが、やはり彼らの歴史的役割は、「明六雑誌」の廃刊をもって終わったと見てよいものと思われる。

なお「明六雑誌」は岩波文庫より読み易い活字に組み直され、また詳しい校注もつけられ、全三巻に分けられて刊行中である。現在上巻のみ既刊であるが（二〇〇〇年八月三一日現在）、早く全巻揃うことが期待される。

近代科学と文学

池田　功

江戸時代にはまだ、「科学」という言葉はなく、「窮理の学」などと呼ばれていた。「科学」という言葉は「哲学」よりもさらに遅れて明治期に使われたのであるが、誰が名付けたのか正確には分かっていない。「分科の学問」、つまり「個別科学」ということをさしていると言われ、Science を直接訳した言葉とは言えなかった。

科学は自然科学、社会科学、人文科学などを含み、客観的な方法で系統的に研究する学問世界のことを示すが、一般的には自然科学がその代名詞であり、最も目に見える成果である科学技術の進歩として、人々の注目を集めることになった。科学技術のすばらしさとそれによる成功物語が、明治の初期に翻訳という形で日本に紹介された。サミュエル・スマイルズの Self-Help（自助論）を訳した、中村正直（敬宇）の『西国立志編』（明3・11～4・7）がそれである。これはスティブンソン、ワット、アークライトなどが努力と勤勉と才知によって、蒸気機関などの機械を発明し成功したことを、実例を挙げながら紹介したものである。読者は西欧近代科学の進歩のすばらしさに目を奪われ、また、その成功話に心を躍らされた。この作品がいかに多くの人に読まれ、また、心に刻み込まれたかは、たとえば国木田独歩「非凡なる凡人」（明36）の中で、主人公桂《かつら》正作《しょうさく》の一四歳のときの愛読書として、この本が取り上げられていることによってもわかる。「ワットやステブンソンやエヂソンは彼が理想の英雄である。そして西国立志編は彼の聖書《バイブル》である」とされ、「発明に越す大事業はないと思ふ」、「工業で身を立てる決心だ」と、語り手の僕に話す。彼はその通り努力し、二四歳になった今は「横浜の或会社に技手として雇はれ専ら電気事業に従事して居」る人物になっている。

『西国立志編』に描かれたのは科学技術が中心であったが、明治期において西欧科学の日本への紹介で重要なのは、社会科学思想としての生物進化論、社会進化論の導入である。一八五九年、イギリス人生物学者チャールズ・ダーウィンが『種の起源』を発表し、生物は神によって創造されたのではなく、原始生物から進化したものであるという説を示した。この生物界の生存競争、適者生存の原理の説はそのまま人間社会にも適用され、社会は闘争と優勝劣敗の原理が支配すると説く社会進化論（社会ダーウィニズム）に発展した。この思想は「科学」の名のもとにあらゆる分野に取り込まれた。生物進化論は東京大学のお雇い外国人教授であったE・S・モースが、明治一〇（一八七七）年の連続講演の中ではじめて日本に紹介し、それを弟子の石川千代松が『動物進化論』（明16）として刊行した。この進化論を社会有機体説として学問的に総合し体系づけたのは、アメリカ人のH・スペンサーであったが、日本においてはこのスペンサー哲学が流行し、邦訳は明治一〇年から二一年までの一二年間に二〇冊を数えた。

社会進化論が文学に表現されたのは、外山正一・井上哲次郎・矢田部良吉の、三人の東京大学教授が編集した『新体詩抄』（明15・8）の中の、外山の創作詩「社会学の原理に題す」が最初である。「ダルウィン氏の発明ぞ／これに劣らぬスペンセル／同じ道理を拡張し／化醇の法で進むのは／まのあたりみる草木や／動物而已にあらずして／凡そありとしあるものは」云々とある。この「化醇」という言葉は「進化」という意味で使われている。内容はスペンサー哲学を七五調で解説したに過ぎないが、詩の中に進化論が表現されたごく初期の例である。

近代の思想家・文学者がこの進化論に影響され、その中に取り入れている例を数多く指摘することができ、加藤弘之、丘浅次郎、高山樗牛、幸徳秋水などを挙げることができる。加藤弘之は『人権新説』（明15）で、「優勝劣敗ノ作用起ルハ、是レ万物法ノ一大定規ニシテ実ニ永世不変ノモノナレハ」云々と記し、自説の天賦人権説を取り下げ転向した。高山樗牛は『世界文明史』（明31）や『近世美学』（明32）で、幸徳秋水は、進化論やスペンサー哲学を取り上げ、また、人間を含む生物界には広く相互扶助という現象が存在することにより、社会ダーウィニズムに反論した。

さて、また、科学技術の進歩が文学の中に取り入れられた例としては、SF（Science Fiction）、つまり科学小説を挙げることができる。明治一〇年代から二〇年代にかけて、ジュール・ヴェルヌの『八十日間世界一周』や『月世界旅行』などが次々に翻訳された。これは西洋風の合理主義や、科学思潮を学び取らせようとする啓蒙性が意図された、翻訳ブームであったと考えることができる。しかしこれらの作品に刺激されて、日本人作家によるSF小説が次々と書かれるようになった。日本初の月旅行をテーマにした北海散史

『政海之破裂』（明21）や、新型軍艦で東南アジアに乗り込み暴虐を尽くしたり、ヨーロッパ諸国を新兵器で懲らしめる矢野龍渓《りゅうけい》の『浮城物語』（明23）や、また、驚くべき能力を持った潜水艦を描いた押川春浪の『海底軍艦』（明33）、飛行船による冒険小説『空中大飛行艇』（明35）などである。

　海底軍艦や空中軍艦などを描き、最新の科学技術に強い関心を持っていた押川春浪は、同時にまた、そのような科学の進歩がもたらすマイナス面である、自然破壊や人類社会の荒廃をも憂えていた作家であった。大気汚染など、実際に近代化＝科学技術の進展に伴って様々な公害などのマイナス面も現れるようになっていた。時代は少し下るのだが、石川啄木は小説断片の「島田君の書簡」（明42・3起稿）の中で、「下宿の僕の窓から砲兵工廠《こうしょう》の三本の大煙突が見える。（中略）彼の大煙突の一本が薄い煙を吐き出した。（中略）其煙の風下に当る区域は、劇しい煙毒の為に生物の健康が害《そこな》はれ、如何なる健康者でも其区域に住んで半年経てば、顔に自《おのづ》と血の気が失せて妙に青黒くなり、眼が凹んでドンヨリする」云々と大気汚染を記していた。また、鉄道自殺や車にひかれて死ぬ轢死《れきし》を描いた小説が、鉄道国有法の成立した明治三九年三月以降に数多く現れ、江見水蔭「蛇窪の踏切」、国木田独歩「窮死」（共に明40・6）、夏目漱石「三四郎」（明41）などに描かれている。

　また、これらの直接的なマイナス面の他に、科学万能の社会に対して精神的な意味を強調した、反科学とでも言えるような出来事が時々起こっていた。一柳廣孝『〈こっくりさん〉と〈千里眼〉日本近代と心霊学』（講談社）によれば、明治二〇年代の「こっくりさん」の流行であり、明治三〇年代の催眠術の流行であり、明治四三年に始まる「千里眼事件」などである。近代化に伴う絶対的な価値基準である科学的、合理的ということに逆らうかのように、「精神」や「霊」や「非合理性」への回帰が行われた。もちろん文学者たちもこれに無関心ではなかった。幸田露伴の「術比べ」（明38）では、催眠術が話題にされ、催眠術に興じる金持ちの若様が、忠実な執事に催眠術対決で敗れたのを描いている。夏目漱石の「吾輩は猫である」（明38、39）では、苦沙弥先生が主治医の甘木先生に「先達て催眠術のかいてある本を読んだら、催眠術を応用して手癖のわるいんだの、色々な病気だのを直す事が出来ると書いてあったんですが、本当でしょうか」と尋ねる場面が描かれている。また、心霊現象を

「不思議な事があるものじゃないか」と迷亭が得心していう場面もある。さらに「琴のそら音」（明38）には一種の怪談話も書いており、漱石は幽霊に対しても関心を示していたのであった。

しかし、漱石は「行人」（明45〜大2）の中で、大学教授の一郎に心霊現象を「つまらんものだと嘆息した」と言わせているように変化している。この間に明治四三年八月、伊豆修善寺で大吐血をし、「三十分の死」という生死をさまよった体験があり、それが反映されているものと考えられる。漱石は科学の世界に踏みとどまった。もともと漱石は『文学論』（明40）の中で、科学とはいかなる学問であるかについて述べているし、また「吾輩は猫である」の中では、弟子の寺田寅彦がモデルといわれる物理学者の水島寒月が、「首くくりの力学」や、「蛙の目玉の電動作用に対する紫外光線の影響」といったテーマに取り組んでいる様が描かれていたのであり、科学に強い関心を持っていた文学者であった。

森鷗外は「妄想」（明44）の最後に、翁の言葉を借りながら「旧教徒 Brunetière《ブリユンチエエル》が、科学の破産を説いてから、幾多の歳月を閲《けみ》しても、科学はなかなか破産しない。凡ての人為のものの無常の中で、最も大きい未来を有してゐるものの一つは、矢張科学であらう」と書いている。また、石川啄木は「時代閉塞の現状」（明43起稿）の中で、「宗教的欲求の時代」の経験に失敗した理由として、「彼（＝綱島梁川《つなしまりようせん》）が一《いっ》個の肺病患者であるといふ事実を忘れなかつた。何時からとなく我々の心にまぎれ込んでゐた『科学』の石の重みは、遂に我々をして九皐《きうかう》の天に飛翔する事を許さなかつたのである」と記しているが、いずれも明治の末に書かれ、「科学」の重みを記している点で共通している。

殖産興業、富国強兵をスローガンにした明治政府にとって、「科学」こそ最重要の問題であった。しかし、そうであればこそ科学はまた、国家の管理体制の一翼を担うものでもあったはずである。近代の文学者たちは、科学は重要なものであることを認めつつ、同時にまたその危険性をも感じとり、距離をおいて見てもいたのであった。

明治の森

この一冊

久保田彦作『鳥《とり》追《おい》阿《お》松《まつ》海上《かいじょう》新《しん》話《わ》』（明11）は、明治の〈毒婦もの〉の嚆矢として、また戯作復興の契機となった作品として、文学史上の定位置を占めてきたが、そうした安定した評価に揺さぶりをかけたのが、前田愛の『近代読者の成立』であった。前田は、印刷・流通・販売といった生産と消費のシステムの中で、徹底的な再検証を試み、木版から活版への印刷テクノロジーの革命が、〈読書〉を取り巻く外的環境だけではなく、〈読書〉経験そのものをも変容させたのだと結論づけた。現在、前田の仕事は佐々木亨、本田康雄、林原純生らによって、より詳細な補訂が加えられつつある。

『鳥追』の原本を手に取ってみれば分かるのだが、洋本に慣れた我々は、まずその軽さに驚かされる。たとえ手に取ることができなくても、『明治文学全集』や『日本近代文学大系』などの写真版をみれば、雰囲気だけは感じ取ることができる。挿絵を中心に、周辺の余白を埋めるかのように木版文字がそれを取り囲む。紙面構成は、どうみても〈江戸〉である。ただ、単行本化される前の小新聞「かなよみ」連載時は（「仮名読新聞」は明石書店からの復刻版あり）、一回を除いて挿絵なしの活字総ルビ、こちらの紙面は、今見てもそんなに時の隔た

『鳥追阿松海上新話』外袋

りを感じさせない。まあいえば、和紙袋綴じ、一編三冊ずつの袋入り、表紙を飾るのは極彩色の錦絵といった草双紙特有の外装と連動するかのように、新聞連載時の〈明治〉の紙面が、単行本化に際して〈江戸〉風の装いに逆行したことになる。

もちろん、こちらは明治式合巻と呼ばれるように、江戸式合巻の総仮名に対して、漢字振り仮名付き表記となった。限られた紙面に盛り込む情報量の経済効率からいっても、読み易さからいっても漢字使用は合理的であろう。振り仮名（ルビ）は、識字率や読者層の問題と密接に関連するのは当然だが、小説というジャンルの問題として考えれば興味深いところがある。今でこそ、総ルビの小説にお目にかかることはめったにないが、明治二四年の『浮雲』も明治三九年の『破戒』も総ルビであり、昭和に入っての円本も「新興芸術派叢書」も「新鋭文学叢書」も総ルビであった。江戸期の版本の大きさ（形式）が、そのままジャンル（内容）を示していたように、ルビ付き表記が小説ジャンルの規範となっていったとも考えられる。

表記といえば、会話を示す引用符（「　」）が、連載後期まで出てこなかったのだが、単行本では最初から見て取れる。これなどは近代的な書記記号の先取りというよりも、人情本や読本の形式の踏襲とみるべきであろう。表記一つにも、〈江戸〉と〈明治〉が混在しているのである。

挿絵自体もなかなか面白い。『明治文学全集』三八三頁、浜田正司と妻・安子の二人が座する後ろには、本箱が三つ並んでいる。「法律書」、「翻訳書類」と並んで「日本外史」という固有名詞が読み取れる。頼山陽が説く尊王賤覇の思想が明治維新に及ぼした影響についてはいうまでもなかろう。維新のエリート軍人・浜田正司にとって似つかわしい蔵書だというのである。この場面をはじめ、ほとんどの挿絵が〈江戸〉の雰囲気を漂わせている中で、唯一廻漕丸の船長だけが〈明治〉の文明開化を体現している。同、三七七頁の船長の容貌はどう見ても日本人を逸脱してしまって過激だし、『日本近代文学大系』一五七頁の船長は、ザンギリ頭にコートに靴、左手に山高帽、右手にステッキ、気恥ずかしいまでの完璧な洋装に身を固めている。右頁のチョンマゲ姿とのコントラストは意図的以外の何ものでもない。しかも、この場面の背景には、ガス灯や電信柱が、少し誇らしげに描き込まれている。物語時間は、明治二年の一〇月、その時代にガス灯や電信柱があったのか、なんて野暮は問うてはいけない。

〈毒婦もの〉といったおどろおどろしさに埋め込まれた文明開化の徴表、そのズレを楽しめばいいのだろう。

ズレといえば、この場面の本文と挿絵も見事にズレている。阿松が定次郎にだまされ、蒲原から興津に向かう本文に対して、挿絵の方は、船長に助けられた阿松が忠蔵の父とともに礼を言う場面になっている。連載でいえば、本文が第一〇回目、挿絵の方が第一二回目に相当、『鳥追』は結構チグハグな書物なのである。

明治一〇年代の大規模なメディア革命の落とし子的存在が『鳥追』であったとするならば、情報革命の現在、いかなる〈書物〉が誕生しようとしているのだろうか。ホームページの作成者などは、さながらブックデザイナーとライターとエディターを同時にこなしているようなものである。さてさて、どのような〈読書〉習慣の変革が到来するのか、楽しみでもあり、恐ろしくもある。


（**越前谷　宏**）

時代人物

西郷隆盛

文政一〇（一八二七）年一二月七日、鹿児島城下の下加治屋町に生まれる。家は城下士の下級、御小姓組に属す。大久保利通とは同じ町内、同じ家格で父親同士も親しく、遊び友達であった。幼名小吉、のち吉之助などと称し、維新後は隆盛と改めた。

安政元年、藩主島津斉彬に取り立てられた西郷は、庭方役として江戸で、徒目付として京で、政界の裏面工作に暗躍するが、斉彬死後は不遇となる。大島で幽囚生活を送ること三年、藩主の父として藩政の実権を握る島津久光が中央政局での勢力拡張を図り、西郷を召還するが、主命に従わず二ヵ月でふたたび遠島処分となる。

元治元（一八六四）年二月、赦しを得た西郷は軍賦役という重職に抜擢される。前年八月一八日の政変により、公武合体派の中心として朝廷での地位を確立した薩摩藩にあって、中央での顔の広さや策士としての腕を買われたのであった。以降の彼の活躍は目覚ましい。第一次長州征伐では幕府征長軍の参謀として勝利を収める一方、国際情勢下の日本の国家的利益を指摘する勝海舟の影響から急速に反幕の態度を強め、やがて長州藩の木戸孝允とのあいだで倒幕の薩長盟約を結ぶ（一八八六年）。さらに、大久保との策謀に基づき、藩主の名で幕府に第二次長州征伐への出兵拒否を通告した。また、大政奉還による事態の平和的解決をはかる土佐藩主流派と盟約を結ぶ一方で、長州・芸州藩の討幕派とのあいだに倒幕挙兵の盟約を交わすなど、駆け引きをきわめた。それらは、公武合体策を持し西郷に好意を持たぬ久光を抱えながらのものであった。慶応三（一八六七）年一二月九日の政変（王政復古の大号令）の際も、西郷は諸藩兵を指揮して宮門警備に当たるなど、大久保とともに中心的役割をになった。鳥羽・伏見の戦いに始まる戊辰戦争においては、幕軍追討軍を指揮し、武力討幕を果たした。

維新後は藩地にとどまり、門閥打破の藩政改革を指導していたが、勅令に従い、明治四年二月上京すると参議に任ぜられた。中央政権に復帰した西郷は、廃藩置県の断行に協力し、また岩倉使節団が欧米に派遣される間、留守政府の筆頭参議として学制公布・徴兵制導入・地租改正などを行った。征韓論争に破れ明治六年一〇月に下野すると、西郷は鹿児島に私学校を作り士族子弟の教育にあたるが、鹿児島士族の反政府運動が激化すると本意に反して頂点にかつぎあげられ、反乱軍を率いることになる（西南戦争）。戦いに敗れた西郷は、明治一〇年九月一四日、五一歳で自刃する。

（山本欣司）

大久保利通

天保元（一八三〇）年八月一〇日、鹿児島城下の下加治屋町に生まれる。家は城下士の下級、御小姓組に属した。同じ町内、同じ家格で父親同士も親しい西郷隆盛に兄事する。幼名は正袈裟、のち正助・一蔵などと称す。

二一歳のとき、藩主斉興の跡継をめぐるお家騒動で父次右衛門利世が島流しとなり、彼も失職するが、その翌年斉彬が藩主となると謹慎を解かれ復職する。安政五年、斉彬の死により島津忠義が藩主となり、その父久光が実権を握ると、ふたたび斉彬派であった大久保らにとって不利な政治状況となるが、彼はねばり強く久光に近づいていった。また、大久保は尊皇攘夷グループの精忠組を結成し領袖となるが、過激分子の抑制につとめた功績が認められ、三二歳のとき（一八六一年）、異例の抜擢を受け政務に参与することになる。

当初は久光の意を受け、公武合体のため忠実に働く大久保であったが、藩政に復帰した西郷と結び、薩長同盟や第二次長州征伐への出兵拒否など、しだいに久光の意向をこえて藩の動向を反幕に傾けることにつとめるようになる。岩倉具視と結んで朝廷工作にあたり、慶応三年一〇月の薩長両藩主父子あての討幕の密勅を実現し、同年一二月、王政復古のクーデターの際は宮中に入って政変遂行の采配を振るうなど、策謀の限りを尽くした。

維新後は参議として、中央集権国家の確立をめざす。明治二年の版籍奉還、四年の廃藩置県では、積極論の木戸孝允と慎重論の大久保が協力して中心的な役割を果たした。また、明治四年六月には大蔵卿に就任し、みずからの作り上げた官庁組織を背景に、殖産興業・財政・内政を一手に握った。同年一一月から一年半にわたり、大久保は岩倉使節団副使として欧米諸国を外遊し、産業発展の重要性を痛感する。帰国後、征韓論問題で対立した西郷・板垣らが下野するが、大久保に迷いはなく、新設の内務省長官として殖産興業を強力に押し進めるなど、世に言う大久保独裁時代をひらいた。

征韓派参議は下野の後、政府批判の運動を始めた。

板垣退助らによる民撰議院設立建白書の提出や、江藤新平による佐賀の乱などで、その背景には、身分的特権を失い不満の高まる士族達がいた。西郷が首領となった西南戦争も同様である。大久保はそれら困難な局面を冷徹に乗り切ったが、明治一一年五月一四日、旧士族の暴漢に襲われ殺された。四九歳であった。

（山本欣司）

成島柳北

天保八（一八三七）年二月一六日、江戸浅草の生まれ。成島家は代々、将軍の侍講をつとめる。幼名甲子麿、のち甲子太郎、惟弘。家が柳原の北にあったことから柳北と号し、これを通称とした。

祖父・父の薫陶のもとに幼時より読書に励み、詩文をよくする。一七歳で父が亡くなり、翌年家督を相続（侍講見習）。安政三年、二〇歳で奥儒者に任ぜられると将軍家定に経学を講じ、また祖父の編纂した『徳川実紀』などの編纂訂正にたずさわるようになった。離婚・再婚を経験した二一歳の頃より、柳橋の花街に出入りするようになり、その体験をもとにして安政六年、「柳橋新誌」初編を草する。

順調に進むかに見えた青年儒者としてのキャリアも、柳北二七歳の八月、狂詩によって幕閣の因循を諷したために、侍講の職を免ぜられる。以後三年間の閉居中、彼は「蘭文典」を学び、また洋学者柳川春三、神田孝平らを招き、英学の教授を受けるとともに酒食に興じた。やがて、栗本鋤雲の推挙により幕軍の歩兵頭並に登用された柳北は（慶応元年）、その後フランス式の騎兵訓練を監督する任に着く。騎兵奉行、外国奉行、会計副総裁など幕府要職を歴任し、従五位下大隈守となるが、一八六八年四月、江戸城開城前日に家督を養子信包に譲り、向島に隠棲した。野に下った柳北は「天地間無用の人」を自認する。明治四年三月、文明開化の低俗な一面を鋭く諷刺する「柳橋新誌」二編の稿成る。

明治四年、新時代にふさわしい教育をめざし、浅草本願寺内に開設された学塾の学長に迎えられた柳北は、東本願寺法主大谷光螢の知遇を得、翌年欧米外遊に随行する（この経験は「航西日乗」明14～17、に結実する）。明治七年、『柳橋新誌』初・二編を刊行し、ついで「朝野新聞」主筆に迎えられた柳北は、草創期のジャーナリストとして大活躍。翌年に入社した末広鉄腸を論説担当に据え、みずからは雑録執筆に専念し好評を博した。なかでも、讒謗律および新聞紙条例批判のため下獄した後、その体験を「朝野新聞」に連載した「ごく内ばなし」は世人の喝采を浴び、政府の言論弾圧に対する抵抗の姿勢を示した。西南戦争の報道に消極的であったことや、しばしば発行停止処分を受けたこともあり、その後「朝野新聞」は売り上げを落とすが、晩年に至るまで、文壇の大御所として柳北の社会的名声は高い。宿痾の肺結核のため、明治一七年一一月三〇日、四八歳で没した。

(山本欣司)

高畠藍泉

天保九(一八三八)年五月一二日、江戸下谷の生まれ。家は代々、幕府のお坊主衆をつとめる。幼名瓶三郎、のち求徳、直吉、政などと称したが、明治維新後は画号の藍泉を通称とした。別号として三世柳亭種彦、転々堂鈍々などがある。

幼少より和漢の小説に傾倒した藍泉は、茶道や俳諧の師につき、高橋波藍(四条派)に入門して画学修行に励むなど、ひろく芸術を愛した。これらは、俳句をよくする父の影響であろう。さらに、芝居見物や花柳界への出入りなど、風流三昧の青春時代をすごした藍泉ではあるが、二六歳のとき、父が逝くと家督を相続し、お坊主衆としての勤めに入った。ところが、彼の目に茶坊主とは俗悪とのみ映りなじめなかったようで、しだいに勤め嫌いの怠け者となる。同僚や親戚にも疎まれるようになった藍泉は、二八歳で弟に家督を譲り、若隠居となるとふたたび風雅の世界に溺れた。一方、幕府瓦解に際して憤然として起ち上がり、名も政《ただす》と改めて御用金調達のため奔走し、幕軍最後の拠点である函館に銃器を廻漕したことは、封建の埒外にあこがれた藍泉の別な一面を物語るものかもしれない。

幕府軍敗退の報に接し落胆した藍泉は、以後絵師としてその日を送ることになるが、明治五年、記者として「東京日日新聞」に入社。「平仮名絵入」、「読売」と転じ、ジャーナリストとして名をあげた彼は、明治一〇年一一月、日本最初の夕刊紙「東京毎夕新聞」を独力で創刊するが、経営不振のため数ヵ月で挫折する。

以降藍泉は、作家としての道を歩み始める。おりしも、新聞の〈つづき物〉——創作性が強く、興味本位に描かれた長編記事——の流行により、戯作復興の気運の高まる時期であった。主として「芳譚雑誌」を舞台に、「梅柳新話」、「巷説児手柏」などを発表し、毒婦物全盛の当時としては、筋も比較的自然で新鮮な作風を示した。ところが、新時代に相応しい作風を樹立するかに見えた藍泉であったが、保守反動的な時代風潮の影響もあってか、みずから因果応報・勧善懲悪の前近代的な枠組みにあえて踏みとどまろうとする。事実性の尊重を趣向の束縛と捉え反対するなど、江戸戯作の世界を出ないところで、作品を書き続けていく。明治一五年一月には三世種彦を襲名し、柳亭一門は魯文を中心とする仮名垣派以上の人気を博すが、同時にまた、新時代に相応しい機軸を見いだせないもどかしさもあった。明治一八年一一月一八日、四七歳で脊髄病のため没する。

（山本欣司）

活動写真館

戊辰戦争

一八六七（慶応3）年一〇月一四日、江戸幕府の第一五代将軍・徳川慶喜は、朝廷に政権の返上を申し出、翌日に受諾された（大政奉還）。ついで二四日、慶喜は将軍職辞表をも提出した。これを機に薩摩・長州藩を主体とする朝廷側の倒幕勢力は、一二月九日に王政復古の大号令を発し、いよいよ本格的に新政権が発足することになった。

王政復古の大号令の同夜に行われた小御所会議においては、岩倉具視、大久保利通ら武力倒幕派と、土佐藩・山内豊信、後藤象二郎らを中心とする穏健な公議政体論者とが徳川家に対する政治的処置を巡って激しく対立したが、結果として慶喜の内大臣職辞退、徳川家領地の返上が決議された。

しかし、これを喜ばない旧幕府側の残存勢力は、以降、倒幕軍を相手に各地で激しい抵抗を展開した。一八六八（明1）年一月三日の鳥羽・伏見の戦いに始まる倒幕勢力と旧幕府側との抗争は、その発端となる戦いであった。五月の上野戦争（彰義隊の戦い）、九月の会津戦争などを経て、翌一八六九（明2）年五月一八日の函館戦争における五稜郭の開城に至るまで、約一年半、国内はしばらく混乱の状態に陥った。

戊辰戦争と総称されるこれらの争乱は、それまでの藩を中心とした体制を大きく崩壊させ、代わって倒幕勢力を主として成立した明治新政府による天皇を中心とした中央集権国家に移行する契機ともなった。勝田政治によれば、旧来の将軍を中心とする幕藩体制下の藩主と藩士という主従関係は、戊辰戦争を境に天皇を中心とする中央集権国家における天皇と臣民との関係に移行したという（『廃藩置県―「明治国家」が生まれた日』〔講談社選書メチエ一八八〕講談社　二〇〇〇・七）。

戊辰戦争による会津藩など諸藩落城の悲劇は、中山義秀「信夫の鷹」（昭23）、田宮虎彦「落城」（昭24）、村上一郎「東国の人びと」（昭34）などに描かれ、現在まで多くの文学作品の主題となっている。

（橋本正志）

廃藩置県

戊辰戦争の長期化によって、各藩の財政力、藩主の権威は急激に低下した。幕藩体制の維持はつとに困難になり、姫路藩を中心として自主的に廃藩を申し出る藩が相ついだ。廃藩申請の後に藩主らが期待したことは、天皇による所領の再交付であり、それを願う空気は、次第に全国の藩主たちに浸透していった。「藩主は、版籍奉還に天皇権威による身分保証を賭けた」のである（勝田政治『廃藩置県―「明治国家」が生まれた日』〔講談社選書メチエ一八八〕講談社　二〇〇〇・七）。

しかし、実際に版籍奉還が施行されると、それまでの藩主の個々の「領地」の保有は否定され、代わって藩主の「領地」は、天皇による一括的管理下における「管轄地」へと移行した。旧藩主は知藩事としてそのまま任命されたものの、結局は新政府の任命した一地方官としての地位に過ぎなかった。新政府は、府藩県三治体制に立脚した中央集権化政策を推し進めていたが、薩摩、長州、土佐といった有力藩に深く依拠した政治は、政局の運営に多大な影響力を持つそれぞれの藩の思惑に阻まれ、次第に限界の色を濃くしていった。

一八七一（明4）年七月一四日、いよいよ新政府は天皇の詔により、藩を廃して府県を置くことを決定した（廃藩置県）。すなわち、

朕惟フニ、更始ノ時ニ際シ、内以テ億兆ヲ保安シ、外以テ万国ト対峙セント欲セバ、宜ク名実相副ヒ、政令一ニ帰セシムベシ。朕曩ニ諸藩版籍奉還ノ議ヲ聴納シ、新ニ知藩事ヲ命ジ、各其職ヲ奉ゼシム。然ルニ数百年因襲ノ久キ、或ハ其名アリテ其実挙ラザル者アリ。何ヲ以テ億兆ヲ保安シ万国ト対峙スルヲ得ンヤ。朕深ク之ヲ慨ス。仍テ今更ニ藩ヲ廃シ県ト為ス。是務テ冗ヲ去リ簡ニ就キ、有名無実ノ弊ヲ除キ、政令多岐ノ憂無カラシメントス。汝群臣其レ朕ガ意ヲ体セヨ。

との「廃藩置県の詔書」によって、それまで政治運営の上で有力諸藩の思惑の中で紛糾することの多かった府藩県三治体制からの脱却が図られ、一息に中央集権化が促進されることになったのである。廃藩置県は、中央集権国家としての明治国家を成立させた巧妙な政治的事件であったといえよう。

（橋本正志）

小笠原諸島の回収

東京の南約一千キロの太平洋上に点在する小笠原諸島は、幕末から明治期にかけて数奇な歴史的運命を歩むことになった。

小笠原諸島は、文献的に一六七〇（寛文10）年の「紀伊蜜柑船漂流記」に初めて記載が認められ、暗黙裡のうちに日本領とされていた。しかし、父島の二見湾が鯨の群を追って操業する捕鯨船団の燃料・食料な

どの中継基地として絶好の位置にあったため、一九世紀の中頃からアメリカ人やイギリス人、ハワイ系住民などが居住し、捕鯨船の薪水補給港として各国の関心の的になった。

日本は、小笠原諸島発見後の管理に積極性を欠いたため、欧米人に先に入植されることになった。一八五三（嘉永6）年六月、日本開国を要求するペリー提督が日本渡航に際して基地として寄港したことから、諸外国による小笠原諸島の領有の危機は募る一方となった。そこで幕府側は、一八六二（文久2）年、外国奉行・水野筑後守忠徳らに命じて、小笠原諸島の回収工作に乗り出した。しかし、同年の生麦事件の賠償金をめぐる日本とイギリスとの開戦の緊張から、小笠原諸島に在住する日本人は、イギリス軍の攻撃を恐れ、全員が島内から撤退するという結果に終わった。

その後、一八七三（明6）年、小笠原諸島英領化への懸念を捨てきれないアメリカは、東京の駐日公使・デ・ロングを通して、小笠原諸島を巡る主権問題が早急に解決されるべきである旨の忠告をし、再び明治新政府により回収が企てられた。一八七五（明8）年五月、日本政府は、千島・樺太交換条約の締結により長年の懸案だった日露間の領土問題の解決を見たのを機に、駐日イギリス公使・ハリー・S・パークスと参議兼外務卿・寺島宗則との会談を実現させ、そこでようやく日本の小笠原諸島領有を宣言、正式に諸外国の認知するところとなった。

こうした幕末から明治にかけての小笠原諸島の回収の背景には、日本の近代化が特に領土問題において欧米列強による様々な外圧と思惑に織り混ぜられながら確立されていった過程が認められるといえよう。

（橋本正志）

秩父事件

富国強兵、殖産興業といった近代化政策を推進する明治政府は、一八七七（明10）年一月の西南戦争の勃発に際して、戦費獲得のため大幅な紙幣増刷を実施した。しかし、結果的にそれは大規模なインフレを引き起こした。

厳しい財政危機の中、一八八一（明14）年の政変によって失脚した大隈重信に代わって、松方正義が紙幣の整理にあたったが、壬午軍乱に際しての外交上の緊張から、軍備拡張の必要が生じ、かえって国内に酒造税などの増額が断行される結果となった（松方デフレ政策）。ちょうど世界恐慌も重なり、横浜開港以来、国際的に需要が高まった生糸による収入を得ていた農村部を中心に、国民の負担はかえって増大する一方となった。

　一八八四（明17）年八月ごろから、埼玉県秩父郡の製糸や養蚕を営む農民の中には、政治の刷新を願い自由党に加盟する者が相次いだ。その中から、経済不況に困窮し、高利貸、質屋に頼って生計を立てざるを得なくなった農民を中心に、秩父困民党が結成された。困民党は、金利の引き下げ、負債の据え置きなどを要求する請願運動を随時展開したものの、いっこうに事態は打開せず、農民の不満は大きく募る一方であった。

　同年一一月一日、ついに困民党は、総理に田代栄助、副総理に加藤織平を立て、蜂起を決行するに至った。武装した集団は、相次いで郡役所、警察、高利貸しなどへの襲撃を行った。集団は、瞬く間に秩父全域を支配下に置いたが、約一〇日間の争乱の後、九日に東京憲兵隊・鎮台兵により鎮圧されるという結果に終わった。

　秩父事件発生の背景には、世界的な経済不況と日本の農村部の貧困との直接的な結びつきの中で、欧米からの新しい自由民権思想の吸収といった国家体制の形成期における流動的な時代状況があったことが指摘できよう。この時代を象徴する事件は、飯田事件、静岡事件など同様の事件の発端となった。**（橋本正志）**

東京

　慶応四（明1）年江戸城無血開城の後の七月一七日、「江戸」は「東京」という公称に正式に改められた。そのときの詔書には「江戸ハ東国第一之大鎮、四方輻奏之地、宜シク親臨以テ其政ヲ視ルヘシ、因テ自今江戸ヲ称シテ東京トセン、是朕ノ海内一家、東西同視スル所以ナリ、衆庶此意ヲ体セヨ」と記されている。それまで、「江戸」は幕府の中心都市ではあったが、京都、大阪と同次元の一地方都市の性格に彩られていた。その関東の一都市である「江戸」が近代国家の首都としての「東京」に組み替えられていく過程こそが明治という時代でもあった。当時、東京は「とうきょう」とも「とうけい」とも呼ばれていた。仮名垣魯文の『西洋道中膝栗毛』（明3）は「……昔は大江戸当時の東京《とうけい》かん〳〵神田の八丁堀に。……」とあり、東京はすべて「とうけい」とルビがふられている。「とうきょう」と「とうけい」の並立した呼称はしばらくつづき、「とうきょう」に統一されるのは明治三〇年以降である。明治の新政府はひたすら西洋をモデルに統一国家としての体裁を整えようと躍起になっていた。その新しい「顔」として、また「表玄関」が首都「東京」であり、その後の日本の西洋化、近代化の指標としての役割を担っていくことになる。（伊藤典文）

因循姑息

「文明開化」、「旧弊一洗」などとともに明治維新後、もっとも頻繁に使われた新語が「因循姑息」である。明治政府によって積極的に導入された西洋文明は、庶民にとっては風俗習慣、衣食住の変化となって大きな衝撃を与えながら波及していった。太陰暦が太陽暦に、寺子屋が小学校に、飛脚が郵便へとあらゆる生活習慣が変わろうとする中で、旧弊を改めない者への風当たりも強くなっていった。そんな風潮の中で、「ザンギリ頭をたたいてみれば文明開化の音がする、チョンマゲ頭をたたいてみれば因循姑息の音がする」といいはやされた。因循姑息とは、古い習慣を改めないで一時逃れをするという意味で、それら旧習に固執する人々は不開化（ひらけぬ）連中とされた。しかし、当時頭髪は混乱を極め、明治四年五月の「新聞雑誌」第二号には、惣髪、半髪、ジャンギリ、冠下、坊主の五種の頭髪を紹介している。仮名垣魯文も「文明開化のザンギリ頭。王政復古の惣髪頭。因循姑息の半髪額」（『安愚楽鍋』明4）と風俗の様を描いている。「因循姑息」を開化でも復古でもないところに位置づけているところに当時の旧弊を簡単に捨てきれない混乱した庶民の事情を窺い知ることができる。（伊藤典文）

ドンタク

もともとはオランダ語の「日曜日」を意味するzondag（ゾンタク）からきたもの。休日、休み、祝日と広く使われドンタクと訛って使用された。江戸以来の旧習では、一日と一五日は物忌みの日として仕事を休む習慣があった。制定の経緯は明らかではないが、慶応四（明1）年から毎月一の日と六の日が休日に定められた。維新期の休日は「一六どんたく」として制度化されていった。仮名垣魯文の『安愚楽鍋』（明4）には「一六のどんたくに五人一座でげいしや一組ぐらい……」とあり、また成島柳北の『新橋新誌』（明7）にも「新哇《ハヤリウタ》有り曰く、一六休暇《ぞんたく》大に宴を張ると、蓋し一六の日泰西日曜日の制に倣ひ、……」とある。また、明治一〇年代になると「いかんいかん、時計はドンタクじゃ」（坪内逍遙『当世書生気質』明18）というふうに本来の意味を拡大して使われてもいる。この一六休日は維新期の一〇年間のみで、近年に至るまで永くつづいてきた日曜休日、土曜半休の制度は明治九年の四月から始まっている。土曜を「半ドン」というのもこれに由来する。日曜休日が制度化されても永く江戸期以来の旧習を守っている江戸っ子気質の商家も少なくなかった。

（伊藤典文）

太陽暦

明治五年一一月九日（太陽暦一二月九日）、宮中で改暦式が行われた。太政官は、同日付けの改暦詔書を公布するとともに、来る一二月三日をもって明治六年一月一日とし、太陽暦を採用すること、時刻法を従来の一日一二辰刻制から二四時間の定時制にすることを告げた（太政官布達三三七号）。

新暦の実施まで、残り一ヵ月もないあわただしい布告である。改暦の理由は、何だったのであろうか。従来の太陰太陽暦（通例「旧暦」または「陰暦」と呼んでいるもの）は、閏月を置くことで朔望月と一太陽年を調和させてきた。改暦詔書には、この閏月と実際の気候がずれる不便さの解消が第一の理由にあげられている。また、太陽暦の採用は、日本が諸外国と国交が盛んになるにつけ、日本の年月日と西洋諸国の日付のずれや休日の違いから生じるトラブルを解消していく必要があったからとも、不平等条約改正に向けて日本を文明国家らしく見せていくポーズの一つであったとも言われている。

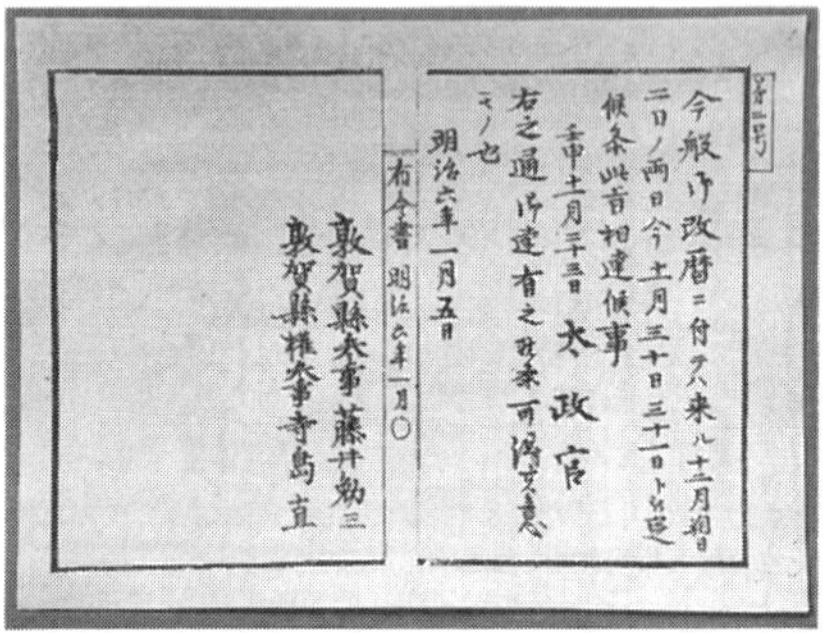
今般御改暦ニ付テハ来ル十二月朔日二日ノ両日今十二月三十日三十一日ト被定候条此旨相達候事
壬申十一月二十三日 太政官
右之通御達有之候条可得其意モノ也
明治六年一月五日
右令書 明治六年一月○
敦賀県参事藤井勉三
敦賀県権参事寺島直

改暦についての太政官布告
時の資料館 所蔵

さらに、大隈重信は『大隈伯昔日譚』（明28・6）で、政府財政と太陽暦の断行のかかわりを回顧している。「当時の国庫は種々の事情の為め痛く窮乏」しているのに、従来の暦によれば、明治六年には閏月がある。明治四年から官吏の俸給は年俸制から月給制になったため、このままでは一三ヵ月分の給料を支給することになり、「其平年の支出額にすら甚た困難を感し居る程なるを以て、決して其余地あるなく」、さらなる財政難は必至である。太陽暦の採用により、明治五年一二月は二日で打ち切りとなり、政府はこの一二月分の月給は支給せず、その上明治六年閏月分の月給や諸経費も節約できたことになった。

急な太陽暦の採用に戸惑う世間で、わかりやすい解説による改暦の啓蒙書、福澤諭吉の『改暦弁』（明6・1）が評判で売上を伸ばした。とはいえ、民衆にとって旧暦は馴染み深い。改暦から一〇年を経ようとする頃、伊豆地方でコレラが流行、新暦を用いたことが神仏の怒りに触れたと旧暦に復す者が多いと報じられている（「朝野新聞」明15・2・16）。明治四〇年代に至っても、政府は、「明治四十三年暦ヨリ陰暦ノ月日ヲ記載セス」（明41・9・30文部省告示二三五号）と暦の旧暦記載を禁止、陰暦廃止を働きかけなければならなかったのである。

（椿井里子）

学制から教育令へ

明治五年八月三日（太陽暦九月五日）、学制が頒布された（文部省布達第一三号）。前日に発布された太政官布告第二一四号は、学制序文にあたる政府の趣旨説明と教育理念の表明に始まる。「学問ハ身ヲ立ルノ財本共云ヘキ者ニシテ人タルモノ誰カ学ハスシテ可ナランヤ」と、自分のために学ぶこと、学問の意義を認識させようとする。さらに「自今以後一般ノ人民華士族農工商及婦女子必ズ邑ニ不学ノ戸ナク家ニ不学ノ人ナカラシメン事ヲ期ス」、「幼童ノ子弟ハ男女ノ別ナク小学ニ従事セシメサルモノハ其父兄ノ越度タルヘキ事」と、国民皆学の方針を打ち出している。

学制の実施は、教員養成の師範学校設立と小学校の設置から着手され、小学校数は、明治六年に一二五五八校、一〇年には二五四五九校と著しく増加した。就学率も上昇に向かうとはいえ国民皆学には遠く、明治七年の学齢男子のうち不就学は五割強、同女子においては八割、明治一一年に至っても学齢男子の四割、同女子の七割強が不就学であった。

松田敏足の『文明田舎問答』（明11・12）で、「文明先生」の啓蒙論に対する「ちよん曲野郎の山猟師の狸の角兵衛」の反論、「う丶、聞いて見れば違ひない事だが、どうもサア、もう九歳や十歳になるといふと、草の一荷も苅つて来るし、飴《あめ》や餅売つても、銭の七八銭は息《まう》けて来るし、それを学校にでも出せば、月謝彼《かれ》是《これ》出ると入るとの間違ひが、実に思ひ切れねへといふものだ。」は、当時の民衆の声の代弁であろう。前出の学制序文の但書きは、「学費及其衣食ノ用ニ至ル迄多ク官ニ依頼」する従来の考えを改めよと述べており、教育費は民費に依存、保護者側の負担が大きかった。

画一的教育内容も生活実態に即しているとはいえない上に、等級制が採られ、六ヵ月ごと、一級ごとに試験を受け、及第者だけが進級でき、最後は大試験に合格しなくては卒業できない（学制第四八、四九章）。飛び級もあり得るが原級留置（落第）もあり、中途退学者も多かったといわれる。

右のように当時の学校は、手放しで民衆に歓迎されたわけではない。学制施行後しばらく各地で新政府反対一揆や地租改正一揆の一環として、学校の打ち壊しや教員宅襲撃が起きた。文部省は明治一一年頃から各府県が伺い出た教則の改正案を認可していき、同一二年九月二九日、学制を廃止して教育令を公布するのである（太政官布告第四〇号）。

（椿井里子）

政治・教育

明治五年の学制は一〇九章（翌年追加され二一三章）に渡ったが、同一二年公布の教育令は四七条と簡略で、小学校の設置や就学義務を緩和し、地方に委せる自由化の方向を示した。だが、教育令は明治一三年一二月（改正教育令と呼ばれる）と同一八年八月（再改正教育令と呼ばれる）の二度改正される。教育令公布から明治一九年に諸学校令が制定されるまでの六年余の教育政策は、当時の政治、経済状況を反映する模索の時代である。

今日のように学校が一年進級制になるのはこの時期からである。学制で採られた等級制が踏襲されたが、等級制は各級ごとに担当教員が授業をするのが理想であるのに、不就学者や中途退学者が多い上、教員、施設不足などから、複数等級の合併授業が広範な実態であった。当時、政府は財政難のため、明治一三年に官営工場の払い下げを始め、明治一四年の政変で大蔵卿となった松方正義は紙幣整理を遂行した。さらに、明治一五年、朝鮮で壬午軍乱（京城事変）が起きると、軍備拡張のため増税が行われ、不況が深刻化、地方財政も窮乏化していたのである。

再改正教育令公布の年（明18）の一二月、公立小学校の修業期限は「一箇年ヲ以テ一学級」（文部省達第一六号）となり、それまでの六ヵ月進級制から一年進級制に変わった。級を二つ合わせ、半減させることで教員数の大幅削減を図る財政的措置であったという。

一方、小学校の進級、卒業試験は続き、試験の目的化や競争の激化、過度の勉強が問題視されるが、「児童平素ノ成績ヲ考査」することで、各学年の修了、卒業認定の試験が廃止されるのは明治三三年の小学校令施行規則からである（文部省令第一四号第二三条）。

　学年の開始は、まだまちまちで、明治前半期は九月開始も多かった。明治一九年三月、会計年度が、それまでの七月～翌年六月から四月～翌年三月と改正（閣令第三号第九条）、よって同年徴兵令も改正、満一七歳および満二〇歳の者の届け出の期日が「九月一日ヨリ同一五日迄」だったのが「四月一日」よりとなった（勅令第七三号）。人材を陸軍に先に獲得されまいと高等師範学校が四月始期となり、まもなく尋常師範学校も従ったという。小学校も四月始期に統一されていくが、法制化は明治三三年小学校令施行規則（第二五条）からで、ちなみに帝国大学や旧制高校は大正九年まで九月始期であった。

（椿井里子）

出版百花園

「朝野《ちょうや》新聞」

明治七（一八七四）年九月二四日～明治二六年一一月一九日（第三四一～六〇五二号）。発行所朝野新聞社。明治五年創刊の通俗新聞「公文通誌」の改称再編。近代ジャーナリズムの模索期でもある、明治前期の新聞には「大《おお》新聞」と「小《こ》新聞」が存在したが、「朝野新聞」は大新聞、すなわち天下国家を骨太な漢文調で論ずる政論新聞であった。当初の購読料は月五〇銭、本紙は二枚四面、寸法は三三×四八・五センチと大判。記者・読者は教養層に属した。旧幕臣の儒者で『柳橋新誌』を著した成島柳北が社長・主筆となり、八年からは、政治小説『雪中梅』の作者で、のち政界に出た末広重恭（鉄腸）が編集長となった。軽妙洒脱な成島のコラム「雑話（録）」や、舌鋒鋭い末広の論説に特色がある。筆禍に遭いながらも反政府を貫く両者の気骨が紙面に充溢し、代表的な民権派新聞として盛名を博した。いわゆる文化・学芸欄を初めて設けた新聞でもある。明治九年には大新聞第一位の部数（約一万七千部）に達したが、政党論争の影響や一七年の成島の死もあり次第に衰弱した。犬養毅・尾崎行雄が入社してからは改進党系の言論が増え、尾崎の人物評論が好評であったが、二〇年代には経営権も譲渡され、廃刊にいたった。

（外村　彰）

「読売新聞」

明治七（一八七四）年一一月二日創刊。子安峻《たかし》・本野盛亨《もりみち》・柴田昌吉《まさよし》が設立した日就社（のち読売新聞社）から発行。「俗談平話」を旨とした「小新聞」の嚆矢。小新聞は論説がなく、瓦版の流れをつぐ社会雑報本位の民衆新聞で、傍訓の多い平易な口語文体を用いた。また記者・読者も多くが庶民層に属し、「大新聞」とは対照的である。判型・値段も大新聞の約半分であった。半紙大二面の同紙創刊号には「布告《おふれ》」「新

「読売新聞」第1号

聞」「説話《はなし》」「稟告《しらせ》」欄が組まれ、紙面の多くを占めた「新聞」には雑報、「説話」には俗話が載った。一〇年の西南役では現地から戦局を詳報するなど正確な報道を期し、発行部数はこの頃約三万部と日本一であった。一二年には論説欄「読売雑譚」を設けるなど大新聞の特徴も取り込み、「中新聞」化した。二〇年代から特に文学新聞色を強め、社員の尾崎紅葉、幸田露伴らが「小説」欄で活躍し、以後も主に自然主義系の作家が連載小説を発表した。大正期は関東大震災にかけて紙勢を弱めたが、社長に正力松太郎が就任ののち庶民新聞として再起に成功、昭和一三年には発行部数が百万部を突破した。戦後も成長の一途をたどり、平成六年には朝刊が一千万部を突破、現在も世界一の規模を誇る新聞として知られる。

（外村　彰）

「団々《まるまる》珍聞」

明治一〇（一八七七）年三月～明治四〇年七月。全一六五四冊か。四〇〇号まで複刻版あり。団々《だんだん》社（のち珍聞館）発行の週刊滑稽諷刺雑誌。毎土曜日発行。正しくは「於東京絵《おとけゑ》団々珍聞」。英文の諷刺雑誌「ジャパン・パンチ」の影響をうけ、言葉遊びに長けた漫画諷刺文、また狂詩・狂歌・川柳そして狂画により、

官有物払下げ事件の諷刺画（「団団珍聞」228号より）
国立国会図書館 所蔵

政治や官人を諷刺批判した。主宰・野村文夫は幕末に英国へ密航した洋学者だった。編集は田島象二他。創刊号は全一六頁、五千部印刷され、西洋風の細密な表紙絵やユーモラスなペン画、「珍談」や「英和対訳」文で読者を驚かせた。初期には狂詩文の才に長けた総生寛《ふそうかん》の論説、戯作者・梅亭金鵞（蕩人）の戯作、洋画家・本多錦吉郎の狂画が多く載った。その後は発行停止などの規制、圧迫を受けながらも、鷺亭金升や福地桜痴、幸徳秋水（筆名いろは庵）らが執筆し、部数を伸ばした。しばしば狂画で政府高官を鯰や蛸などに見立て、西南戦争時には西郷隆盛も、語呂もじりの諷刺文で「西郷屁」、「最後酒盛」などと揶揄された。いっぽうで自由民権思想の啓蒙にも積極的に寄与した。

読者の投稿も盛んで、少年時代の宮武外骨も参加。なお団々社は「驥尾団子」(明11)など同傾向誌も発刊した。

(外村　彰)

「東洋自由新聞」

明治一四(一八八一)年三月一八日創刊。四月三〇日、第三四号で廃刊。東洋自由新聞社発行。現在の銀座六丁目にあった。日刊で月曜休刊。一部二銭三厘。四段組み四頁。平時は千六百部発行。社説・録事・雑報など紙面構成は当時の大新聞の形態で、地方議会概況や勧業博覧会見聞記欄もある。社長西園寺公望。社主稲田政吉(書肆奎章閣主人・最大出資者)。松田正久・松沢求策・上条信次ら当時有力なる民権論者が発起人。主筆に中江篤介を迎えた。第二回国会期成同盟(明13・11)を経て、「自由党組織趣意書」(自由党準備会　明13・12)をもとに「東洋自由新聞創起趣意書」(明14・2頃)が起草され、本紙は短命ながらも自由党結成(明14・10)とその機関紙「自由新聞」(明15・6〜17・12)発行の先駆けをなしている。中江は第一号社説に「吾カ天然ニ得ル所ノ情性ニ従フテ其真ヲ保ツ」ことの自由を、「心思ノ自由」と「行為ノ自由」と説いて、国会開設・言論の自由の理論的根拠とした。松沢は鶴舟野史の号で農民一揆を材とした「民権鏡嘉助の面影」(第1〜32号)を連載している。華族である西園寺に対して政府は内勅によって退社を勧告し、四月九日以後社長不在となる。これを檄文によって暴露した松沢は逮捕された。以後も弾圧・干渉厳しく、経営悪化に陥り廃刊。

(村田裕和)

「我楽多文庫」

明治一八(一八八五)年五月二日創刊。尾崎紅葉・山田美妙・石橋思案・丸岡九華らの結成した硯友社の筆写回覧雑誌。第九〜一六集は活版非売本として社員に頒布した。さらにその後公刊に改め第一号発行(明21・5・25)。一部三銭。第一〇号より増頁し九銭に改定。第一七号(明22・3・11)で「文庫」と改題し、一部七銭。第二七号(明22・10・18)で廃刊。全四三冊。紅葉「硯友社の沿革」(「新小説」明34・1)によれば三千部発行。東大予備門内外の学生交流圏に胚胎し、

「我楽多文庫」第１号
(明21・5・25発行)

九華ら初期社員の多くは官界や実業界に進んだ。心織筆耕（小説）欄には巌谷漣・川上眉山・江見水蔭・広津柳浪の名が見え、街談巷説欄の合評や、古聞新報欄の山東京伝考証に社風を窺える。公刊本第一号の「硯友社々則」に、「政事向の文書は命に替へても御断申上候」とある。第一二号では都々逸欄廃止を宣言した。「文庫」と改題後は心織筆耕欄中心で、以前のがらくた的性格は失われ、政治と大衆的文芸を排した最初の結社文芸雑誌となる。文壇の寵児となり社と絶縁した美妙を除き、紅葉以下の進出は「新著百種」（明22・4〜24・8、全18冊）の成功以後のことで、社員は明治三〇年頃にかけて文壇を圧倒した。その最初の批判者の一人が内田魯庵。「文庫」以後も硯友社系列の雑誌が多数ある。

（**村田裕和**）

「女学雑誌」

明治一八（一八八五）年七月二〇日創刊。萬春堂発行。第一一号より女学雑誌社。編集人近藤賢三。第二四号より巌本善治。第五二四号より青柳猛。本文総ルビ。一部四銭（のち六銭）。一千五百部発行（第一〇号頃）。第三二〇〜三四一号は青年子女向けの「甲の巻白表」と、啓蒙的な「乙の巻赤表」とを同一号数で毎週交互に発行。第四〇三号（明27・10・27）より月刊。一部一〇銭。第五二六号（明37・2・15）まで全五四八冊。キリスト教と自由民権運動を背景に、女権伸張・教育普及・娼妓全廃などを主張した。巌本が教頭を務めた明治女学校の機関誌的役割もある。全国の女学校の動きなどを紹介した新報欄が充実。女学とは第一一号「女学の解」に巌本曰く「凡そ女性に関係する凡百の道理を研窮する所の学問」である。初期には穂積陳重・中村敬宇・加藤弘之・長与専斎・植木枝盛らが寄稿。また若松しづ子訳「小公子」の連載があり、中島湘烟・清水紫琴（主筆）・三宅花圃らも活躍。無名の北村透谷を見出し、「文学界」（明26・1〜31・1）を女学雑誌社から創刊した。濃尾大地震の際に震地伝道隊を組織して救援伝道を試み、第四一八号より「観潮録」欄に社会問題を扱った。足尾銅山鉱毒事件にも注目し、田中正造の「鉱毒文学」を掲載した第五〇八号は発禁処分を受けた。

（**村田裕和**）

建築・美術・演劇界

建築

明治政府が一二ヵ国から計二一四人の外国人技師を雇い入れ、産業組織や交通制度の改革にあたらせたことは、よく知られるところである。

明治政府に招かれた外国人建築家が自国の様式の建築物を建てた初期洋風建築は、イギリス風・アメリカ風・イタリア風・フランス風の四つの流れに集約される。

主に官営建築を手がけたウォートルス（T. J. Waters）、日本の建築教育の基礎を築いたコンドル（J. Conder）は、ともにイギリス人であり、イギリス風である。そして、居留地の商館や領事館に代表されるものの多くがアメリカ風であった。イタリア風は、一八七六（明9）年に工学寮の附属として工部美術学校が設けられることとなり、イタリア人の教師が招かれたことに由来する。また、フランス風の流れの元は、幕末において、徳川幕府が対外防備の必要性から長崎と横須賀に造船所を設けるために、フランスから技師を招いたことに由来する。彼らは維新後も工事に従事し、日本人職人に煉瓦の築造法を教えたといわれている。フランス風建築では、フューレ（S. Furet）の設計による長崎の大浦天主堂（一八六四〔元治1〕年竣工、一八七四〔明7〕年改造、戦災後修復）が知られている。

大浦天主堂（撮影：増田彰久）
日本建築学会編
『近代建築史図集』
（彰国社　1976年）より転載

また、日本の近代建築を語る上で、先のウォートルスとコンドルは忘れてはならない人物である。

明治政府は一八六八（明1）年、大阪造幣寮の設立の際、廃局となった香港造幣局の機械を購入することとした。ウォートルスは、これに尽力したイギリス商人グラバー（T. B. Glover）の推薦により造幣寮の建築の設計にあたった。ウォートルスの経歴については明らかでないが、貨幣鋳造所をはじめ、この一帯を占める石材をまじえた煉瓦造のウォートルスの建築は、外国人建築家の本格的な西洋様式建築の嚆矢として、建築史上重要なものといえよう。この貨幣鋳造所（明4）の玄関は三角形のペディメントと円柱で構成され、

造幣寮鋳造場（撮影：増田彰久）
日本建築学会編『近代建築史図集』
（彰国社　1976年）より転載

現在桜ノ宮公会堂の玄関として、造幣寮応接所の泉布館（明３）と共に当時の面影を伝えている。

コンドルは、建築家として正規の教育を終え、ゴシック様式を得意としていたようである。しかし、母国のイギリスにおいても、来日以前に実施された作品はなく、一八八二（明15）年の上野博物館（後の東京帝室博物館）が彼の処女作である。この建築は細部の彫刻に東洋趣味をおり込み、周辺との調和をはかろうとしている。これは名建築と称され、コンドルの名声を高めた。他にも文明開化のシンボルである鹿鳴館（明16）、東京帝国大学法文学部校舎（明17）など多数がある。彼の指導により工部大学校造家学科は、一八七九（明12）年に第一回の卒業生を世に送り出した。一八八六（明19）年以後の建築教育は日本人の手によって行われることとなったが、一九二〇（大9）年東京で没するまで、コンドルが生涯をかけて日本の建築界に寄与した功績は余りにも大きいといえる。

（鈴木敏司）

美術

日本の美術史を語る上で「近代」とは明治維新からを示すのだが、各国によってその時期は様々である。イタリアでは「近代」とはルネサンス以降を指し、フランスでは一七八九年のフランス革命からを意味する。つまり、時代の区切りとして「近代」という言葉が用いられている。しかし、日本において明治維新が、いかに大きな出来事であったとしても、美術界が急激に変わるというものではなかった。ただ、江戸時代の身分制が明治の「美術」に、流れこんだ形跡を見ることはできる。

明治一〇年代頃までの画題は、仏教と歴史文学を題材にしているものが主であるが、描かれている人物は武士が多かった。これは政治的意味合いというよりも、新体制に忠誠をつくした忠臣に対する心理的礼讃のあらわれであった。また、新政府をになった人々も、それまでは武士であったから悪い気がしなかったのであろう。しかし、二〇年代には『古事記』と『日本書紀』からのものを画題としたものが増え始める。

一八八九（明22）年に始まった東京美術学校（文部省下設置は明20・10）の教授陣は幕府旧御用絵師狩野派、住吉派出身者で、かつての武士身分の者であった。そこに、「工」の身分であった浮世絵師の姿はなかった。また、他藩出身の御用絵師も東京美術学校には存在せず、彼らは一八八〇（明13）年に開校した京都府画学校に籍をおいていた。ここに、美術の制度化に主導権を持つ東京画壇と自治性の強い京都画壇の二極の流れが明確化していった。

次に仏教画についてだが、明治一〇年代後半から新時代を象徴する画題としてフェノロサ（Earnest F. Fenollossa）が、一八八五（明18）年一月の「日本画題の将来」と五月の「画題に仏教を用ゆるの得失」の講演の中で仏教画題を勧めている。フェノロサは当時の日本の美術、芸術の概念に多大な影響を与えた人物である。

龍頭観音図
（仏教画）

フェノロサは一八七八（明11）年に来日し、東京大学で哲学を講じるかたわら、日本美術の発掘に意を注いだ。そして、弟子の岡倉天心とともに前述の東京美術学校を創設した。

日本の美術の概念を決定付けたといえるものが、一八八二（明15）年に出版された、フェノロサの『美術真説』である。これは、同年五月に「日本美術工芸ハ果シテ欧米ノ需要ニ適スルヤ否ヤ」と題された講演会の筆記翻訳であった。この講演は貿易に日本の工芸品の活用を促す内容で、工芸品を美術工芸と称した。欧米では工芸と美術との概念に差異が存在していたのに対して、日本の世間一般の人々の間に歪みを生む発端を招いたのではないかと思わざるを得ない。

その後、世間では「美術」という言葉は流行語となり、「美術傘」、「美術下駄」というものまで現れた。

（鈴木敏司）

演劇

明治維新当時の舞台芸術には、能、狂言、文楽、落語といったものがあり、これらはすでに内容、形式の上で完成されていたと見ることができる。しかし、歌舞伎については未完であり、政変に伴い新しさを求める気運に手近な対象とされた。それまで保護芸術であった能と狂言は二、三〇年以後まで省みられることがなかった。

一八七二（明5）年二月に明治政府の演劇に対する政策がうちだされ、同四月に改良の申渡しを行っている。その内容は、演劇は教化の一端となるべきものだから、歴史上の人物は実名とし、史実を歪曲せず、外国人も見物するので上品に作劇せよと、いうものであった。また、一八七八（明11）年六月に新富座が開場し、その開場式には政府高官、学者、外国人も舞台に参列し、作者俳優は洋服を着用、そして軍楽隊の演奏まで行われた。これらは明らかに外国人を意識したものであった。

この新劇場の演目は「松栄千代田神徳《まつのさかえちよだのしんとく》」、作者は河竹黙阿弥であり、内容は徳川家康の一代記であった。ここでは史実考証の面から稽古に学者が立ち会うなど、演劇に政府がはじめて介入し、その結果、これまでの殿様姿とは異なる劇の演出となった。

坪内逍遙は、上京して間もない一東大生であったが、この芝居について後に、「私が真に全く新しいものを観たと感じたのは、この時の舞台面であった」。そして、「私の唯一の娯楽、唯一の慰籍は団十郎が主となって出る劇であった。」と述べている。以後、逍遙は活歴劇の批判と革新を志し、新史劇の執筆へと向かう。

ところで、当時の民衆の娯楽といえば、落語であった。他のものは照明の関係から興行時間が早朝からであったのに対して、寄席は昼過ぎからと夕刻からの興行だった。そして木戸銭も寄席は他のものに比べ、数十分の一から百分の一という、たいへんな安さであった。しかし、明治政府は寄席を好ましく思わなかった。演劇政策の重要な柱の一つが、「淫風排除」であり、寄席を対象としたものである。これは一八六九（明2）年一〇月に布達として早くも現れている。内容は、寄席で男女まじっての音曲、物真似を禁じるというものであり、外国人も見物に現れるようになったので、教えの一端となるような筋を仕組めというものであった。

また、落語は当時から口語体での噺であった。このことにおいても他のものとは明確な違いがあり、民衆にとっては言葉の上でも非常に馴染み易い娯楽であった。そして二葉亭四迷、夏目漱石などはこれを民衆のもつ口語体表現の手本とし、後の文学にも影響を及ぼしているのである。

（鈴木敏司）

資料館案内

ここでは、明治一〇年代の啓蒙思想、明治戯作、自由民権運動から坪内逍遙に関する資料を閲覧できる資料館を紹介する。なお、館によっては、事前申込が必要な所もある。

東京大学法学部明治新聞雑誌文庫
明治初期の新聞・雑誌を所蔵している。
所在地　〒一一三－〇〇三三　東京都文京区本郷七－三－一（都営地下鉄丸の内線本郷三丁目駅下車）
電　話　〇三－五八四一－三一七一
開館時間　午前九時～午後四時半
休館日　土日祝日、年末年始、大学休暇期間など

国立国会図書館古典籍資料室
仮名垣魯文や成島柳北などの幕末期の著作（写本・版本）が閲覧できる。
所在地　〒一〇〇－〇〇一四　東京都千代田区永田町一－一〇－一（営団地下鉄有楽町線・半蔵門線永田町駅下車）
電　話　〇三－三五八一－二三三一
開館時間　午前九時半～午後五時（古典籍資料室への入室・資料請求は三時半まで）
休館日　日祝日、第二・四土曜日、第一・三月曜日、年末年始、整理期間など

天理図書館
明治初期の著作、とくに、仮名垣魯文を中心とする明治戯作を多く収集している。
所在地　〒六三二－〇〇三二　奈良県天理市杣之内町一〇五〇（JR・近鉄天理駅下車）
電　話　〇七四三－六三－一五一一
開館時間　［四月～一〇月］午前九時～午後六時、［一一月～三月］午前九時～午後五時
休館日　毎月末、大学休暇期間など、大学が定める休日

日本近代文学館
明治初期の著作を幅広く収集している。また、自由民権運動に関する資料を集めた「社会文庫」（鈴木茂三郎旧

蔵）がある。

所在地　〒一五三―〇〇四一　東京都目黒区駒場四―三―五五（京王井の頭線駒場東大前駅、小田急線東北沢駅下車）

電　話　〇三―三四六八―四一八一

開館時間　午前九時半～午後四時半（入館は四時まで）

休館日　日月曜日、第四木曜日、毎月末、整理期間、年末年始

入館料　三百円。なお、はじめて来館する場合は身分証明書が必要

高知市立市民図書館

自由民権運動に関する資料を所蔵している。

所在地　〒七八〇―〇八七〇　高知市本町五―一―三〇（土讃線高知駅より土佐電鉄（市電）県庁前駅下車）

電　話　〇八八―七五―九〇一八

開館時間　午前九時半～午後八時（土曜日は五時まで、日曜日は一二時半まで）

休館日　月曜日、毎月二〇日、祝日

高知市立自由民権記念館

高知市立市民図書館の分館として設立。自由民権運動に関する資料を収集している。展示室での資料展示も行っている。

所在地　〒七八〇―八〇一〇　高知市桟橋通四―一四―三（土佐電鉄（市電）桟橋通四丁目駅下車）

電　話　〇八八―三一―三三三六

開館時間　午前九時～午後五時

休館日　月曜日、祝日の翌日、年末年始

入館料　三百円

町田市立自由民権資料館

多摩・町田の自由民権運動資料と北村透谷の民権資料を収集・展示している。

所在地　〒一九五―〇〇六三　東京都町田市野津田町八九七（小田急線・横浜線町田駅より野津田車庫行または鶴川駅行バス、「袋橋」バス停下車）

電　話　〇四二七―三四―四五〇八

開館時間　午前九時～午後四時半

休館日　月曜日、展示替期間、年末年始

早稲田大学図書館・演劇博物館
図書館は本間久雄旧蔵による明治文学初版本、作家の書簡・原稿などを所蔵。演劇博物館は坪内逍遙の旧蔵書・遺品・原稿などを所蔵。
所　在　地　〒一六九－〇〇五一　東京都新宿区西早稲田一－六－一（山手線高田馬場駅より早大行きバスで終点下車）
電　　　話　［演　博］　〇三－五二八六－一八二九
［図書館］　〇三－三二〇三－四一四一
開館時間　［演　博］　午前九時～午後五時
［図書館］　午前九時～午後八時（一部は午前一〇時～午後四時）
休　館　日　日祝日、大学休暇期間など

慶應義塾大学三田情報センター
福澤諭吉の草稿・書簡や、慶應義塾関係の資料を所蔵している。
所　在　地　〒一〇八－〇〇七三　東京都港区三田二－一五－四五（山手線田町駅、都営地下鉄三田線・浅草線三田駅下車）
電　　　話　〇三－三四五三－四五一一
開館時間　午前八時四五分～午後六時（土曜日は午後二時半まで）
休　館　日　日祝日、一月一〇日、四月二三日

鹿児島市立西郷南洲顕彰館
西郷隆盛の遺墨・遺品などを収蔵・展示している。また、明治維新・西南戦争関係の資料を収集している。
所　在　地　〒八九二－〇八五一　鹿児島市上竜尾町二－一（日豊本線鹿児島駅下車）
電　　　話　〇九九二－四七－一一〇〇
開館時間　午前九時～午後五時
休　館　日　月曜日
入　館　料　百円

（**内田賢治**）

参考文献

麻生義輝『近世日本哲学史』（近藤書店　一九四二・七）
日夏耿之介『明治大正詩史』巻ノ上（東京創元社　一九四八・一二）
伊藤整『日本文壇史—開化期の人々』（講談社　一九五三・一一）
岡野敏成編『読売新聞八十年史』（読売新聞社　一九五五・一二）
堀内敬三・井上武士編『日本唱歌集』（岩波書店　一九五八・一二）
興津要『轉換期の文學』（早稲田大学出版部　一九六〇・一一）
日高六郎編『現代日本思想大系34　近代主義』（筑摩書房　一九六四・七）
『明治文学全集10　三遊亭圓朝集』（筑摩書房　一九六五・六）
海後宗臣・仲新編『日本教科書大系　近代編』第25巻（講談社　一九六五・九）
『明治文学全集3　明治啓蒙思想集』（筑摩書房　一九六七・一）
建築学大系編集委員会編『新訂　建築学大系6　近代建築史』（彰国社　一九六八・三）
井上幸治『秩父事件—自由民権期の農民蜂起』（中央公論社　一九六八・五）
村上陽一郎『日本近代科学の歩み』（三省堂　一九六八・九）
『日本近代文学大系4　二葉亭四迷集』（角川書店　一九七一・三）
伊澤修二・山住正己校注『洋学事始　音楽取調成績申報書』（平凡社東洋文庫　一九七一・六）
興津要『異端のアルチザンたち』（読売新聞社　一九七二・五）
笹淵友一解説・小川和佑注釈『日本近代文学大系　近代詩集』（角川書店　一九七二・一一）
和田繁二郎『近代文学創成期の研究』（桜楓社　一九七三・一一）

国立教育研究所編『日本近代教育百年史』第一巻・第二巻（財教育研究振興会　一九七四・八）
『日本近代文学大系3　坪内逍遙集』（角川書店　一九七四・一〇）
内閣官報局『法令全書』第五巻（原書房　一九七四・一〇）・第四一の九（原書房　一九九〇・六）
木村毅『明治文学夜話　新文学の霧笛』（至文堂　一九七五・一一）
渡辺正雄『日本人と近代科学』（岩波書店　一九七六・一）
大久保利謙『明六社考』（立体社　一九七六・一〇）
佐々木克『戊辰戦争―敗者の明治維新』（中央公論社　一九七七・一）
藤浦富太郎『明治の宵　円朝・菊五郎・大根河岸』（光風社書店　一九七八・一）
河東義之編『ジョサイア・コンドル建築図面集』Ⅰ・Ⅱ・Ⅲ（中央公論美術出版　一九八〇・五）
松本伸子『明治演劇論史』（演劇出版社　一九八〇・一一）
『福沢諭吉選集』第二巻（岩波書店　一九八一・二）
日本史籍協会編『大隈伯昔日譚』二〔續日本史籍協会叢書　第四期〕（東京大学出版会　一九八一・四）
塚越和夫『明治文学石摺考』（葦真文社　一九八一・一一）
北根豊監修『団々珍聞』第一～四〇〇号（全一二巻）（平文社　一九八一・一一）
日本建築学会編『近代建築史図集』（彰国社　一九八四・八）
文部省内教育史編纂会『明治以降教育制度発達史』第一～三巻（芳文閣　一九八五・四）
鵜飼新一『朝野新聞の研究』（みすず書房　一九八五・九）
関山和夫『落語名人伝』（白水社　一九八六・七）
佐藤秀夫『学校ことはじめ事典』（小学館　一九八七・一一）
小森陽一『文体としての物語』（筑摩書房　一九八八・四）

諏訪春雄『日本の幽霊』（岩波書店　一九八八・七）
前田愛『前田愛著作集①　幕末・維新期の文学　成島柳北』（筑摩書房　一九八九・三）
木本至『「団々珍聞」「驥尾団子」がゆく』（白水社　一九八九・六）
細谷俊夫・奥田真丈・河野重男・今野善清編『新教育学大事典』第一～八巻（第一法規出版　一九九〇・七）
戸沢行夫『明六社の人びと』（築地書館　一九九一・四）
遠山茂樹『遠山茂樹著作集②　維新変革の諸相』（岩波書店　一九九二・五）
平岡敏夫『日本近代文学の出発』（塙書房　一九九二・九）
明治文化研究会編『明治文化全集』第二一巻（日本評論社　一九九三・一）
木下直行『美術という見世物』（平凡社　一九九三・六）
岡田芳朗『明治改暦――「時」の文明開化』（大修館書店　一九九四・六）
一柳廣孝『〈こっくりさん〉と〈千里眼〉日本近代と心霊学』（講談社　一九九四・八）
読売新聞社編『読売新聞百二十年史』（読売新聞社　一九九四・一一）
小山慶太『漱石とあたたかな科学』（文藝春秋　一九九五・一）
松本三之介『明治思想における伝統と近代』（東京大学出版会　一九九六・二）
佐藤道信『日本美術誕生』（講談社　一九九六・二）
石島庸男・梅村佳代編『日本民衆教育史』（梓出版社　一九九六・四）
諏訪春雄・菅井幸雄編『講座　日本の演劇』５近代の演劇Ⅰ・６近代の演劇Ⅱ（勉誠社　一九九七・二）
田中弘之『幕末の小笠原――欧米の捕鯨船で栄えた緑の島』（中央公論社　一九九七・一〇）
野田昌宏『宇宙を空想してきた人々』（日本放送出版協会　一九九八・七）
鹿野政直『福沢諭吉と福翁自伝』（朝日新聞社　一九九八・一〇）

上田博・瀧本和成『明治文学史』（晃洋書房　一九九八・一一）
矢野誠一『三遊亭圓朝の明治』（文芸春秋　一九九九・七）
暦の会編『暦の百科事典　２０００年版』（本の友社　一九九九・一一）
平岡敏夫『漱石　ある佐幕派子女の物語』（おうふう　二〇〇〇・一）

資料篇

安愚楽鍋（抄）

仮名垣魯文

牛店雑談安愚楽鍋初編自序

世界各国の諺に。仏蘭西の着倒れ。英吉利の食だふれと。食台に並べて譜ど。衣ハ肌を覆ふの器。食ハ命を繋ぐの鎖。心の猿の意馬止て。咲いた桜の花より団子。色則是食色気より。餐気を前の佳味肉食。牛にひかれて膳好方便。仏徒家の五戒さらんパア。虚と実の内外を西洋風味に索混て。世に克熟し甘口とハ。作者が例の自己味噌。家言もあしの不果放行。彼小便の十八町。慢ゝ地急案即席調理。刻葱の五分ほども透ぬ測量のタレ按排。生肉の替りハ後輯にして。一帙端を採給へと。文明開化開店の。告条めかして演述になん

明治四歳辛未の卯月初の五日

東京本石街万笈閣の隠居に於て

牛の煉薬黒牡丹の製主

仮名垣魯文題

標目従初編至弐編

○西洋好の聴取　○商個の胸会計

○堕落個の廓話　○藪医の不養生

○鄙武士の独盃　○文盲の無茶論

○野幇間の諂言　○半可の浮世談

○諸工人の侠言　○人車の引力言

○生文人の会談　○話家の楽屋落

是に洩れたるハ嗣編に著すべし

牛店雑談安愚楽鍋初編全　一名　奴論建

東京市隠　仮名垣魯文戯著

開場

天地ハ万物の父母。人ハ万物の霊。故ゆゑに五穀草木鳥獣魚肉。是が食となるハ自然の理にして。これを食ふこと人の性なり。昔ゝの里諺に。盲文爺のたぬき汁。因果応報穢を浄むる。かち〳〵山の切火打。あら玉うさぎも吸物で。味をしめこの喰初に。そろ〳〵開化し西洋料理。その功能も深見草。牡丹紅葉の季をきらハず。猪よりさきへだら〳〵歩行。よし遅くとも怠らず。往来絶ざる浅草通行。御蔵前に定鋪の。名も高旗の牛肉鍋。十人よれバ十種の注文。

昨晩もてたる味噌を挙。たれをきかせる朝帰り。生のかハりの粋がり連中。西洋書生漢学者流。劉訓に似た儒者あれバ。肖柏めかす僧もあり。士農工商老若男女。賢愚貧福おしなべて。牛鍋食ハねバ開化不進奴と鳥なき郷の蝙蝠傘。鳶合羽の翅をひろげて遠からん者ハ人力車。近くハ銭湯帰。薬喰。牛乳。乾酪《チーズ》洋名乳油《バタ》洋名牛陽はことに勇潔。彼肉陣の兵狼と。土産に買ふも最多き。人の出入の賑ハしく込合の節前後御用捨。御懐中物御用心。銚子のおかハり。お会計。お帰ンなさい入ラツしやい。実に流行ハ昼夜を捨ず繁昌斯の如くになん。されバ牛ハうしづれの同気もとむる肉食群集席を区別しありさまを。一個〻〻に穿て云ハゞまづざつとしたところがこんなものでもあらうか

○西洋好の聴取

▲年ごろハ二十四五の男いろあさぐろけれどシヤボンをあさゆふつかふと見えてあくぬけていろつやよくあたまハなでつけかそうはつにでもなるところが百日このかたはやしたるを右のかたへなでつけもつともヲーテコロリといへる香水をつかふとみえてかみのけのつやよくわげハかくべつおほきからずきぬごろのみちゆきぶりにたう糸二タ子のわたいれまがひさらさの下タ着うらハはりかへしのがくうらなるべしカナキンではりたるかうもりがさをかたハらへおきくるしいさんだんにてもとめたる袖時計のやすものをえりからはづしてとき〴〵ときを見るハそつちのけじつハほかのものへ見せかけなりたゞしくさりハきんのてんぷらと見えたり○となりにうしをくひてゐるきやくにはなしをしかける

「モシあなたヱ牛ハ至極高味でごすネ此肉がひらけちやアぼたんや紅葉ハくへやせんこんな清潔なものをなぜいままで喰ハなかつたのでごウせう西洋でハ千六百二三十年前から専ら喰ふやうになりやしたがそのまへハ牛や羊ハその国の王が全権と云ツて家老のやうな人でなけりやア平人の口へは這入やせんのサ追〻我国も文明開化と号ツてひらけてきやしたから我〻までが喰ふやうになつたのハ実にありがたいわけでごスそれを未だに野蛮の弊習と云ツてネひらけねへ奴等が肉食をすりやア神仏へ手が合されねへのヤレ穢れるのとわからねへ野暮をいふのハ究理学を弁へねへからのことでげスそんな夷に福沢の著た肉食の説でも読せてへネモシ西洋にやアそんなことハごウせんこの人ござりませんをごウせんござりますをげスなどいふくせあり彼土ハすべて理でおして行国がらだから蒸気の船や車のしかけなんざアおそれいつたもんだネ既にごらうじろ伝信機の針の先で新聞紙の銅板を彫たり風船で空から風をもつてくる工風ハ妙じやアごうせんかあれハネモシ斯いふ訳でごぜへス地球の図の中に暖帯と書てありやす国があるがネ彼所が赤道といツて日の照りの近イ土地だからあついことハたまらねへそこで以テ国の人が日にやけて皆なくろん坊サそれだからその国の王がいろ〳〵工風をして風船といふものを造ツて大きな円い袋の中へ風をはらませて空からおろすとそのふくろの口をひらきやすネ。すると大きなふくろへ一ぱいはらませてきた風だから四はう八方へひろがツて国の内がすゞしくなるといふ工風でごスまだ奇妙なことがありやす魯西亜なンぞといふ極寒い国へゆくと寒

中ハ勿論夏でも雪が降ツたり氷が張ので往来ができやせんそこで彼蒸気車といふものを工風しやしたが感心なものサネ一体蒸気車と云ものハ地獄の火の車から考出したのださうだが大勢をくるまへのせて車の下へ火筒をつけてそのなかで石炭をどん〳〵焚からくるまの上に乗てゐる大勢ハ寒気をわすれて遠道の通行ができやせうナント考へたものサネ。何サこのくれへな工風ハ彼土の徒ハちやぶ〳〵前でげス此大千世界の形象せへ混沌として毬の如しと考へたハサ。その以前ハ釈迦如来が須弥山と号けたところが西洋人ハまん〳〵たる海上を渡ツて世界の果からはてまでを見きハめたのだから釈迦坊も後悔したさうサそこで以て海をわたる工風を西洋じやア後悔術といひやすハナヲヤモウ御帰路かハイさやうならヲイ〳〵ねへさん生で一合。葱も一処にたのむ〳〵

○諸工人の俠言

▲としごろハ四十ぐらゐ大工か左官らしきふうぞくしるしばんてんも、ひきはらかけ三尺おびハよごれたれど白木のそろばんぞめよどばしまがひのたばこいれにあつばりのしんちうぎせるかみハしのをたバねたるごとくつれも同じくしよくにんながらこのじんぶつハとしかさといひことにあにでしにてもあらんかと思ハれたるはなしぶりよほどゑひがまハりしとみへてまきじたのたかごゑにてゐばりをつけるくせあり

「ヱ、コウ松やきいてくれあの勘次の野郎ほど附合のねへまぬけハ西東の神田三界にやアおらアあるめへとおもふぜまアかういふわけだきいてくりや夕辺仕事のことで八右衛門さんの処へつらア出すとてうど棟梁がきてゐて酒がはじまツてゐるンだらう手めへの前だけれどおらだつて世話やきだとか犬のくそだとかいハれてるからだ、から酒を見かけちやアにげられねへだらうしかたがねへからつツぱへりこんで一抔やツつけたがなんぼさきが棟梁でゑくでもごちそうにばかりなツちやア外聞がみつともねへからさかづきをうけておいてヨ小便をたれにゆくふりでおもてへ飛出して横町の魚政の処へ往てきはだのさしみをまづ壱分とあつらへこんで内田へはしけて一升とおごつたハおらアしらんかほの半兵へで帰へツてくると間もなく酒と肴がきた処から棟梁もうかれ出して新道の小美代をよんでこいとかなんとかいツたからたまらねへ芸妓が一枚とびこむと八右衛門がしらまで浮気になつてがなりだすとノ勘次のやらうがい、げい人のふりよをしやアがつて二上りだとか湯あがりだとか蛸坊主が湯気にあがつたやうなつらアしやアがつて狼のとほぼへでさんざツぱらさわぎちらしやアがつてそのあげ句が人力車で小塚原へおしだそうと成とかん次のしみツたれめへおさらばずゐとくじをきめたもんだから棟梁も八さんもそれなりになつてしまツたがヱ、コウおもしろくもねへ細工びんぼう人だからだあのやらうのやうに銭金をしみやアがつて仲間附合をはづすしみつたれた了簡なら職人をさらべやめて人力の車力に

でもなりやアがれバいゝひとをつけこちとらア四十づらアさげて色気もそツけもねへけれど附合とくりやアよるが夜中やりがふらうとも唐天ぢよくからあめりかのばつたん国までもゆくつもりだアあいつらとハ職人のたてがちがハゝ口はゞツてへいひぶんだがうちにやア七十になるばゝアにかゝアと孩児で以上七人ぐらしで壱升の米ハ一日ねへし夜があけてからすがガアと啼きやア二分の札がなけりやアびんばうゆるぎもできねへからだで年中十の字の尻を右へぴん曲るが半商売だけれど南京米とかての飯ハ喰ツたことがねへ男だあいつらのやうにかゝアに人仕事をさせやアがつてうぬハ仕事から帰ツてくると並木へ出てやすみにでつちておいた蘆取なんぞヲならべて売りやアがるのだアすツぽんにお月さま下駄にやき味噌ほどちがふおしよくにんさまだアぐず〳〵しやアがりやアすのうてんをたゝきわつて西瓜の立売にくれてやらアはゞかりながらほんのこつたが矢でも鉄砲でももつてこいおそれるのじやアねへハヘトいひがゝりやアいひたくなるだらうのウ松てめへにしたところがさうじやアねへかヲイ〳〵あンねへ熱くしてモウ二合そして生肉もかハりだアはやくしろウヱ、

牛店雑談 安愚楽鍋三編巻之下

東京　仮名垣魯文著

○茶店女の隠食

▲としのころ十八九か或ハ廿を一ツ二ツこしたるかさだかならぬしま田わげをつぶしにゆひかざをりちりめんのはりかへし上ゝぎのはれぎなしふだんぎも見世ぎもこのうへ、これも馬みちか仲まちのふるぎやにておふくろがやすくかひをとしたるおめしのあひとねづみのあらいしまのはんてんをひつかけくじらをびのあとさきばかりむらさきちりめんでなかハちりめんごらうではぎあハせたるとさつしられたるハあさくさのをくやまへやとはれてよるのないしよくをかきいれにやすだちまへで十字ごろからをしろいこて〳〵そろ〳〵見世をひらく茶や女と思はれたりつれの女ハ五十ぢかくいればをおはぐろでごまかしくろ油でしらがをかくすばゝあさねもりなりのこしらへハくりうめカナ巾はりかへしのがくうらあひみぢんのめいせんまへかけばかりハおめしちりめんなりこれハみなさんごぞんじのさんづの川のわたしばにすまひするみちしるべのしうせんかそれしやのあがりと見へてとしはとつてもいやみたつぷりさあらバをちんふぜいなりと文句にかくべき八百や半兵衛の母とやりてのおよくと仲居の万野とがつぺいしたやうなしらばけばゝアなりかの茶みせ女がまがわるひからいつしよにいつてくれとのたのみに下タ地ハすきなりぎよいハよしでこのうしみせのなべさかもり両人ともよほどゑひがまハりしよりふるだぬきと野ぎつねのしつぽをあらはしあたりにはゞからぬへいきなかほにてさしつおさへつうしのにくをさかなにそろ〳〵木地のはげるはなしくちにてそのがくやをさつすべし

ころ「おひきさんお前もうしハたべないなんぞとこのあひだ氷月でおいゝだツたがうそかだましだネずゐぶんいけるじやアないかあきれもするヨアレサおかハりめだヨ トしやくをするばゝあハはぐきをあらハしてわらひながら ひき「アハゝゝゝおころさんおまへ《客人》もひらけないことをいふ子じやないかあのときハソレきんちやが一座だからなんぼこんなばゝアになつたからといツてまだ孫彦に手をひかれてつえにすがつて鳩に豆をやるとしでもないからお客なんぞのそばで牛をたべる大好だといつちやアまだなじみもないお方だからあんまりいろ

けがなさすぎて此悪婆めがとにらまれやうとおもふから
あ、ハいツたやうなもの、実ハすきのくわのといふだんじ
やアないヨぜんたい牛のまだはやらないじぶんからあくも
のぐひでそのじぶんにやア両国のならび茶屋で小川のおと
くさんなんぞとかたをならべて見世をはツてゐたじぶんで
組合のかしらであひが見世へ来ちやア山くじらのうまいは
なしをするのでたべたくツてならないから雪がふツて見世
をはやくはねたばんがたに江戸やにゐたばアやアをさそツ
て長い橋をこしてむかふ両国へゐツてサも、ンぢい屋へは
いらふとするとあかりがかん〳〵ついてゐてまがわるくツ
てはいられなかつたハネその時分ハ年もぐツトわかしめけ
てゐたときだからなんぼきやんでもはねてゐてもそこハ女
だけでやまくじらの店のまへを行ツもどりつしてゐた所へ
馬場のかしらの子分に穴熊といふ若イ衆がてうどぢいをた
べにきて門口で出あツたらうじやアないかそうするとサア
何でもいつしよにはいれと手をひツぱられたのをい、しほ
にしてはいツてたべたのがお初会サそれから食つきになツ
て霜月のこゑをきくといろけよりくひけ見へもかざりもへ
うたんもサその気でなけれバ生物ハ食へないト内へ取よせ
てたべたがどうもさきでたべるやうにやアいかないヨダガ
ネ猪や鹿ハずゐぶんうまいが牛がひらけてから人さまのは
なしをきくと牡丹や紅葉ハあンまり薬ぢやアないなんでも

牛にかぎる豕も沢山ハいけないト云ことだからモウ〳〵い
まじやアぢいハおあひだおはやし《廃止》にしてしまツて牛一ツて
んばりときめたヨおころさんハ若い者のくせによくひらけ
て牛をたべならツたネホンニそれにやアかんしんするヨ《トう》
しのやうなしたをだして肉をぺろりとせしめるころ「そりやアちつと訳があるのサ今ま
でおまへにもはなさなかツたが私やア十五のとしにちやん
が相場とかにまけて母親とわちきをおきざりにして脱走《だつ》
そうをダツソとつめてい、おはいしをオハヤシなどいふくせありしてしまつたらうじやアないかその
あとでいろ〳〵困窮て家ハ分散しておつかアのさとが神奈
川在だからそこへふたアりながらひきとられてゐるうち浜
よこはまをりやくして云のしんるいうちからおころを異妾に出しちやアど
うダさきの異人さんハゑぎりすの紺四郎《コンシユル也》とかいふ旦那
でかみの毛がちゞれて赤いとハいへ日本ことバもよくわか
るなか〳〵遠人なんぞと馬鹿にするけれどどうして〳〵万
事にゆきわたツた心意気のい、人だから今の世せかいにゑ
りもとへつかないのハやぼのゆきどまりでそれがひらけな
いのだとす、められるとおつかあがアノとふりのよくばり
ときているからすぐにのりこんできうきんしだいでやりま
せうといツてやると月に五十両で外に小遣ひが十両仕度ハ
別段いらないが身のまはりをかざツてくる手あてが二十五
両で親元がこまる者なら三ケ月ぐらい給金のかしこしもし
てやらふシさきの気に入りしだいでさんごじの五分玉や六

分だまなんぞハ日本のほうづきどうやうでねだりしだいくれるし合の児でも懐妊てオギヤアとさへいへバたとへ旦那ハ本国へ帰らうが一生こまらせないやうにしてやるとのことだからすぐに目見へにかけろといふので人力車で人力車をリンリキ車とおぼへてゐる也その日に横はまへ行ツて目見へにか、ツたところが私も親のためとハいふもの、日本にうまれて千里万里さきのゑたいもしれない遠人なんぞのなぐさみ物になるのハいやで〳〵はまの口入やに待ツてゐるうちも波戸場へかけだして身でもなげてしまをふかイヤ〳〵そうすると年をとツたおつかアがかわいそうだからうわばみに呑まれた夢を見たつもりでがまんをしようかととつをいつしあんさいちうへ異人さんがお出だといふのでぶる〳〵してサちいさくなツてゐると口入の人とおつかあが気をもんでモツトまへ、出て顔をあげてゐろとお尻を。をすやらせなかをつ、ツくやら私やアのぼせあがツたがはたで気をもむから顔をあげてその旦那を見るとネほんとうにい、男サトント此間菊五郎さんがしたざんぎりかづらの洋服じたてのとふりな人でこんなおたふくだけれどなんだか気にいツたやうで私のそばへきてあなた異人ペケありますかわたくしあなたたいさんよろしいト。チヨイと私の手をにぎツたので私もぽつとしてしまツてサヲホ、、、、ヲホ、、、、、ヲヤたいへんん。ついうかれてさかづきをひつくりかへしてサソレおひきさんまへがよごれるからおたちなねへ　ひき「ヲツトさん〴〵おのろけのうけちんが他のさかづきをひツくりかへしてよそゆきのまへかけをびしよ〳〵だヨ　ころ「オホ、、、、、、まつぴら〳〵ツイはなしに実が入ツてそ、う〳〵モウ〳〵あとハさらんぱアにしてサアつぎなをしお酌をしまほう　ひき「まアよさずとい、からあとをおはなしヨはじまりをきいてをちをきかないと気になるハネのろけごめんのふだをだすからそのあとのきまりをおつけな　ころ「私やアとんだことをい、出してサヱ、、口ばしツたからにやア身のさんげだかまハないはなしてしまふからみんなにハない〳〵わけておやゆびをちよいとだしこれにハごくない〳〵　ひき「おころさん私をそんなはすツ葉だとお、もひか此せうばいじやア人のあらすそをいふのハ極しらうとだハネ人さしゆびにて口をたゝきこ、のかたいのハじまんじやアないが山のねへさん達が知ツてゐる内会のことをうちあけてたのまれたりまたたのンだりするのがこのば、アの渡世だヨそこにじよさいがあるものかネ　ころ「ほんとうに今東京へ帰ツてきて見るとぐわいぶんのわるいはなしだから口をつねツてゐるのだがツイ酔ツたからはなしかけたのだがネヱ、それからマアい、あんばいしきにめ見へがすんですぐに取きめになツてその日のうちに異人館へひきとられていツて見るとほんとうにきもをつぶしたヨうちといツたら何から何まできれいでホンニいやだのおうだのといツたのハもつたいないやうで身で身をうらむやうだツたが私にハ旦那が三度のごぜんも日本風にしてたべさせてくれるうちソレこの牛サ。アノ旦那が二度のごぜんどきにハきつと牛をたべるのを見ならツたら情あひといふものハふしぎだと思ツたヨ東京にゐたじぶんにやア牛やのまへを通るのもいやだツたがだれもす、めもしないくせに牛がたべたくなツて割烹人が煮てゐる処へいツてちいさく切ツてもらツて一ト口たべて見るとおいしくなツて外のおさかななんぞより牛が好になツたのだから私の牛をたべるのハしらうとじやアないくろツぽいのでスヨ　ひき「ヲヤ〳〵そうですかヱそれじやア牛のはうじやアくろン坊だネ　ころ「いやでスヨウ　ひき「アハ、、、、、ときにおころさんあしたのばんハ市六さんが鈍宅さんと同伴に私の処まで来なさるつもりだからモシおまへの方にさしがあツたらうまくくりあはせて五ツ時ぶんまでに出て来ておくれヨそしておばらさんにも鈍宅さんの来ることを耳うちをしておいておくれアノ医者ツぽうハ甚介だからヨ　ころ「オヤどんたくさんがざんぎりになツて甚助と名をかへたのかヱしやん〳〵してゐるからホンニこツ〳〵だヨ　ひき「そんなにわるくおい、でないおばらさんハずつと乗込ンでゐるヨ　ころ「まさかサ　ひき「イヱそうでないのサ先生ハ女にかけちやアしんせつだヨ　ころ「病人をかけちやアふしんせつだらうネヲ、きびのわるいオ゛ホヲホ、、、、　ひき「イヤおころさんの口のわるいのにやアあきれるヨその口で市六さんやいけんの月宮さまを殺すのだネ　ころ「ヲヤ人ぎ、の悪イよしてもおくれ私にころされるのハ血を吸ひすぎたやぶッ蚊と秋の蚤ばかりサ　ひき「うまくい、ましたツケ。へ、ンあきれもしねへサアモウい、かげんにごぜんにしよう家えだれか来ても私ちがゐねへと南馬道のぬけうらあたりへそれられたり北廓へでもはしけてしまハれると勘定ずくだハネ　ころ「ホンニおひきさんハ欲がねへヨそんなにためてばかりゐるとどろぼう《盗賊》の用心がわるいからたまにやア息やすめに落ついてお飲なモシねへさん御酒となまをもつてお出　ひき「アレサモウ〳〵沢山だネてうどごぜんが来てゐるからこれでおつもりとしようじやアないか　ころ「でもモウそういつたからい、じやアないかアレサとめなくツてもい、からサねへさんはやくしてをくれ

＊〈初出〉
『牛店雑談安愚楽鍋』（誠英堂　明治4・4～5・春）
〈資料文献〉
『明治文学全集1　明治開化期文学集㈠』（筑摩書房　昭和41・1）

学問のすゝめ（抄）

福沢諭吉

合本学問之勧序

本編は、余が読書の余暇、随時に記す所にして、明治五年二月第一編を初として、同九年十一月第十七編を以て終り、発兌の全数、今日に至るまで凡七十万冊にして、其中初編は二十万冊に下らず。之に加るに、前年は版権の法、厳ならずして、偽版の流行盛なりしことなれば、其数も亦十数万なる可し。仮に初編の真偽版本を合して二十二万冊とすれば、之を日本の人口三千五百万に比例して、国民百六十名の中一名は必ず此書を読たる者なり。古来稀有の発兌にして、亦以て文学急進の大勢を見るに足る可し。書中所記の論説は、随時急須の為にする所もあり、又遠く見る所もありて、忽々筆を下だしたるものなれば、毎編意味の甚だ近浅なるあらん、又迂闊なるが如きもあらん。今これを合して一本と為し、一時合本を通読するときは、或は前後の論脈、相通ぜざるに似たるものあるを覚ふ可しと雖ども、少しく心を潜めて、其文を外にし、其意を玩味せば、論の主義に於ては決して違ふなきを発明す可きのみ。発兌後既に九年を経たり。先進の学者、苟も前の散本を見たるものは、固より此合本を読む可きに非ず。合本は唯今後進歩の輩の為にするものなれば、聊か本編の履歴及び其体裁の事を記すこと斯の如し。

明治十三年七月三十日

福沢諭吉記

初編

○天は人の上に人を造らず、人の下に人を造らずと云へり。されば天より人を生ずるには、万人は万人、皆同じ位にして、生れながら貴賤上下の差別なく、万物の霊たる身と心との働を以て、天地の間にあるよろづの物を資り、以て衣食住の用を達し、自由自在、互に人の妨をなさずして、各安楽に此世を渡らしめ給ふの趣意なり。されども今、広く此人間世界を見渡すに、かしこき人あり、おろかなる人あり、貧しきもあり、富めるもあり、貴人もあり、下人もありて、其有様、雲と坭との相違あるに似たるは何ぞや。其次第、甚だ明なり。実語教に、人学ばざれば智なし、智なき者は愚人なりとあり。されば賢人と愚人との別は、学ぶと学ばざるとに由て出来るものなり。又世の中にむつかしき仕事もあり、やすき仕事もあり。其むつかしき仕事をする者を身分重き人と名づけ、やすき仕事をする者を身分軽き人と云ふ。都て心を用ひ心配する仕事はむつかしくして、手足を用る力役はやすし。故に医者、学者、政府の役人、又は大なる商売をする町人、夥多の奉公人を召使ふ大百姓などは、身分重くして貴き者と云ふべし。身分重くして貴ければ、自から其家も富て、下々の者より見れば、及ぶべからざるやうなれども、其本を尋れば、唯其人に学問の力あるとなきとに由て、其相違も出来たるのみにて、天より定たる約束にあらず。諺に云く、天は富貴を人に与へずして、これを其人の働に与るものなりと。されば前にも云へる通り、人は生れながらにして貴賤貧富の別なし。唯学問を勤て物事をよく知る者は貴人となり富人となり、無学なる者は貧人となり下人となるなり。

○学問とは、唯むつかしき字を知り、解し難き古文を読み、和歌を楽み、詩を作るなど、世上に実のなき文学を云ふにあらず。これ等の文学も自から人の心を悦ばしめ、随分調法なるものなれども、古来世間の儒者和学者などの申すやう、さまであがめ貴むべきものにあらず。古来、漢学者に世帯持の上手なる者も少く、和歌をよくして商売に功者なる町人も稀なり。これがため心ある町人百姓は、其子の学問に出精するを見て、やがて身代を持崩すならんとて親心に心配する者あり。無理ならぬことなり。畢竟、其学問の実に遠くして、日用の間に合はぬ証拠なり。されば今斯る実なき学問は先づ次にし、専ら勤むべきは人間普通日用に近き実学なり。譬へば、いろは四十七文字を習ひ、手紙の文言、帳合の仕方、算盤の稽古、天秤の取扱等を心得、尚又進で学ぶべき箇条は甚多し。地理学とは、日本国中は勿論、世界万国の風土道案内なり。究理学とは、天地万物の性質を見て其働を知る学問なり。歴史とは、年代記のくはしき者にて、万国古今の有様を詮索する書物なり。経済学とは、一身一家の世帯より天下の世帯を説きたるものなり。脩身学とは、身の行を脩め人に交り此世を渡るべき天然の道理を述たるものなり。是等の学問をするに、何れも西洋の翻訳書を取調べ、大抵の事は日本の仮名にて用を便じ、或は年少にして文才ある者へは横文字をも読ませ、一科一学も実事を押へ、其事に就き其物に従ひ、近く物事の道理を求て、今日の用を達すべきなり。右は人間普通の実学にて、人たる者は貴賤上下の区別なく、皆悉くたしなむべき心得なれば、此心得ありて後に、士農工商各其分を尽し銘々の家業を営み、身も独立し、家も独立し、天下国家も独立すべきなり。

○学問をするには、分限を知る事肝要なり。人の天然生れ附は、繋がれず縛られず、一人前の男は男、一人前の女は女にて、自由自在なる者なれども、唯自由自在とのみ唱へて分限を知らざれば、我儘放蕩に陥ること多し。即ち其分限とは、天の道理に基き、人の情に従ひ、他人の妨を為さずして我一身の自由を達することなり。自由と我儘との界は、他人の妨を為すと為さゞるとの間にあり。譬へば自分の金銀を費して為すことなれば、仮令ひ酒色に耽り放蕩を尽すも、自由自在なるべきに似たれども、決して然らず。一人の放蕩は諸人の手本となり、遂に世間の風俗を乱りて、人の教に妨を為すがゆゑに、其費す所の金銀は其人のものたりとも、其罪許すべからず。又、自由独立の事は、人の一身に在るのみならず、一国の上にもあることなり。我日本は亜細亜洲の東に離れたる一個の島国にて、古来外国と交を結ばず、独り自国の産物のみを衣食して、不足と思ひしこともなかりしが、嘉永年中、アメリカ人渡来せしより、外国交易の事始り、今日の有様に及びしことにて、開港の後も色々と議論多く、鎖国攘夷などゝ、やかましく云ひし者もありしかども、其見る所甚だ狭く、諺に云ふ井の底の蛙にて、其議論取るに足らず。日本とても西洋諸国とても、同じ天地の間にありて、同じ日輪に照らされ、同じ月を眺め、海を共にし、空気を共にし、情合相同じき人民なれば、こゝに余るものは彼に渡し、彼に余るものは我に取り、互に相教へ互に相学び、恥ることもなく誇ることもなく、互に便利を達し、互に其幸を祈り、天理人道に従て互の交を結び、理のためにはアフリカの黒奴にも恐入り、道のためには英吉利、亜米利加の軍艦をも恐れず、国の恥辱とありては、日本国中の人民、一人も残らず命を棄てゝ国の威光を落さゞるこそ、一国の自由独立と申すべきなり。然るを支那人などの如く、我国より外に国なき如く、外国の人を見ればひとくちに夷狄々々と唱へ、四足にてあるく畜類のやうに、これを賤しめこれを嫌らひ、自国の力をも計らずして妄に外国人を追払はんとし、却て其夷狄に窘めらるゝなどの始末は、実に国の分限を知らず、一人の身の上にて云へば、天然の自由を達せずして、我儘放蕩に陥る者と云ふべし。王制一度新なりしより以来、我日本の政風大に改り、外は万国の公法を以て外国に交り、内は人民に自由独立の趣旨を示し、既に平民へ苗字乗馬を許せしが如きは、開闢以来の一美事、士農工商、四民の位を一様にするの基、こゝに定りたりと云ふべきなり。されば今より後は、日本国中の人民に、生れながら其身に附たる位などゝ申すは先づなき姿にて、唯其人の才徳と其居処とに由て位もあるものなり。譬へば、政府の官吏を粗略にせざるは当然の事なれども、こは其人の身の貴きにあらず、其人の才徳を以て其役義を勤め、国民のために貴き国法を取扱ふがゆへに、これを貴ぶのみ。人の貴きにあらず、国法の貴きなり。旧幕府の時代、東海道に御茶壺の通行せしは、皆人の知る所なり。其外、御用の鷹は人よりも貴く、御用の馬には往来の旅人も路を避る等、都て御用の二字を附れば、石にても瓦にても恐ろしく貴きものゝやうに見へ、世の中の人も数千百年の古よりこれを嫌ひながら、又自然に其仕来に慣れ、上下互に見苦しき風俗を成せしことなれども、畢竟是等は皆法の貴きにもあらず、品物の貴きにもあらず、唯徒に政府の威光を張り、人を畏して、人の自由を妨げんとする卑怯なる仕方にて、実なき虚威と云ふものなり。今日に至りては、最早全日本国内に斯る浅ましき制度風俗は絶てなき筈なれば、人々安心いたし、かりそめにも政府に対して不平を抱くことあらば、これを包みかくして暗に上を怨むることなく、其路を求め其筋に由り、静にこれを訴て遠慮なく議論すべし。天理人情にさへ叶ふ事ならば、一命をも抛て争ふべきなり。是即ち一国人民たる者の分限と申すものなり。

○前条に云へる通り、人の一身も一国も、天の道理に基て、不羈自由なるものなれば、若し此一国の自由を妨げんとする者あらば、世界万国を敵とするも恐るゝに足らず。此一身の自由を妨げんとする者あらば、政府の官吏も憚るに足らず。ましてこのごろは四民同等の基本も立ちしことなれば、何れも安心いたし、唯天理に従て存分に事を為すべしとは申ながら、凡そ人たる者は夫々の身分あれば、亦其身分に従ひ、相応の才徳なかるべからず。身に才徳を備んとするには、物事の理を知らざるべからず。物事の理を知らんとするには、字を学ばざるべからず。是即ち学問の急務なる訳なり。昨今の有様を見るに、農工商の三民は其身分以前に百倍し、やがて士族と肩を並るの勢に至り、今日にても三民の内に人物あれば、政府の上に採用せらるべき道、既に開けたることなれば、よく其身分を顧み、我身分を重きものと思ひ、卑劣の所行あるべからず。凡そ世の中に、無知文盲の民ほど憐むべく亦悪むべきものはあらず。智恵なきの極は恥を知らざるに至り、己が無智を以て、貧究に陥り、飢寒に迫るときは、己が身を罪せずして、妄に傍の富る人を怨み、甚しきは徒党を結び、強訴一揆などゝて乱妨に及ぶことあり。恥を知らざるとや云はん、法を恐れずとや云はん。天下の法度を頼て其身の安全を保ち、其家の渡世をいたしながら、其頼む所のみを頼て、己が私欲の為には又これを破る、前後不都合の次第ならずや。或はたま〳〵身本慥にして相応の身代ある者も、金銭を貯ることを知りて子孫を教ることを知らず。教へざる子孫なれば、其愚なるも亦怪むに足らず。遂には遊惰放蕩に流れ、先祖の家督をも一朝の煙となす者少からず。斯る愚民を支配するには迚も道理を以て諭すべき方便なければ、唯威を以て畏すのみ。西洋の諺に愚民の上に苛き政府ありとはこの事なり。こは政府の苛きにあらず、愚民の自から招く災なり。愚民の上に苛き政府あれば、良民の上には良き政府あるの理なり。故に今我日本国においても、此人民ありて此政治あるなり。仮に人民の徳義、今日よりも衰へて、尚無学文盲に沈むことあらば、政府の法も今一段厳重になるべく、若し又人民皆学問に志して物事の理を知り、文明の風に赴くことあらば、政府の法も尚又寛仁大度の場合に及ぶべし。法の苛きと寛やかなるとは、唯人民の徳不徳に由て自から加減あるのみ。人誰か苛政を好て良政を悪む者あらん、誰か本国の富強を祈らざる者あらん、誰か外国の侮を甘んずる者あらん、是即ち人たる者の常の情なり。今の世に生れ報国の心あらん者は、必ずしも身を苦しめ思を焦すほどの心配あるにあらず。唯其大切なる目当は、この人情に基きて先づ一身の行ひを正し、厚く学に志し博く事を知り、銘々の身分に相応すべきほどの智徳を備へて、政府は其政を施すに易く諸民は其支配を受て苦みなきやう、互に其所を得て共に全国の太平を護らんとするの一事のみ、今余輩の勧る学問も専らこの一事を以て趣旨とせり。

二編端書

此度、余輩の故郷中津に学校を開くに付、学問の趣意を記して、旧く交りたる同郷の友人へ示さんがため一冊を綴りしかば、或人これを見て云く、この冊子を独り中津の人へのみ示さんより、広く世間に布告せば其益も亦広かるべしとの勧に由り、乃ち慶応義塾の活字版を以てこれを摺り、同志の一覧に供ふるなり。

明治四年未十二月

三編

一身独立して一国独立する事

○前条に云へる如く、国と国とは同等なれども、国中の人民に独立の気力なきときは、一国独立の権義を伸ること能はず。其次第、三箇条あり。

第一条　独立の気力なき者は国を思ふこと深切ならず。

○独立とは、自分にて自分の身を支配し、他に依りすがる心なきを云ふ。自から物事の理非を弁別して、処置を誤ることなき者は、他人の智恵に依らざる独立なり。自から心身を労して、私立の活計を為す者は、他人の財に依らざる独立なり。人々この独立の心なくして、唯他人の力に依りすがらんとのみせば、全国の人は、皆依りすがる人のみにて、これを引受る者はなかる可し、これを譬へば、盲人の行列に手引なきが如し、甚だ不都合ならずや。或人云く、民はこれに由らしむ可しこれを知らしむ可らず、世の中は目くら千人目あき千人なれば、智者上に在て諸民を支配し、上の意に従はしめて可なりと。此議論は孔子様の流儀なれども、其実は大に非なり。一国中に人を支配するほどの才徳を備る者は、千人の内一人に過ぎず。仮にこゝに人口百万人の国あらん。此内千人は智者にして、九十九万余の者は無智の小民ならん。智者の才徳を以て此小民を支配し、或は子の如くして愛し、或は羊の如くして養ひ、或は威し或は撫し、恩威共に行はれて、其向ふ所を示すことあらば、小民も識らず知らずして上の命に従ひ、盗賊、人ごろしの沙汰もなく、国内安穏に治まることある可けれども、もと此国の人民、主客の二様に分れ、主人たる者は千人の智者にて、よきやうに国を支配し、其余の者は悉皆何も知らざる客分なり。既に客分とあれば、固より心配も少なく、唯主人にのみ依りすがりて、身に引受ることなきゆゑ、国を患ふることも主人の如くならざるは必然、実に水くさき有様なり。国内の事なれば兎も角もなれども、一旦外国と戦争などの事あらば、其不都合なること思ひ見る可し。無智無力の小民等、戈を倒にすることも無かる可けれども、我々は客分のことなるゆゑ、一命を棄るは過分なりとて、逃げ走る者多かる可し。さすれば、此国の人口、名は百万人なれども、国を守るの一段に至ては、其人数甚だ少なく、迚も一国の独立は叶ひ難きなり。

○右の次第に付、外国に対して我国を守らんには、自由独立の気風を全国に充満せしめ、国中の人々、貴賤上下の別なく、其国を自分の身の上に引受け、智者も愚者も、目くらも目あきも、各其国人たるの分を尽さゞる可らず。英人は英国を以て我本国と思ひ、日本人は日本国を以て我本国と思ひ、其本国の土地は、他人の土地に非ず、我国人の土地なれば、本国のためを思ふこと我家を思ふが如くし、国のためには財を失ふのみならず、一命をも抛て惜むに足らず。是即ち報国の大義なり。固より国の政を為す者は政府にて、其支配を受る者は人民なれども、こは唯便利のために双方の持場を分ちたるのみ。一国全体の面目に拘はることに至ては、人民の職分として、政府のみに国を預け置き、傍よりこれを見物するの理あらんや。既に日本国の誰、英国の誰と、其姓名の肩書に国の名あれば、其国に住居し、起居眠食自由自在なるの権義あり。既に其権義あれば亦随て其職分なかる可らず。

○昔戦国の時、駿河の今川義元、数万の兵を率ひて織田信長を攻めんとせしとき、信長の策にて桶狭間に伏勢を設け、今川の本陣に迫て義元の首を取りしかば、駿河の軍勢は蜘蛛の子を散らすが如く、戦ひもせずして逃げ走り、当時名高き駿河の今川政府も、一朝に亡びて其痕なし。近く両三年以前、仏蘭西と孛魯士との戦に、両国接戦の初め、仏蘭西帝ナポレオンは孛魯士に生捕られたれども、仏人はこれに由て望を失はざるのみならず、益憤発して防ぎ戦ひ、骨をさらし血を流し、数月籠城の後、和睦に及びたれども、仏蘭西は依然として旧の仏蘭西に異ならず。彼の今川の始末に較れば、日を同ふして語る可らず。其故は何ぞや。駿河の人民は、唯義元一人に依りすがり、其身は客分の積りにて、駿河の国を我本国と思ふ者なく、仏蘭西には報国の士民多くして、国の難を銘々の身に引受け、人の勧を待たずして自から本国のために戦ふ者あるゆゑ、斯る相違も出来しことなり。これに由て考ふれば、外国へ対して自国を守るに当り、其国人に独立の気力ある者は国を思ふこと深切にして、独立の気力なき者は不深切なること推て知る可きなり。

第二条　内に居て独立の地位を得ざる者は、外に在て外国人に接するときも、亦独立の権義を伸ること能はず。

○独立の気力なき者は必ず人に依頼す。人に依頼する者は必ず人を恐る。人を恐るゝ者は必ず人に諛ふものなり。常に人を恐れ人に諛ふ者は、次第にこれに慣れ、其面の皮、鉄の如くなりて、恥づ可きを恥ぢず、論ず可きを論ぜず、人をさへ見れば、唯腰を屈するのみ。所謂、習、性と為るとは此事にて、慣れたることは容易に改め難きものなり。譬へば今、日本にて平民に苗字乗馬を許し、裁判所の風も改まりて、表向は先づ士族と同等のやうなれども、其習慣俄に変ぜず、平民の根性は依然として旧の平民に異ならず、言語も賤しく応接も賤しく、目上の人に逢へば一言半句の理屈を述ること能はず、立てと云へば立ち、舞へと云へば舞ひ、其柔順なること家に飼たる痩犬の如し。実に無気無力の鉄面皮と云ふ可し。昔鎖国の世に、旧幕府の如き窮屈なる政を行ふ時代なれば、人民に気力なきも、其政事に差支へざるのみならず、却て便利なるゆゑ、故さらにこれを無智に陥れ、無理に柔順ならしむるを以て役人の得意となせしことなれども、今外国と交るの日に至ては、これがため大なる弊害あり。譬へば田舎の商人等、恐れながら外国の交易に志して、横浜などへ来る者あれば、先づ外国人の骨格逞ましきを見てこれに驚き、金の多きを見てこれに驚き、商館の洪大なるに驚き、蒸気船の速きに驚き、既に已に胆を落して、追々この外国人に近づき、取引するに及では、其掛引のするどきに驚き、或は無理なる理屈を云掛けらるゝことあれば、啻に驚くのみならず、其威力に震ひ懼れて、無理と知りながら、大なる損亡を受け、大なる恥辱を蒙ることあり。こは一人の損亡に非ず、一国の損亡なり。一人の恥辱に非ず、一国の恥辱なり。実に馬鹿らしきやうなれども、先祖代々、独立の気を吸はざる町人根性、武士には窘められ、裁判所には叱られ、一人扶持取る足軽に逢ても、御旦那様と崇めし魂は、腹の底まで腐れ付き、一朝一夕に洗ふ可らず。斯る臆病神の手下共が、彼の大胆不敵なる外国人に逢て、胆をぬかるゝは無理ならぬことなり。是即ち、内に居て独立を得ざる者は、外に在ても独立すること能はざるの証拠なり。

第三条　独立の気力なき者は人に依頼して悪事を為すことあり。

〇旧幕府の時代に、名目金とて、御三家など、唱る権威強き大名の名目を借て金を貸し、随分無理なる取引を為せしことあり。其所業甚だ悪む可し。自分の金を貸して返さゞる者あらば、再三再四、力を尽して政府に訴ふ可きなり。然るに此政府を恐れて、訴ることを知らず、きたなくも他人の名目を借り、他人の暴威に依て返金を促すとは、卑怯なる挙動ならずや。今日に至ては名目金の沙汰は聞かざれども、或は世間に外国人の名目を借る者はあらずや。余輩未だ其確証を得ざるゆゑ、明にこゝに論ずること能はざれども、昔日の事を思へば、今の世の中にも疑念なきを得ず。此後、万々一も、外国人雑居などの場合に及び、其名目を借て奸を働く者あらば、国の禍実に云ふ可らざる可し。故に、人民に独立の気力なきは、其取扱に便利などゝて油断す可らず。禍は思はぬ所に起るものなり。国民に独立の気力愈少なければ、国を売るの禍も亦随て益大なる可し。即ち此条の初に云へる、人に依頼して悪事を為すとは此事なり。

右三箇条に云ふ所は、皆人民に独立の心なきより生ずる災害なり。今の世に生れ、苟も愛国の意あらん者は、官私を問はず、先づ自己の独立を謀り、余力あらば他人の独立を助け成す可し。父兄は子弟に独立を教へ、教師は生徒に独立を勧め、士農工商共に独立して、国を守らざる可らず。概してこれを云へば、人を束縛して独り心配を求るより、人を放て共に苦楽を与にするに若かざるなり。

八編

我心を以て他人の身を制す可らず

亜米利加のヱイランドなる人の著したる「モラルサイヤンス」と云ふ書に、人の身心の自由を論じたることあり。其論の大意に云く、人の一身は他人と相離れて一人前の全体を成し、自から其身を取扱ひ、自から其心を用ひ、自から一人を支配して、務む可き仕事を務る筈のものなり。故に、第一、人には各身体あり。身体は以て外物に接し、其物を取て我求る所を達す可し。譬へば、種を蒔て米を作り、綿を取て衣服を製するが如し。第二、人には各智恵あり。智恵は以て物の道理を発明し、事を成すの目途を誤ること なし。譬へば、米を作るに肥しの法を考へ、木綿を織るに機の工夫をするが如し。皆智恵分別の働なり。第三、人には各情欲あり。情欲は以て心身の働を起し、この情欲を満足して一身の幸福を成す可し。譬へば、人として美服美食を好まざる者なし。されども此美服美食は、自から天地間に生ずるものに非ず。これを得んとするには、人の働なかる可らず。故に人の働は、大抵皆情欲の催促を受て起るものなり。此情欲あらざれば働ある可らず、此働あらざれば安楽の幸福ある可らず。禅坊主などは、働もなく幸福もなきものと云ふ可し。第四、人には各至誠の本心あり。誠の心は以て情欲を制し、其方向を正しくして止る所を定む可し。譬へば、情欲には限なきものにて、美服美食も何れにて十分と界を定め難し。今若し働く可き仕事をば捨置き、只管我欲するものゝみを得んとせば、他人を害して我身を利するより外に道なし。これを人間の所業と云ふ可らず。此時に当て、欲と道理とを分別し、欲を離れて道理の内に入らしむるものは、誠の本心なり。第五、人には各意思あり。意思は以て事を為すの志を立つ可し。譬へば、世の事は怪我の機にて出来るものなし。善き事も悪き事も、皆、人のこれを為さんとする意ありてこそ出来るものなり。

○以上五の者は人に欠く可らざる性質にして、此性質の力を自由自在に取扱ひ、以て一身の独立を為すものなり。扨独立と云へば、独り世の中の偏人奇物にて、世間の附合もなき者のやうに聞ゆれども、決して然らず。人として世に居れば固より朋友なかる可らずと雖ども、其朋友も亦吾に交を求ること、猶我朋友を慕ふが如くなれば、世の交は相互ひのことなり。唯この五の力を用るに当り、天より定めたる法に従て、分限を越へざること緊要なるのみ。即ち其分限とは、我もこの力を用ひ、他人もこの力を用ひて、相互に其働を妨げざるを云ふなり。斯の如く人たる者の分限を誤らずして世を渡るときは、人に咎めらるゝこともなく、天に罪せらるゝこともなかる可し。これを人間の権義と云ふなり。

○右の次第に由り、人たる者は、他人の権義を妨げざれば自由自在に己が身体を用るの理あり。其好む処に行き、其欲する処に止り、或は働き、或は遊び、或は此事を行ひ、或は彼の業を為し、或は昼夜勉強するも、或は意に叶はざれば無為にして終日寝るも、他人に関係なきことなれば、傍より彼是とこれを議論するの理なし。

○今若し前の説に反し、人たる者は理非に拘らず、他人の心に従て事を為すものなり、我了簡を出すは宜しからずと云ふ議論を立る者あらん。此議論、果て理の当然なる乎。理の当然ならば、凡そ人と名の付たる者の住居する世界には通用すべき筈なり。仮に其一例を挙て云はん。禁裏様は公方様よりも貴きものなるゆへ、禁裏様の心を以て公方様の身を勝手次第に動かし、行かんとすれば止れと云ひ、止まらんとすれば行けと云ひ、寝るも起るも飲むも喰ふも、我思ひのまゝに行はるゝことなからん。公方様は又手下の大名を制し、自分の心を以て大名の身を自由自在に取扱はん。大名は又自分の心を以て家老の身を制し、家老は自分の心を以て用人の身を制し、用人は徒士を制し、徒士は足軽を制し、足軽は百姓を制するならん。扨百姓に至ては、最早目下の者もあらざれば、少し当惑の次第なれども、元来この議論は人間世界に通用す可き当然の理に基きたるものなれば、百万遍の道理にて、廻はれば本に返らざるを得ず。百姓も人なり、禁裏様も人なり、遠慮はなしと御免を蒙り、百姓の心を以て禁裏様の身を勝手次第に取扱ひ、行幸あらんとすれば止れと云ひ、行在に止まらんとすれば還御と云ひ、起居眠食皆百姓の思ひのまゝにて、金衣玉食を廃して麦飯を進るなどのことに至らば如何ん。斯の如きは則ち日本国中の人民、身躬から其身を制するの権義なくして、却て他人を制するの権あり。人と身と心とは全く其居処を別にして、其身は恰も他人の魂を止る旅宿の如し。下戸の身に上戸の魂を入れ、子供の身に老人の魂を止め、盗賊の魂は孔夫子の身を借用し、猟師の魂は釈迦の身に旅宿し、下戸が酒を酌で愉快を尽せば、上戸は砂糖湯を飲で満足を唱へ、老人が樹に攀て戯れば、子供は杖をついて人の世話をやき、孔夫子が門人を率ひて賊を為せば、釈迦如来は鉄砲を携て殺生に行くならん。奇なり、妙なり、又不可思議なり。これを天理人情と云はんか、これを文明開化と云はんか。三歳の童子にても其返答は容易なる可し。数千百年の古より和漢の学者先生が、上下貴賤の名分とて喧しく云ひしも、詰る処は他人の魂を我身に入れんとするの趣向ならん。これを教へこれを説き、涙を流してこれを諭し、末世の今日に至ては其功徳も漸く顕れ、大は小を制し強は弱を圧するの風俗となりたれば、学者先生も得意の色を為し、神代の諸尊、周の世の聖賢も、草葉の蔭にて満足なる可し。今其功徳の一、二を挙て示すこと、左の如し。

○政府の強大にして小民を制圧するの議論は、前編にも記したるゆえ爰にはこれを略し、先づ人間男女の間を以てこれを云はん。抑も世に生れたる者は、男も人なり女も人なり。此世に欠く可らざる用を為す所を以て云へば、天下一日も男なかる可らず、又女なかる可らず。其功能如何にも同様なれども、唯其異なる所は、男は強く女は弱し。大の男の力にて女と闘はゞ、必ずこれに勝つ可し。即是れ男女の同じからざる所なり。今世間を見るに、力づくにて人の物を奪ふ歟、又は人を恥しむる者あれば、これを罪人と名づけて刑にも行はるゝ事あり。然るに家の内にては公然と人を恥しめ、嘗てこれを咎る者なきは何ぞや。女大学と云ふ書に、婦人に三従の道あり、稚き時は父母に従ひ、嫁る時は夫に従ひ、老ては子に従ふ可しと云へり。稚き時に父母に従ふは尤なれども、嫁て後に夫に従ふとは、如何にしてこれに従ふことなるや、其従ふ様を問はざる可らず。女大学の文に拠れば、亭主は酒を飲み女郎に耽り、妻を詈り子を叱て、放蕩淫乱を尽すも、婦人はこれに従ひ、この淫夫を天の如く敬ひ尊み、顔色を和はらげ、悦ばしき言葉にてこれを異見す可しとのみありて、其先きの始末をば記さず。されば此教の趣意は、淫夫にても姦夫にても、既に己が夫と約束したる上は、如何なる恥辱を蒙るも、これに従はざるを得ず。唯心にも思はぬ顔色を作りて、諫るの権義あるのみ。其諫に従ふと従はざるとは、淫夫の心次第にて、即ち淫夫の心は、これを天命と思ふより外に手段あることなし。仏書に罪業深き女人と云ふことあり。実にこの有様を見れば、女は生れながら大罪を犯したる科人に異ならず。又一方より婦人を責ること甚だしく、女大学に、婦人の七去とて、淫乱なれば去ると明に其裁判を記せり。男子のためには大に便利なり。あまり片落なる教ならずや。畢竟男子は強く婦人は弱しと云ふ所より、腕の力を本にして男女上下の名分を立たる教なる可し。

○右は姦夫淫婦の話なれども、又こゝに妾の議論あり。世に生るゝ男女の数は同様なる理なり。西洋人の実験に拠れば、男子の生るゝことは女子よりも多く、男子二十二人に女子二十人の割合なりと。されば一夫にて二、三の婦人を娶るは、固より天理に背くこと明白なり。これを禽獣と云ふも妨なし。父を共にし母を共にする者を兄弟と名づけ、父母兄弟共に住居する処を家と名づく。然るに今、兄弟、父を共にして母を異にし、一父独立して衆母は群を成せり。これを人類の家と云ふ可きか。家の字の義を成さず。仮令ひ其楼閣は巍々たるも、其宮室は美麗なるも、余が眼を以てこれを見れば、人の家に非ず、畜類の小屋と云はざるを得ず。妻妾、家に群居して、家内よく熟和するものは、古今未だ其例を聞かず。妾と雖ども人類の子なり。一時の欲のために人の子を禽獣の如くに使役し、一家の風俗を乱りて子孫の教育を害し、禍を天下に流して毒を後世に遺すもの、豈これを罪人と云はざる可けんや。人或は云く、衆妾を養ふも、其処置宜きを得れば人情を害することなしと。こは夫子自から云ふの言葉なり。若し夫れ果して然らば、一婦をして衆夫を養はしめ、これを男妾と名けて、家族第二等親の位に在らしめなば如何ん。此の如くして、よく其家を治め人間交際の大義に毫も害することなくば、余が喋々の議論をも止め、口を閉して又言はざる可し。天下の男子、宜しく自から顧る可し。或人又云く、妾を養ふは後あらしめんがためなり、孟子の教に、不孝に三あり、後なきを大なりとすと。余答て云く、天理に戻ることを唱る者は、孟子にても孔子にても遠慮に及ばず、これを罪人と云て可なり。妻を娶り子を生まざればとて、これを大不孝とは何事ぞ。遁辞と云ふも余り甚しからずや。苟も人心を具へたる者なれば、誰か孟子の妄言を信ぜん。元来不孝とは、子たる者にて理に背きたる事を為し、親の身心をして快からしめざることを云ふなり。勿論、老人の心にて、孫の生るゝは悦ぶことなれども、孫の誕生が晩しとて、これを其子の不孝と云ふ可らず。試に天下の父母たる者に問はん。子に良縁ありてよき娵を娶り、孫を生まずとてこれを怒り、其娵を叱り其子を笞ち、或はこれを勘当せんと欲するか。世界広しと雖ども、未だ斯る奇人あるを聞かず。是等は固より空論にて、弁解を費すにも及ばず。人々自から其心に問て、自からこれに答ふ可きのみ。

○親に孝行するは、固より人たる者の当然、老人とあれば、他人にてもこれを丁寧にする筈なり。まして自分の父母に対し、情を尽さゞる可けんや。利のために非ず、名のために非ず、唯己が親と思ひ、天然の誠を以てこれに孝行す可きなり。古来和漢にて孝行を勧めたる話は甚だ多く、二十四孝を始として、其外の著述書も計ふるに遑あらず。然るに此書を見れば、十に八、九は人間に出来難き事を勧る歟、又は愚にして笑ふ可き事を説く歟、甚しきは理に背きたる事を誉めて孝行とするものあり。寒中に裸体にて氷の上に臥し、其解るを待たんとするも、人間に出来ざることなり。夏の夜に自分の身に酒を灌て蚊に喰はれ、親に近づく蚊を防ぐより、其酒の代を以て紙帳を買ふこそ智者ならずや。父母を養ふ可き働もなく、途方に暮れて罪もなき子を生きながら穴に埋めんとする其心は、鬼とも云ふ可し蛇とも云ふ可し、天理人情を害するの極度と云ふ可し。最前は不孝に三ありとて、子を生まざるをさへ大不孝と云ひながら、今こゝには既に生れたる子を穴に埋めて後を絶たんとせり。何れを以て孝行とするか、前後不都合なる妄説ならずや。畢竟この孝行の説も、親子の名を糺し、上下の分を明にせんとして、無理に子を責るものならん。其これを責る箇条を聞けば、妊娠中に母を苦しめ、生れて後は三年父母の懐を免かれず、其洪恩は如何と云へり。されども子を生て子を養ふは、人類のみに非ず、禽獣皆然り。唯人の父母の禽獣に異なる所は、子に衣食を与ふるの外に、これを教育して人間交際の道を知らしむるの一事に在るのみ。然るに世間の父母たる者、よく子を生めども子を教るの道を知らず、身は放蕩無頼を事として子弟に悪例を示し、家を汚し産を破て貧困に陥り、気力漸く衰へて家産既に尽くるに至れば、放蕩変じて頑愚となり、乃ち其子に向て孝行を責るとは、果して何の心ぞや。何の鉄面皮あれば、この破廉恥の甚しきに至るや。父は子の財を貧らんとし、姑は娘の心を悩ましめ、父母の心を以て子供夫婦の身を制し、父母の不理屈は尤にして子供の申分は少しも立たず、媳は恰も餓鬼の地獄に落ちたるが如く、起居眠食、自由なるものなし。一も舅姑の意に戻れば、即ちこれを不孝者と称し、世間の人もこれを見て、心に無理とは思ひながら、己が身に引受けざることなれば、先づ親の不理屈に左袒して、理不尽に其子を咎る歟、或は通人の説に従へば、理非を分たず親を欺けとて、偽計を授る者あり。豈これを人間家内の道と云ふ可けんや。余嘗て云へることあり。姑の鑑遠からず、媳の時に在りと。姑もし媳を窘めんと欲せば、己が嘗て媳たりし時を想ふ可きなり。

○右は、上下貴賤の名分より生じたる悪弊にて、夫婦親子の二例を示したるなり。世間に此悪弊の行はるゝは甚だ広く、事々物々、人間の交際に浸潤せざるはなし。尚其例は次編に記す可し。

十七編

人望論

十人の見る所、百人の指す所にて、何某は慥なる人なり、頼母しき人物なり、此始末を託しても、必ず間違なからん、此仕事を任しても必ず成就することならんと、預め其人柄を当てにして世上一般より望を掛らるゝ人を称して、人望を得る人物と云ふ。凡そ人間世界に、人望の大小軽重はあれども、苟にも人に当てにせらるゝ人に非ざれば、何の用にも立たぬものなり。其小なるを云へば、十銭の銭を持たせて町使に遣る者も、十銭丈けの人望ありて、十銭丈けは人に当てにせらるゝ人物なり。十銭より一円、一円より千円万円、遂には幾百万円の元金を集めたる銀行の支配人と為り、又は一府一省の長官と為りて、啻に金銭を預るのみならず、人民の便不便を預り、其貧富を預り、其栄辱をも預ることあるものなれば、斯る大任に当る者は、必ず平生より人望を得て人に当てにせらるゝ人に非ざれば、迚も事を為すことは叶ひ難し。人を当てにせざるは、其人を疑へばなり。人を疑へば、際限もあらず。目付に目を付るが為に目付を置き、監察を監察するが為に監察を命じ、結局何の取締にも為らずして、徒に人の気配を損じたるの奇談は、古今に其例甚だ多し。又、三井、大丸の品は、正札にて大丈夫なりとて、品柄をも改めずして之を買ひ、馬琴の作なれば必ず面白しとて、表題計りを聞て注文する者多し。故に、三井、大丸の店は益繁昌し、馬琴の著書は益流行して、商売にも著述にも、甚だ都合よきことあり。人望を得るの大切なること、以て知る可し。

　十六貫目の力量ある者へ、十六貫目の物を負はせ、千円の身代ある者へ、千円の金を貸す可しと云ふときは、人望も栄名も無用に属し、唯実物を当てにして事を為す可き様なれども、世の中の人事は、斯く簡易にして淡白なるものに非ず。十貫目の力量なき者も、坐して数百万貫の物を動かす可し。千円の身代なき者も、数十万の金を運用す可し。試に今、富豪の聞へある商人の帳場に飛込み、一時に諸帳面の精算を為さば、出入差引して幾百幾千円の不足する者あらん。此不足は、即ち身代の零点より以下の不足なるゆへ、無一銭の乞食に劣ること幾百幾千なれども、世人の之を視ること乞食の如くせざるは何ぞや。他なし、此商人に人望あればなり。されば人望は、固より力量に由て得べきものに非ず。又、身代の富豪なるのみに由て得可きものにも非ず。唯其人の活発なる才智の働と、正直なる本心の徳義とを以て、次第に積て得べきものなり。

　人望は智徳に属すること当然の道理にして、必ず然る可き筈なれども、天下古今の事実に於て、或は其反対を見ること少なからず。藪医者が玄関を広大にして盛に流行し、売薬師が看版〔板〕を金にして大に売弘め、山師の帳場に空虚なる金箱を据へ、学者の書斎に読めぬ原書を飾り、人力車中に新聞紙を読て、宅に帰て午睡を催す者あり。日曜日の午後に礼拝堂に泣て、月曜日の朝に夫婦喧嘩する者あり。滔々たる天下、真偽雑駁、善悪混同、孰れを是とし孰れを非とす可きや。甚しきに至ては、人望の属するを見て、本人の不智不徳を卜す可き者なきに非ず。是に於てか、稍や見識高き士君子は、世間に栄誉を求めず、或は之を浮世の虚名なりとして、殊更に避る者あるも亦無理ならぬことなり。士君子の心掛けに於て、称す可き一箇条と云ふ可し。

　然りと雖ども、凡そ世の事物に就き、其極度の一方のみを論ずれば、弊害あらざるものなし。彼の士君子が、世間の栄誉を求めざるは、大に称す可きに似たれども、其これを求ると求めざるとを決するの前に、先づ栄誉の性質を詳にせざる可らず。其栄誉なるもの、果して虚名の極度にして、医者の玄関、売薬の看版〔板〕の如くならば、固より之を遠ざけ、之を避く可きは論を俟たずと雖ども、又一方より見れば、社会の人事は、悉皆虚を以て成るものに非ず。人の智徳は猶花樹の如く、其栄誉人望は猶花の如し。花樹を培養して花を開くに、何ぞ殊更に之を避くることを為んや。

栄誉の性質を詳にせずして、概して之を投棄せんとするは、花を払て樹木の所在を隠すが如し。之を隠して其功用を増すに非ず。恰も活物を死用するに異ならず。世間の為を謀て、不便利の大なるものと云ふ可し。

然ば則ち、栄誉人望は之を求む可きもの歟。云く、然り、勉めて之を求めざる可らず。唯これを求むるに当て、分に適すること緊要なるのみ。心身の働を以て世間の人望を収るは、米を計て人に渡すが如し。升取りの巧なる者は、一斗の米を一斗三合に計り出し、其拙なる者は、九升七合に計り込むことあり。余輩の所謂分に適するとは、計り出しもなく又計り込みもなく、正に一斗の米を一斗に計ることなり。升取りには巧拙あるも、之に由て生ずる所の差は、僅に内外の二、三分なれども、才徳の働を升取りするに至ては、その差決して三分に止る可らず。巧なるは正味の二倍三倍にも計り出し、拙なるは半分にも計り込む者あらん。此計り出しの法外なる者は、世間に法外なる妨を為して、固より悪む可きなれども、姑く之を擱き、今爰には、正味の働を計り込む人の為に、少しく論ずる所あらんとす。

孔子の云く、君子は人の己を知らざるを憂ひず、人を知らざるを憂ふと。此教は、当時世間に流行する弊害を矯めんとして述たる言ならんと雖ども、後世無気無力の腐儒は、此言葉を真ともに受けて、引込み思案にのみ心を凝らし、其悪弊漸く増長して、遂には奇物変人、無言無情、笑ふことも知らず、泣くことも知らざる、木の切れの如き男を崇めて、奥ゆかしき先生なぞと称するに至りしは、人間世界の一奇談なり。今この陋しき習俗を脱して、活潑なる境界に入り、多くの事物に接し、博く世人に交り、人をも知り、己をも知られ、一身に持前正味の働を逞ふして、自分の為にし、兼て世の為にせんとするには、

第一　言語を学ばざる可らず。文字に記して意を通ずるは、固より有力なるものにして、文通又は著述等の心掛けも等閑にす可らざるは無論なれども、近く人に接して直に我思ふ所を人に知らしむるには、言葉の外に有力なるものなし。故に言葉は、成る丈け流暢にして活潑ならざる可らず。近来世上に演説会の設あり、此演説にて有益なる事柄を聞くは、固より利益なれども、此外に言葉の流暢活潑を得るの利益は、演説者も聴聞者も共にする所なり。又今日、不弁なる人の言を聞くに、其言葉の数甚だ少なくして、如何にも不自由なるが如し。譬へば学校の教師が、訳書の講義なぞするときに、円き水晶の玉とあれば、分り切たる事と思ふゆへ歟、少しも弁解を為さず、唯むつかしき顔をして子供を睨み付け、円き水晶の玉と云ふ計りなれども、若し此教師が言葉に富て、云ひ舞〔廻〕しのよき人物にして、円きとは角の取れて団子の様なと云ふこと、水晶とは山から掘

出す硝子の様な物で、甲州なぞから幾らも出ます、此水晶で拵へたごろ〳〵する団子の様な玉と、解き聞かせたらば、婦人にも子供にも腹の底からよく分る可き筈なるに、用ひて不自由なき言葉を用ひずして不自由するは、必〔畢〕竟演説を学ばざるの罪なり。或は書生が、日本の言語は不便利にして、文章も演説も出来ぬゆへ、英語を使ひ、英文を用るなぞと、取るにも足らぬ馬鹿を云ふ者あり。按ずるに、此書生は、日本に生れて未だ十分に日本語を用ひたることなき男ならん。国の言葉は、其国に事物の繁多なる割合に従て次第に増加し、毫も不自由なき筈のものなり。何はさてをき、今の日本人は今の日本語を巧に用ひて、弁舌の上達せんことを勉む可きなり。

　第二　顔色容貌を快くして、一見、直に人に厭はるゝこと無きを要す。肩を聳かして諂ひ笑ひ、巧言令色、太鼓持の媚を献ずるが如くするは、固より厭ふ可しと雖ども、苦虫を嚙潰して、熊の胆を啜りたるが如く、黙して誉められて笑て損をしたるが如く、終歳胸痛を患るが如く、生涯父母の喪に居るが如くなるも、亦甚だ厭ふ可し。顔色容貌の活潑愉快なるは、人の徳義の一箇条にして、人間交際に於て最も大切なるものなり。人の顔色は、猶家の門戸の如し。広く人に交て、客来を自由にせんには、先づ門戸を開て入口を洒掃し、兎に角に寄附きを好くするこそ緊要なれ。然るに今、人に交らんとして顔色を和するに意を用ひざるのみならず、却て偽君子を学で殊更に渋き風を示すは、戸の入口に骸骨をぶら下げて、門の前に棺桶を安置するが如し。誰か之に近く者あらんや。世界中に、仏蘭西を文明の源と云ひ、智識分布の中心と称するも、其由縁を尋れば、国民の挙動、常に活潑気軽にして、言語容貌共に親しむ可く近く可きの気風あるを以て、源因の一箇条と為せり。人或は云はん、言語容貌は人々の天性に存するものなれば、勉て之を如何ともす可らず、之を論ずるも、詰る所は無益に属するのみと。此言、或は是なるが如くなれども、人智発育の理を考へなば、其当らざるを知る可し。凡そ人心の働、これを進めて進まざるものあることなし。其趣は、人身の手足を役して其筋を強くするに異ならず。されば言語容貌も、人の心身の働なれば、之を放却して上達するの理ある可らず。然るに古来日本国中の習慣に於て、此大切なる心身の働を捨てゝ顧る者なきは、大なる心得違に非ずや。故に余輩の望む所は、改て今日より言語容貌の学問と云ふには非ざれども、此働を人の徳義の一箇条として、等閑にすることなく、常に心に留めて忘れざらんことを欲するのみ。

　或人又云く、容貌を快くするとは、表を飾ることなり。表を飾るを以て人間交際の要と為すときは、啻に容貌顔色のみならず、衣服も飾り、飲食も飾り、気に叶はぬ客をも招待して、身分不相応の馳走するなぞ、全く虚飾を以て人に交るの弊あらんと。此言も亦一理あるが如くなれども、虚飾は交際の弊にして、其本色に非ず。事物の弊害は、動もすれば其本色に反対するもの多し。過ぎたるは猶及ばざるが如しとは、即ち弊害と本色と相反対するを評したる語なり。譬へば、食物の要は身体を養ふに在りと雖ども、之を過食すれば却て其栄養を害するが如し。栄養は食物の本色なり、過食は其弊害なり。弊害と本色と、相反対するものと云ふ可し。されば人間交際の要も、和して真率なるに在るのみ、其虚飾に流るゝものは、決して交際の本色に非ず。凡そ世の中に、夫婦親子より親しき者はあらず。之を天下の至親と称す。而して此至親の間を支配するは何物なるや、唯和して真率なる丹心あるのみ。表面の虚飾を却け、又之を掃ひ、之を却掃し尽して、始めて至親の存するものを見る可し。然ば則ち交際の親睦は、真率の中に存して、虚飾と並び立つ可らざるものなり。余輩固より今の人民に向て、其交際、親子夫婦の如くならんことを望むに非ざれども、唯其赴く可きの方向を示すのみ。今日俗間の言に、人を評して、あの人は気軽な人と云ひ、気のをけぬ人と云ひ、遠慮なき人と云ひ、さつぱりした人と云ひ、男らしき人と云ひ、或は多言なれども程のよき人と云ひ、騒々しけれども悪くからぬ人と云ひ、無言なれども親切らしき人と云ひ、可恐やうなれども浅さりした人と云ふが如きは、恰も家族交際の有様を表し出して、和して真率なるを称したるものなり。

第三　道同じからざれば相与に謀らずと。世人又この教を誤解して、学者は学者、医者は医者、少しく其業を異にすれば相近くことなし。同塾同窓の懇意にても、塾を巣立ちしたる後に、一人が町人となり一人が役人となれば、千里隔絶、呉越の観を為す者なきに非ず。甚しき無分別なり。人に交らんとするには、啻に旧友を忘れざるのみならず、兼て又新友を求めざる可らず。人類相接せざれば、互に其意を尽すこと能はず、意を尽すこと能はざれば、其人物を知るに由なし。試に思へ、世間の士君子、一旦の偶然に人に遭ふて、生涯の親友たる者あるに非ずや。十人に遭ふて一人の偶然に当らば、二十人に接して二人の偶然を得べし。人を知り人に知らるゝの始源は、多く此辺に在て存するものなり。人望栄名なぞの話は姑く擱き、今日世間に知己朋友の多きは差向きの便利に非ずや。先年宮の渡しに同船したる人を、今日銀座の往来に見掛けて、双方図らず便利を得ることあり。今年出入の八百屋が来年奥州街道の旅籠屋にて、腹痛の介抱して呉れることもあらん。人類多しと雖ども、鬼にも非ず蛇にも非ず、殊更に我を害せんとする悪敵はなきものなり。恐れ憚る所なく、心事を丸出にして颯々と応接す可し。故に交を広くするの要は、此心事を成る丈け沢山にして、多芸多能、一色に偏せず、様々の方向に由て人に接するに在り。或は学問を以て接し、或は商売に由て交り、或は書画の友あり、或は碁将棋の相手あり、凡そ遊治放蕩の悪事に非ざるより以上の事なれば、友を会するの方便たらざるものなし。或は極て芸能なき者ならば、共に会食するもよし、茶を飲むもよし、尚下て筋骨の丈夫なる者は腕押し、枕引き、足角力も、一席の興として交際の一助たる可し。腕押しと学問とは、道同じからずして、相与に謀る可らざるやうなれども、世界の土地は広く、人間の交際は繁多にして、三、五尾の鮒が井中に日月を消するとは、少しく趣を異にするものなり。人にして人を毛嫌ひする勿れ。

＊〈初出〉
『学問のすゝめ』全七編（自家版　明治5・2～9・11）
〈資料文献〉
『福沢諭吉選集』第三巻（岩波書店　昭和55・12）

小説神髄（抄）

坪内逍遥

緒言

盛んなるかな我国に物語類の行はるゝや遠くしてハ源氏狭衣浜松住吉あり降りてハ一条禅閤の戯作類をはじめとして小野の阿通の浄瑠璃物語等あり近くしてハ西鶴其笑風来京伝のともがら前後物語をかきあらはして虚名を一世に博してより小説ますます世に行はれて世の狂才ある操觚者流ハ皆争ふて稗史をあらはし或ハ滑稽洒落なる三馬一九の亜流あれバ人情本に名を残せる春水其人の如きもあり種彦ハ田舎源氏に其名をとゞろかし馬琴ハ八犬伝に誉をとゞめぬしかるに革新の変あるに際して戯作者しバらく跡を断て小説したがつて衰へしがけふこのごろにいたるに及びてまた〳〵大に復興して物語のいづべき時とやなりけんこゝかしこにてさま〴〵なる稗史物語を出版して新奇を競ふことゝハなりけり甚しきにいたりてハ新聞雑誌のたぐひにすらいと陳腐しき小説をバ翻案しつゝ載るもあり勢かくの如くなるから今我国に行はるゝ小説稗史ハ其類其数幾千万とも限をしらず汗牛充棟なんどと言はむハなか〳〵におろかなる

ばかりになん想ふに我国にて小説の行はるゝ此明治の聖代をもつて古今未曾有といふべきなり徳川氏の末路に当りて馬琴種彦等輩出してしきりに物語をつくりしかバ小説盛に行はれて都鄙の老若男女を選バずみなあらそふて稗史をひもときめでくつがへりもてはやせしかどなほ今日に比するときハ及バざること遠かるべし其故ハそもいかにといはむに文化文政の比にありてハ読者もいくらか贅沢にてたゞ秀逸なる著作をのみあがなひもとめて読たるからに他の拙劣なる小説稗史ハ自然に優者に圧せられて世に行はるゝことをば得ずむなしく原稿のまゝにて終りもしくハ板木にのぼりし後にも紙魚の餌食となるもの多くて世にあらはれしハ稀なるから其類其数現今に比すれバ幾分か少かりけんかししかるに今日ハ之に異なり小説といひ稗史とだにいへバいかなる拙劣き物語にてもいかなる鄙俚げなる情史にても翻案にても翻訳にても翻刻にても新著にても玉石を問はず優劣を選バずみなおなじさまにもてはやされ世に行なはるゝハ妙ならずや実に小説全盛の未曾有の時代といふべきなりされバ戯作者といはるゝ輩も極めて小少ならざれどもおほかたハ皆翻案家にして作者をもつて見るべきものハいまだ一人だもあらざるなり故に近来刊行せる小説稗史ハこれもかれも馬琴種彦の糟粕ならずハ一九春水の贋物多かり蓋しこのあひだの戯作者流ハひたすら李笠の語を師として意を勧懲に発するをば小説稗史の主脳とこゝろえ道徳といふ模型をつくりて力めて脚色を其内にて工風なさまく欲するからに強ち古人の糟粕をば嘗むとするにハあらざめれど素と其範囲の広からねバ覚えず同轍同趣向の稗史をものすることとなるべし是あに遺憾ならざらむやさハあれ斯やうになりもて来るも其罪偏に拙劣なる作者の上にありといはむ歟いな活眼なき四方の読者もまたあづかりて力あるなり其故ハいかにとなれバ古来我国のならはしとして小説をもて教育の一方便のやうに思ひてしきりに奨誡勧懲をバ其主眼なりと唱へながらなほ実際の場合に於てハひたすら殺伐惨酷なる若くは頗る猥褻なる物語をのみめでよろこび他のかたくるしき筋の事ハ目を住めてだに見る人稀なりしかして作者の見識なき総じて与論の奴隷にして流行の犬ならざるなければ競ふて時好に媚むとして彼の残忍なる稗史をあみ彼の陋猥なる情史を綴り世の流行にしたがふものから勧懲といふおもてむきの名義もさすがに抛棄がたさにしひて勧懲の主旨を加へて人情をまげ世態をたはめて無理なる脚色をなすことなりけり此に於てか拙劣なる趣向ハます〳〵拙くして大人学者の眼をもつてハほと〳〵読むにたへがたかり是併ながら作者も読者もたゞいたづらに稗史を弄して真の稗史の主眼をさとらず彼の謬妄なる旧慣をバむなしく墨守なすに因るのみ豈笑ふべきの極ならずや否をしむべきの限な

らずやおのれ幼稚より稗史を嗜みていとまある毎に稗史を閲して貴き光陰を浪費すこと已に十余年に及びにたれバ流石に古今の稗史に関して得たる所もすくなからず且また稗史の真成の主眼ハ果して何等の辺にあるやも稍会得しぬと信ずるからいと鳴呼がましき所為とは思へど敢て持論を世に示してまづ看官の惑をとき兼てハ作者の蒙を啓きて我小説の改良進歩を今より次第に企図てつゝ竟にハ欧土の那べル（小説）を凌駕し絵画音楽詩歌と共に美術の壇頭に煥然たる我物語を見まくほりす希ふハ四方の学者才人わが庸劣を咎めたまはでわが熱衷と論旨をめでて熟読含味せられもせバ是あにおのれが幸福のみかハ我文壇の幸なるべしあなかしこ

明治十八年といふとしの三月のはじめつかた
春のやの南窓に筆をはしらして

逍遙遊人しるす

目　次

上　巻

下　巻

上巻　小説総論

小説の美術たる由を明らめまくせバまづ美術の何たるをバ知らざる可らずさハあれ美術の何たる明らめまくほりせバ世の謬説を排斥して美術の本義を定むるをバまづ第一に必要なりとす美術に関する議論のごときハ古今にさま〴〵ありといへども総じて未定未完にして本義と見るべきものハ稀なりちかきころ某といへる米国の博識がわが東京の府下に於てしば〳〵美術の理を講じて世の謬説を駁されたれバ今またこゝに事あたらしう同じやうなることをのべて看官の目をわづらはすハいと心なき業に似たれバたゞ某がいはれたりし美術の本義を抄出して其あたれるや否やを論じておのれが意見をも陳まく思へり某のいはる、やう世界ノ開化ハ人力ノ効績ニ外ナラズ而シテ人力ノ効績ニ二種アリ曰ク須用曰ク装飾須用ハ偏ニ人生必需ノ器用ヲ供スルヲ目的トシ装飾ハ人ノ心目ヲ娯楽シ気格ヲ高尚ニスルヲ以テ目的トナス此装飾ヲ名ケテ美術ト称ス故ニ美術ハ専ラ装飾ヲ主脳トナスヲ以テ須用ナラズトナス可ラズ心目ヲ娯楽シ気格ヲ高尚ニスルハ豈人間社会ノ一緊要事ナラズヤ之ヲ要スルニ二者皆社会ニ欠クベカラズ而シテ其異ナル所ヲ覩ルニ、須用ハ真ニ実用ニ適スルガ故ニ善美トナリ美術ハ善美ナルガ故ニ実用ニ適スルニ至ルノ差アリ譬ヘバ此小刀ハ甚ダ善美ナリ即チ須要ナルガ故ニ善美ナリ彼ノ書画ハ須要ナリ即チ善美ニシテ気格ヲ高尚ニスルガ故ニ須要ナリ是ニ由テ之ヲ観レバ、美術ニ於テ善美トナス所ノモノハ其美術タル所以ノ本旨タルヤ明ケシ云々といはれたりきまた某のいはる、やう美術とハ人文発育の妙機妙用これなり何を以てか之を謂ふ美術ハ人の心目を娯楽し気格を高尚にするを以て目的となせバなり心目娯楽するが故に友愛温厚の風を起し気格高尚なるが故に貪吝刻薄の状を伏す其製形に顕はる、や絵画彫刻陶磁漆器等の神韻雅致となり其音声姿態に発するや詩歌音楽踏舞等の幽趣佳境となる夫れ人幽趣佳境に逢着し神韻雅致に対峙するや悠然として清絶高遠の妙想を感起せざるハなし是之を美術の妙機妙用と謂ふ邦国の文明また実に此機用に起因すと謂ふべきなり美術の事たる豈亦た社会の一大緊要事ならざらんや云々といはれたりき蓋し後の某氏は先の某氏の説を承て之を細説せしものといふべしげに両某氏の言のごとく美術に人文発育の機用あるハ敢て疑ふにおよバざれどもまた退いて考ふれバ或ハ美術の本義に関して論理の謬誤なきを保たずいまひと通り其理を論じて予が疑団を表しつべし夫れ美術といへる者ハもとより実用の技にあらねバ只管人の心目を娯しましめて其妙神に入らんことを其「目的」とハなすべき筈なり其妙神に入りたらんにハ観る者おのづから感動して彼の貪吝なる欲をわすれ彼の刻薄なる情を脱して他の高尚なる妙想をバ楽むやうにもなりゆくべけれどこハ是自然の影響にて美術の「目的」とハいふべからずいはゆる偶然の結果にして本来の主旨とハいひ難かりもし此説をもて非なりとせバ世の美術家といはるゝ輩ハ彫像師にまれ画工にまれまづ其工をなすにあたりて「人文発育」といふ模型をつくりて其範囲内に意匠を限りてしかして工をなさゞるべからず。これはなはだしきひがごとならずや彼の実用技術家の小刀を造るを見るに只管実用に適せむことを目的とするが故に、「よくきれる」といふ事を標準として其小刀を造ることとなり美術家もまた之におなじくもし其目的とする所が人文発育といふことなりせバ禽獣の像を彫刻するにも、山水艸木を画く折にも常に人文発育をバ其標準となさゞるべからずこれ豈至難ならざらむや只管神に入らまくほりして工風を尽して写してだに名画をなすこといと〳〵難きに別にかやうの械いできて其意匠をして束縛なしなバ精妙完美の画をなすことますます〳〵かたくいよ〳〵むづかしされバ美術といへるものハ他の実用技と其質異にてはじめよりして規矩をまうけて之を造るべうもあらざるなり其妙ほと〳〵神に通じて看者をしてしらず〳〵神飛び魂馳するが如き幽趣佳境を感ぜしむるハ是本然の目的にして美術の美術たる所以なれども其気韻を高遠にし其妙想を清絶にしもて人質を尚うするハ是偶然の作用にして美術の目的とハいふ可らずされバ美術の本義の如きも目的といふ二字を除きて美術ハ人の心目を悦バしめ且其気格を高尚にするものなりといへバすなはち可しもし否ざれバすなはち違へりこハ是些細の論に似たれどいさゝか疑ふ所を陳じて世の有識者に質すなりけり

世に美術と称するもの一にして足らずかりに類別して二となすべし曰く有形の美術曰く無形の美術これなり所謂有形の美術ハ絵画彫刻嵌木繍織銅器建築園冶等をいひ所謂無形の美術ハ音楽詩歌戯曲の類をいふ而して蹈舞演劇のたぐひハこの二種の質を併せてもて心目を娯ましむ蓋し演劇蹈舞のたぐひハ詩歌戯曲を活動なし且音楽を活用して其妙技を

しも奏すれバなりいまもむかしも万国一揆みな演劇をめでよろこび蹈舞を愛るもむべならずや美術の種類のさま〳〵なる概ねかくの如しといへども其主脳とする所をとへバみな是眼を娯ましめ心を悦ばしむるに外ならざるなりたゞ其美術の質によりて専ら心に訴ふるものあり専ら眼に訴ふるものあり専ら耳に訴ふるものあり譬バ有形の美術の如きハみな専らに形を主として人の眼に訴ふれど音楽唱歌ハ耳に訴へ詩歌戯曲小説のたぐひハ専ら心に訴ふるを其本分となすがごとしさるからに有形美術ハ専ら色彩と形容とを主眼となし其工風をしも錬ることなれども音楽唱歌は之に反してまづ専らに声を主として其意匠をなん凝らすなりける詩歌戯曲ハこれとも異にて主として心に訴ふるが故に其主脳とする所のものも色彩にあらず音響にあらず他の形なくまた声なき人間の情すなはち是なり昔の人も詩を論じて有声の画といひしにあらずや畢竟詩歌ハ描きがたくまた見えがたき情態をもいと細やかに写しいだして人に見えしむるを賞せしなるべしさて何者が此世の中にて最も描きがたき者ぞと問はむに彼の人間の情欲ほど描きがたかるものハあらじ喜怒愛悪哀懼欲の七情も其皮相のみをあらはすにハさまでむづかしきことにあらねど、其神髄を見えまくほりせバ画工の力もて及ぶべくもあらず否俳優の手をかるともなほ写しがたきこと多かり我国にてハ演劇にも別にチヨボといへる曲をまうけて形容をもて演じがたく台辞をもてして写しがたき隠微の条を演ずるならずやこれバかりにても戯曲の長所をまづひと通りハしられつべし我国の短歌長歌のたぐひハ所謂ポヱトリイ（泰西の詩）と比ぶるときハきはめて単純なるものなるから僅に一時の感情をバいひのべたるに止まるものにて彼の述懐の歌（ヱモウシヨナル。ポヱトリイ）若くは哀悼の歌（ヱレジヤツク。ポヱトリイ）に似たり支那の詩もこれにおなじく概ね単簡なるもの多かり長恨歌琵琶行の如きハやゝ「ポヱトリイ」に似たるものから其脚色も淡々しくして泰西の詩とハ性質異なりさらバ泰西のポヱトリイハそも〳〵いかなるものぞといふに其種類もとより一にしてたらず歴史歌（ヱピツク。ポヱトリイ）と称するものあり物語歌（ナルレチイブ。ポヱトリイ）と称するものありあるひハ教訓を主とする歌あり（ダイダクチツク）あるひハ諷刺詼諧を旨とする歌あり（サテリカル）音楽に伴ふべきものを梨リツク（謡曲）と名づけ劇場に演すべきものを伝奇といふ（ドラマ）なほ此外にも細別せバ其類かづ〳〵あるべけれどいま繁雑を厭ひて略きぬ之を要するにポヱトリイハ我国の詩歌に似たるよりもむしろ小説に似たるものにて専ら人世の情態をバ写しいだすを主とするものなり我短歌長歌のたぐひハいはゆる未開の世の詩歌といふべくけつして文化の発暢せる現世の詩歌とハいふべからずかくいへバとて皇国歌をいと拙しとて罵るにあらねど総じて文化発達して人智幾階か進むにいたれバ人情もまた変遷していくらか複雑にならざるべからずいにしへの人ハ質朴にて其情合も単純なるから僅に三十一文字もて其胸懐を吐たりしかどけふこのごろの人情をバわずかに数十の言語をもて述尽すべうもあらざるなりよしや感情のみハ数十字もていひ尽すことを得たれバとて他の情態を写し得ざれバいはゆる完全の詩歌にあらねバ彼の泰西の詩歌と共に美術壇上にたちがたかるべし是豈あたらしきことならずやされバこそ過にしころ外山矢田部井上の大人たちがこゝに遺憾を抱かれつゝ新体詩抄一部をあらはし世に公になされたりき読者もしポヱトリイの趣をしらまくほりせバ新体詩抄をはじめとして東洋学芸雑誌に掲載せる新体詩ならびに井上巽軒大人のものされたる長篇の詩をあはせ見なバ其一斑の趣をバ得て窺に庶幾かるべし夫れ小説ハ無韻の詩ともいふべく字数に定限なき歌ともいふべし世の浅学なる輩にありてハ詩の主脳とする所のものハ偏に韻語にありと思へど是はなはだしきひがごとなり詩の骨髄ハ神韻なり幽趣佳境を写し得なバ詩の本分ハすなはち尽せりなどてか区々たる韻語なんどをしひて用ふる要あらんや英国の詩仙弥ルトン翁ハ夙にこのことを切論して有韻の詩を排斥なし無韻の長詩（ブランク。ウバルス）を工風しはじめぬ思ふに韻語を用ふることも詩を吟誦せしころにありてハ頗る要用なりしならめど現世のごとくに黙読してたゞ通篇の神韻をバめでよろこべる世となりてハさまで緊要なるものとも思はず物にたとへて之をいはゞ画工が用ふる丹青にひとしくなくとも事ハ足るべき物なりされバ小説稗史にしてもし神韻に富むよしあらむ歟之を詩といひ歌と称へて美術の壇上にたゝしむるも敢て不可なきのみにハあらでまことに当然といふべきなり畢竟小説の旨とするところハ専ら人情世態にあり一大奇想の糸を繰りて巧に人間の情を織なし限なく窮なき隠妙不可思議なる源因よりしてまた限なく定りなき種々さま〴〵なる結果をしもいと美しく編いだして此人の世の因果の秘密を見るがごとくに描きいだして見えがたきものを見えしむるを其本分とハなすものなりかしされバ小説の完全無欠のものに於てハ画に画きがたきものをも描写し詩に尽しがたきものをもあらはし且演劇にて演しがたき隠微の条をも写しつべし蓋し小説にハ詩歌のごとく字数に定限あらざるのみか韻語などいふ械もなくはたまた演劇絵画に反してたゞちに心に訴ふるを其性質とするものゆゑ作者が意匠を凝らしつべき範囲すこぶる広しといふべし是小説の美術中に其位置を得る所以にして竟にハ伝奇戯曲を凌駕し文壇上の最大美術を其随一といはれつべき理由とならむも知るべからず。

因云菊池大麓大人が訳されたる修辞及華文と題せる小冊子あり詩文に関する議論の如きハ最も精到と思はるれバ左に抄出して本文の不足を補ふ

詩の区域に属する文章其類頗る多し而して其共通すべき品格を一定するの難事たるハ従来歴験する所なり然して句に節奏ある者を専ら詩と限るべからざるハ散文にても毎に高尚なる詩旨を有する者の多きにて之を明亮にするを得るなり況んや句に節奏を帯るものにして還て詩中に列すべからざるもの多きをや。

（中略）蓋し詩の題目に適する所の真正の物景ハ斯に一ありとす而して此一種は古今の詩文上に歴見して曾て廃せざる所のものなり即ち外間の物象人事の発跡形勢等にして妙に心神を発揮する者是なり詳に之を云へバ外間に森羅せる所の品物及び天然不測の力と殆ど其競争を逞うする人間の真状人生忍ぶ可からざるの悲哀。克勝。愛情。卓絶。高聳。不朽の垂業を期する至切の志念天然と生存との至大。至変。至錯並に至神。理外の範囲に属して宇宙を管理すと認識せらる丶上帝神明。天界茫々の形容。地理幽々の景況。歳月時季の順環。人間社会。其君将英傑の存状。事業。変転。国運消長の機を決する戦闘争競。人間の開明進歩を任とする有力者の勤労。人事に発する至大反常の現状等是に属す更に之を概言すれバ凡そ人の感覚も徹底して跌宕。威赫。崇高。老実。嬌艶。悲哀。快活。揮発着色と称すべき万般の者皆包まざるなし若し夫れ世間俚俗の要件ハ其生存の道に欠くべからざるを以て人々之に注念すること常なりと雖も其人心を感興籠絡すること遥かに外間に属する事物の如くなる能はざるを以て自ら詩の真題に列することを得ざるなり且学術上の奥件。講学に属する事物。対数比例の表。歳額の算計。分子の分量等ハ世界に於て最も重要事実なりと雖も亦詩の題目に加ることを得ざるなり

（又略）節奏ある言語を将て高尚なる題目に適するものとなすハ世の常に云ふ所なるが思ふに散文体の言語ハ之を人世に喩ふるに猶其平時の操業に於るが如くにして人心の優悠閑適なるを表するに適するものとす然して詩の散文に於るハ猶踊舞の行歩に於る如し然れども散文の始て文字組織の一方法となり之を機巧に運用せる以来無数の著書世に播布し而して其題目大に詩に適して其斡旋形容の妙殆ど最勝の節奏文章に均しきものあるに至れり（又略）但し近世散文の著書と雖も其体ハ最も高尚の詩想に根せるものにして只其詩と異なる所ハ厳密なる節奏を棄て和諧せる言語に一任し以て自由に流出変化せしむるもの是のみ云云

又歴史歌（委ピック保エム）の条下にいはく

時の新古を論ぜず国の東西を問はず凡そ記事の本色ハ必ず其詩史の精神骨髄たるなり即ち心志を鼓舞激励する事業の説話或ハは辛くして虎口を脱し水火の変故に遭遇し注眸手に汗する如きの状或ハ読者をして痛惋腸を断たしむるの境或ハ初めに艱難辛苦を経歴して終りに康楽を享くるに至る男女離合の情話等ハ能く人の心意を奪ひ其本境を脱して夢境に入るの想あらしむ真に此術を変幻百出の妙に到らしむる良器具と云ふべきなり而して此種に属する詩文の各状并にホーマーよりバヤジルに至る間に発顕せし文体の沿革及び中古の小説（羅マンス）より近時の人情話（那ベル）に移れる実況等ハ皆精密の詳解を要すべきものなれども此等ハ別に文学史に於て論究すべきの大業にして茲に詳説するに遑あらず然して此種の著書の方今近体格として尚ぶ所の書ハ専ら其本色と人物とに於る活潑なる状をして益々人生の実事に適合せしめ以て世上万物の消長並に人間日常の情偽をして読者の心胸に了然としてまた事実に相違せる考思なからしむるにあり因て此等の著書に表せる男女の動作事業ハ真に其風采を写し出すを以て読む者をして親く人世の情態に接するの憾を発せしむべし而して若し此風采をして読者が曾て閲歴せし同事実と相符合せしむるときハ読者ハ為に瞿然快たるを覚えて自ら鑑むるの心を発すべく又人間至楽の事にして並に真理に違はざるものならしめバ何等の種類の文字を問はず常に無上完全の地を占むるべきなりデホウ氏は世界実際の形状を表するに善く史詩体の文章を適用したる人にしてスコット。ブルワア（笠頓をいふ）等の諸氏も亦歴史の教授方に此体を供用せり然して小説家が教導の目的とする所ハ通学勧善懲悪を旨とするなるが実に此目的並に其他の主旨も亦此術の進歩に因て愈々高上に達するを得べきなり然れども此種の文字ハ人間無涯の嗜好に供すべき者なれバ其事の理に合ふと合はざるとを問はず一に時風の沿革に随て之と相終始すべきのみ

小説の主眼

小説の主脳は人情なり世態風俗これに次ぐ人情とハいかなる者をいふや曰く人情とハ人間の情欲にて所謂百八煩悩是なりそれ人間ハ情欲の動物なるからいかなる賢人善者なりとていまだ情欲を有ぬハ稀なり賢不肖の弁別なく必ず情欲を抱けるものから賢者の小人に異なる所以善人の悪人に異なる所以ハ一に道理の力を以て若くハ良心の力に頼りて其情欲を抑へ制め煩悩の犬を攘ふに因るのみされども智力大に進みて気格高尚なる人にありてハ常に劣情を包みかくして苟にも外面に顕さゞるからさながら其人煩悩をバ全く脱

せしごとくなれども彼また有情の人たるからにハなどて情欲のなからざるべき哀みても乱るゝことなく楽みても荒むことなく能くその節を守れるのみか忿るべきをも敢て忿らず怨むべきをも怨まざるハもと情欲の薄きにあらで其道理力の強きが故なり斯れバ外面に打いだして行ふ所ハあくまでも純正純良なりと雖ども其行をなすにさきだち幾多の劣情心の中に勃発することなからずやハ其劣情と道理の力と心のうちにて相闘ひ道理劣情に勝つに及びてはじめて善行をなすを得るなり彼の神聖にあらざる以上ハ水の低きにつくが如くに善を脩むる者やハあらんいくらか迷ふ心あるをバよく道理をもて抑ふればこそ賢人君子ともいはるゝなれはじめよりして迷なくんバ善をなすとも珍しからず君子賢人などといはんハなかく\に是おろかなるべし斯れバ人間といふ動物にハ外に現るゝ外部の行為と内に蔵れたる内部の思想と二条の現象あるべき筈なりしかして内外双ながら其現象ハ駁雑にて面の如くに異なるものから世に歴史あり伝記ありて外に見えたる行為の如きハ概ねこれを写すといへども内部に包める思想の如きハくだく\しきに渉るをもて写し得たるハ曾て稀なり此人情の奥を穿ち所謂賢人君子ハさらなり老若男女善悪正邪の心のうちの内幕をバ洩す所なく描きいだして周密精到人情をバ灼然として見えしむるを我小説家の努とするなりよしや人情を写せバとて其皮相のみを写したるものハいまだ之を真の小説とハいふべからず其骨髄を穿つに及びてはじめて小説の小説たるを見るなり和漢に名ある稗官者流ハひたすら脚色の皮相にとゞまるを拙しとして深く其骨髄に入らむことを力めたりしも主脳となすべき人情をバ皮相を写して足れりとせり豈憾むべきことならずやそれ稗官者流ハ心理学者のごとし宜しく心理学の道理に基づき其人物をバ仮作るべきなり苟にもおのれが意匠を以て強て人情に悖戻せる否心理学の理に戻れる人物なんどを仮作りいださバ其人物ハ已に既に人間世界の者にあらで作者が想像の人物なるから其脚色ハ巧なりとも其譚ハ奇なりといふとも之を小説とハいふべからず物にたとへて之をいはゞ機関人形といふ者に似たり匆卒にして之を観れバさながら夥のまことの人間活動なすがごとくなれども再三熟視なすにいたれバ偶人師の姿も見え機関の具合もいとよく知られて興味索然たらざるを得ず小説もまた之にひとしく作者が人物の背後にありて屢々糸を牽く様子のあらはに人物の挙動に見えなバたちまち興味を失ふべし試に一例をあげていはん歟彼の曲亭の傑作なりける八犬伝中の八士の如きハ仁義八行の化物にて決して人間とハいひ難かり作者の本意ももとよりして彼の八行を人に擬して小説をなすべき心得なるからあくまで八士の行をバ完全無欠の者となして勧懲の意を寓せしなりされバ勧懲を主眼として八

犬士伝を評するときにハ東西古今に其類なき好稗史なりといふべけれど他の人情を主脳として此物語を論ひなバ瑕なき玉とハ称へがたし其故をいかにとならバ彼の八主公の行を見よ否其行為ハとまれかくまれ肚の裏にて思へる事だに徹頭徹尾道にかなひて曾て劣情を発せしことなし矧や一時瞬間といへども心猿狂ひ意馬跳りて彼の道理力と肚の裏にて闘ひたりける例もなしよしや堯舜の聖代なればとてかゝる聖賢の八個までも相並びつゝ世にいでんこと殆々望みがたき事ならずや蓋し八犬士ハ曲亭馬琴が理想上の人物にて現世の人間の写真にあらねば此不都合もありけるなりさハあれ馬琴ハ凡ならざるよく巧妙の意匠をもてして其牽強をバ掩ひしかば読者ハ毫もこれをしらずよく人情をも穿ちたりとほめたゝへたるハ誤らずや斯いへばとて八犬伝をば小説ならずといふにハあらねど今証例に便ならんが為にしばらく人口に膾炙したる彼傑作を引用せしのみ曲亭翁の著作につきてハおのれおのづから別に論ありそも折を得てとくよしあるべしされバ小説の作者たる者ハ専ら其意を心理に注ぎて我仮作りたる人物なりとも一度篇中にいでたる以上ハ之を活世界の人と見做して其感情を写しいだすに敢ておのれの意匠をもて善悪邪正の情感をバ作設くることをバなさず只傍観してありのまゝに模写する心得にてあるべきなり譬ば人間の心をもて象棋の棊子と見做すときにハ其直きこと飛車の如き情も尠からざるべく行く道常によこさまなる心の角も多かるべし桂馬の剽軽なる香車の了見なき或ハ王将の才に富て機に臨み変に応ずる縦横無尽の行あれバたゞ進むべき前あるをしりて左右に避くべき道をしらざる匹歩庸歩も尠からずおのがじしなる挙動をして此世局を渡るものから直なる飛車も生長なれバむかしの飛車におなじからず角も世故に長ずるにいたれバ直なる道をも行くことあるべし或ハ王将も匹歩の手にかゝり或ハ慮なき香車にして金銀を得ることもありなん囲棊者は造化の翁にして棊子ハ即ち人間なり造化の配剤の不可思議なる傍観で観るとハ大に異なり「彼金ほどなく彼方へなりこみ進むで王手となるべからん」と思ふに違ひて一匹歩にたちまち道をふたがれつゝ避退くべきひまだになうして桂馬の餌食となることありされば人間もこれにおなじく栄達落魄必ずしも人間の性質に伴はざるから或ハ才子にして業をなさゞるあり或ハ庸人にして志を得るあり千状万態千変万化因果の関係の駁雑なる予め図定むべからず故に小説を綴るに当りてよく人情の奥を穿ち世態の真を得まくほりせば宜しく他人の象棋を観て其局面の成行をバ人に語るが如くになすべし若し一言一句たりとも傍観の助言を下すときにハ象棋ハ已に作者の象棋となりて他人の某々等が囲したる象棋とハいふ可らず「あな此所ハいと拙しもし予なりせバ斯なすべし箇様々

々に行ふべきに」と思はるゝ廉も改めずして只ありのまゝに写してこそはじめて小説ともいはるゝなれ凡小説と実録とハ其外貌につきて見れバすこしも相違のなき者たりたゞ小説の主人公ハ実録の主とおなじからで全く作者の意匠に成たる虚空仮設の人物なるのみされども一旦出現して小説中の人となりなば作者といへども擅に之を進退なすべからず恰も他人のやうに思ひて自然の趣をのみ写すべきなり彼の勧懲をもて主眼とせる和漢の小説作者のごとくに斯る情ハ此人物にハふさはしからずさる情欲をいだかせなバ此人物の価を損ぜん如ず聖人君子に恥ざる立派の人物になしおくべしなど作者が岡目の手細工もて人の感情を折衷なし勧懲といふ人為の模型へ造化の作用をはめこむときにハ其人情と世態とハ已に天然のものにあらず作者がみづから製作へたる誂向の人情なるから其人物を除くの外にハ決して見がたき人情なるべし夫小説の主人公ハもとより仮作の物にしあれバ完美ならしめむとほりするときにハ作者の意匠の浮べるまゝにあくまで全美にこしらふるも敢て妨げざることなれどもたゞ予め限界を設けて人情の外にいでざるやう工風を凝すを肝要とす譬バ画工が意匠を凝して佳人の肖像をものする折にもひたすら妖嬈ならんを望みてみだりにあるまじき眼を画き若くハは眉口の類なんども人らしくなく写しいださバ其貌いかほどに美なりといふとも之を名画とハいふ可らず否名画とハいひ得べきも絶美の「人間」を描き得たる名画なりとハいひ難かりもし絶美なる未曾有の佳人を描き出さまくほりするならバまづ其蛾眉をゑがくに当りて世に蛾眉をもて名を鳴らせる佳人の蛾眉を雛形となしさて其眉を画きつべし星眸に於るもまた其如く世に星眸の誉たかき美人の眼を手本として其星眸を写しつべし鼻唇ハいふに及バず面の長短髪のいろつや皆世にあるべき人間より其雛形をとり来りてはじめて古今に曾てあらざる絶美の婦人を描くべきなりもししかせずして眉も口も画工が自儘の想像よりつくりいだせしものならんにハ是人間の像にあらで人間以上若くハまた人間以下の像なるべし人物を仮作するもまづその如く此処彼処なる人間より其性質の原素をもとめて併せてこれを一箇となし完美全良の人物をバ小説中につくりいだすハ（もし其配合の方法塩梅心理に違へる由なき以上ハ）敢て苦しからぬことなれども決して人界に望むまじき咄々奇偉なる人物なんどを作者が自儘の想像もて仮作りいだすハ忌むべきなり前にも已に述べたりし如くもと小説ハ美術にして詩歌伝奇等におなじけれどもまたおのづから詩歌伝奇と異なる所も尠からず譬バ詩歌は必ずしも模擬をば主眼となさゞれども小説ハ常に模擬を以て其全体の根拠となし人情を模擬し世態を模擬しひたすら模擬する所のものをば真に逼らしめむと力むるものたり小説いま

だ発達せずして尚ほ「羅マンス」たりしころにハ其体裁も詩歌に類して奇異なる事をも叙したりしがひとたび小説の体を具備して今日の小説となりたるからにハまた荒唐なる脚色を弄して奇怪の物語をなすべうもあらず是今日の小説稗史の一至難技たる所以なりかしされバ人物を仮設けてその情をしも写さまくせバまづ情欲といふ者をば其人物が已に既に所有したりと仮定めてさてしか〴〵の事件おこりて箇様々々の刺戟をうけなバ其人いかなる感情をおこすやまた云々の感情おこらバ其余のあまたの感情にハいかなる影響を生ずべきかまた従来の教育を其営業の性質によりて其人物の性ハさらなり其感情の作用にも何等の差違を生ずるかといと細密に揣り写して外面に見えざる衷情をあらはに外面に見えしむべしもし人物が善人にて所謂実事師といふ者ならんか作者ハ力めて実事師が其折々に感じつべき感情をのみ模写しいだしもし人物が悪質なりせば邪曲し心に抱きつべき感情をのみ写すべきなりされどもこれをなすに当りて善人にも尚煩悩あり悪人にも尚良心ありて其行をなすにさきだちいくらか躊躇ふ由あるをバ洩して写しいださずもあらバ是また皮相の状態にて真を穿たぬものといふべし聞説熱心なる油絵師ハ刑場なんどへも出張して斬らるゝ者のかほかたちハさらなり断頭手の腕の働はた筋骨の張たるさまにも眼を注ぎて観察するとか小説作者もまづそのごとく性の醜きものも情の邪なるものも敢て忌嫌ふことをバなさで心をこめて写さずもあらバいかでか人情の真に入るべきさハとて淫猥野鄙にわたれる隠微に過たる劣情をさへに写しいだせよといふにハあらず蓋し小説ハ美術なるから彼の音楽に鄭声を忌み絵画に猥褻の像を嫌ひまた詩歌伝奇に鄙野なる言詞を用ふることを悪むが如くに鄙猥を語るを悪めばなり英国の博識「如ン茂ルレイ」が「丈ジ委リオット」女史の著作を評する語にいへらく（上略）なべて文学の主旨目的ハ人生の批判（クリチシズム）をなさんが為のみと往古の識者はいひけり小説ハもと文壇なる一大美技とも称ふべきに却て屢々賤められて最下に其位置を占るものハそも〳〵また何故ぞや想ふに人生の批判と見るべき小説稀なるに因ることなるべし世に操觚者流多しと雖も造化の文才を人に附与ふるや配剤一様ならざるから見識の浅きものあり意匠の足らざる者あり概して評を下すときにハ一大奇想の糸を繰りて巧に人間の情を織なし限なく窮なき隠妙不可思議なる因源よりして又かぎりなく定まりなき駁雑多端なる結果をしもいと美しく編いだして此人生の因果の秘密を見るがごとくにいとあらはに説明めたる著作ハすくなしおよそ人生の快楽ハ其類きはめて多きが中にも人の性の秘蘊を穿ち因果の道理を察り得るほど世に面白きことハあらじさハあれ人生の大機関をバいと詳細に察り得るハもと

容易からぬ業にしあれば浅識菲才の操觚者流の得てなすべうもあらざるなり其才稠人の上にぬきんで不撓の気力を有する者のみ特りこのことを得為すべし総じて文壇の技術にしてや、高等の位置をしむるものは此人世の大機関を覚るを以て主眼となしまたハ目的となさゞるなし宗教といひ詩歌といひ哲学といひ其名によりて形こそかはれ其主旨とする所をとへバなべて人間に関する者にて其性質と運命とハ何等の自然の機関によりていかなる具合にはたらくやを残る蘊なく説あきらめて世間の人の迷妄をときまた疑の雲を払ひて好奇の癖をバ慰するにあり人此般の書を読みなバよし其深理ハ解し得ずとも尚人世の評判記の興あることを覚ゆるからに巻を閣くこと能はざるべし蒙昧不学の徒にありてハこれらの書籍を読むといへども為にみづから悟をひらきて反省取舎するにハいたらずとも事の曲直是非当否ハおぼろげながらに判じ得べし（中略）委リヲット女史の小説ハかゝる観念の畑へしも読者を導く捷径なりされども女史は独断をもて此行ハ宜しきことなり此行ハ不可なりなど曾て指示することをバ好まず唯あからさまに事物の因果を見るが如くにかきあらはして褒貶取捨は総じてみな読者の心に任したりき女史ハなほ人の為に種を蒔く者のごとしみづから獲を収めずして他人の之を拾ふに任して毫も妬める気色もなし云々といへり詢に茂ルレイ氏のいへるがごとく苟にも文壇の上にたちて著作家たらむと欲する者ハ常に人生の批判をもて其第一の目的とししかして筆を操るべきなりされバ小説ハ見えがたきを見えしめ曖昧なるものを明瞭にし限なき人間の情欲を限ある小冊子のうちに網羅し之をもてあそべる読者をして自然に反省せしむるものなり造物主ハ天地万象を造りて私なし恰も我党小説作者が種々の人物を仮作りいだして毫末も偏頗愛憎なく行住進退なべてみなひたすら自然に戻らぬやう写しなせるに似たりといふべしさもあらバあれ造化の翁が造り做したる活世界は極めて広大無辺にして規摸のあまりに大なるから凡庸稚蒙の眼を以ては原因結果の関係をバ察り得ることいと〳〵難かりしかるを我党小説作者が其因果の理の要を摘みて一小冊子のうちに蔵めて点検取捨する便に供ふ其任豈に重からずやもしよく奏功なす由ありなバ其功もまた偉大ならずや

因に云本居大人が「玉小櫛」にて源氏物語の大旨を論じていへらく此物語の大旨昔より説どもあれどもみな物語といふものゝ本旨をたづねずして只よのつねの儒仏などの書のおもむきをもて論ぜられたるハ作者の本意にあらずたま〳〵彼の儒仏などの書とおのづから似たるこゝろ合へる趣もあれどもそをとらへて総体をいふべきにハあらず大かたの趣ハかのたぐひとハ痛く異なるものにて総て物語ハ又別に物がたりの一種の趣のあることにしては

じめにもいさゝかいへるが如し。（中略）胡蝶の巻にいはくむかし物語を見たまふにもやう〳〵人のありさま世の中のあるやうを見しりたまへバ云々総て物語ハ世にある事人の有様心をさま〴〵書けるものなる故に読めバおのづから世の中の景況をよくこゝろえ人の所業情の現象をよく弁へしる是ぞ物語をよまむ人のむねと思ふべきことなりける（又略）しからバ物語にて人の心所業の善き悪きハいかなるぞといふに大かた物のあはれを知り情ありて世の中の人の情にかなへるを善とし物のあはれを知らず情なくて世の人の情にかなはざるを悪しとせりかくいへバ儒仏などの道の善悪といとしも異なる差別なきが如くなれども細にいはむにハ世の人の情にかなふとかなはざるとの中にも儒仏の善悪とハ合はざるも多し又すべて善悪を論むるをも只なだらかにやはらびて儒者などの議論のやうにひたぶるにせまりたる事ハなし扨物語ハ物のあはれをしるを旨とはしたるに其すぢにいたりてハ儒仏の教にそむけることも多きぞかしそハまづ人の情の物に感ずる事にハ善悪邪正さま〴〵ある中に道理にたがへる事にハ感ずまじきわざなれども情ハ我ながら我心にも任せぬことありておのづから忍びがたきふし有て感ずることあるものなり源氏の君の上にていはゞ空蟬の君朧月夜の君藤つぼの中宮などに心をかけて逢ひたまへるは儒仏などの道にていはむにハ世に上もなきいみじき不義悪行なれバ外にいかバかりの善き事あらむにても善人とはいひがたかるべきに其不義悪行なるよしをばさしもたてゝハ言はずして只そのあひだのものゝあはれの深きかたを返す〴〵かきのべて源氏の君をバ主と善人の本として善事のかぎりを此君の上にとりあつめたる是物語の大旨にして其よきあしきハ儒仏などの書の善悪と差異あるけぢめなりさりとて彼のたぐひの不義を可とするにハあらずその悪しきことハ今さらいはでもしるく然るたぐひの罪を論ずることハおのづから其方の書どもの世に夥多あれバ物とほき物語をまつべきにあらず物語ハ儒仏などのしたゝかなる道のやうに迷ひをはなれて悟に入るべき則にもあらず只世の中の物語なるがゆゑにさるすぢの善悪の論ハしバらくさしおきてさしも関はらずたゞ物のあはれを知れる方の善きをとりたてゝ善しとハしたるなり此こゝろばへを物にたとへていはゞ蓮をうゑてめでむとする人の濁りてきたなくハあれども泥水をたくはふるが如し物語に不義なる恋をかけるも其にごれる泥を愛でてにハあらず物のあはれの花をさかせん料ぞかし源氏の君のふるまひハ泥水よりおひ出たる蓮の花の世にめでたく咲にほへるたぐひとして其水の濁れることをバさしもいはず只なさけふかく物のあはれを知れる方をとりたてゝ

よき人の本にしたること云々といへり
右に引用せる議論のごときハすこぶる小説の主旨を解してよく物語の性質をバときあきらめたるものといふべし我国にも大人のごとき活眼の読者なきにしもあらざりけれどもそハ絶無にして希有なるから他の曲学にあやまられて彼の源語をさへ牽強して勧懲主意なるものなりなどいとしたり貌に講釈せる和学者流も多しときく豈はなはだしくあやまらずや

＊〈初出〉
『小説神髄』全九冊（松月堂　明治18・9～19・4）
〈資料文献〉
『明治文学全集16　坪内逍遙集』（筑摩書房　昭和44・2）

小説総論

二葉亭四迷

人物の善悪を定めんにハ我に極美（アイデアル）なかるべからず。小説の是非を評せんにハ我に定義なかる可らず。されバ今書生気質の批評をせんにも予め主人の小説本義を御風聴して置かねバならず。本義など丶いふ者ハ到底面白きものならねバ読むお方にも退屈なれバ書く主人にも迷惑千万結句ない方がましかも知らねど是も事の順序なれバ全く省く訳にもゆかず。因て成るべく端折つて記せバ暫時の御辛抱を願ふになん
凡そ形（フホーム）あれバ茲に意（アイデア）あり。意ハ形に依つて見ハれ形ハ意に依つて存す。物の生存の上よりいはバ意あつての形形あつての意なれバ孰を重とし孰を軽ともしがたからん。されど其持前の上よりいはバ意こそ大切なれ。意ハ内に在れバこそ外に形はれもするなれバ形なくとも尚在りなん。されど形ハ意なくして片時も存すべきものにあらず。意ハ己の為に存し形ハ意の為に存するものゆゑ厳敷いハゞ形の意にハあらで意の形をいふ可きなり。夫の米リンスキー 魯国の批評家 が世間唯一意匠ありて存すといハれしも強ちに出放題にもあるまじと思はる。

形とハ物なり。物動いて事を生ず。されバ事も亦形なり。意物に見はれし者之を物の持前といふ。物質の和合也。其事に見ハれしもの之を事の持前といふに事の持前ハ猶物の持前の如く是亦形を成す所以のものなり。火の形に熱の意あればバ水の形にも冷の意あり。されバ火を見てハ熱を思ひ水を見てハ冷を思ひ梅が枝に囀づる鶯の声を聞ときハ長閑になり秋の葉末に集く虫の音を聞ときハ哀を催す。若し此の如く我感ずる所を以て之を物に負ハすれバ豈に天下に意なきの事物あらんや

斯くいへバとて強ちに実際にある某の事某の物の中に某の意全く見ハれたりと思ふべからず。某の事物にハ各其特有の形状備りあれバ某の意も之が為に隠蔽せらるゝ所ありて明白に見ハれがたし。之を譬ふるに張三も人なり李四も亦人なり。人に二なけれバ差別あるべき筈なし。然るに此二人のものを見て我感ずる所に差別あるハ何ぞや。人の意尽く張三に見ハれたりといハんか夫の李四を如何、若李四に見はれたりといはんか夫の張三を如何、して見れバ張三も李四も人ハ人に相違なけれど是れ人の一種にして真の人にあらず。されバ未だ全く人の意を見ハすに足らず。蓋し人の意ハ我脳中の人に於て見ハるゝものなれど実際箇々の人に於て全く見ハるゝものにあらず。其故如何と尋るに実際箇々の人に於てハ各々自然に備ハる特有の形ありて夫の人の意も之が為に妨げられ遂に全く見ハれ難きによるなり。故曰形ハ偶然のものにして変更常ならず意ハ自然のものにして万古易らず。易らざる者ハ以て当にすべし常ならざる者豈当にならんや

偶然の中に於て自然を穿鑿し種々の中に於て一致を穿鑿するハ性質の需要とて人間にハなくて叶はぬものなり。穿鑿といへど為方に両様あり。一ハ智識を以て理会する学問上の穿鑿一ハ感情を以て感得する美術上の穿鑿是なり

智識ハ素と感情の変形俗に所謂智識感情とハ古参の感情新参の感情といへることなりなんぞと論じ出してハ面倒臭く結句迷惑の種を蒔くやうなもの、そこで使ひなれた智識感情といへる語を用ひていハんにハ大凡世の中万端の事智識ばかりでもゆかねバ又感情ばかりでも埒明かず。二二ンが四といへることハ智識でこそ合点すべけれど能く人の言ふことながら清元ハ意気で常盤津ハ身があるといへることハ感情ならでハ解らぬことなり。智識の眼より見るときハ清元にもあれ常磐津にもあれ凡そ唱歌といへるものハ皆人間の声に調子を付けしものにて其調子に身の有るものハ常磐津となり意気なものハ清元になると先づ斯様に言はねバならぬ筈。されど若し其の身のある調子とか意気な調子とかいふものハ如何なもので御座る拙者未だ之を食ふたことハ御座らぬと剽軽者あつて問を起したらんにハよしや富婁那

の弁ありて一年三百六十日饒舌り続けに饒舌りしとて此返答ハ為切れまじ。さる無駄口に暇潰さんより手取疾く清元と常磐津とを語り較べて聞かすが可し。其人聾にあらざるよりハ手を拍つてナルといハんハ必定。是れ畢竟するに清元常磐津直接に聞手の感情の下に働き其人の感動（インスピレーション）を喚起し斯くて人の扶助を待たずして自ら能く説明すればなり。之を某学士の言葉を仮りていハゞ是れ物の意保合の中に見ハれしものといふべき乎

然るに意気と身といへる意ハ天下の意にして一二唱歌の私有にハあらず。但唱歌ハ天下の意を採つて之に声の形を付し以て一箇の現象とならしめしまでなり。されバ意の未だ唱歌に見ハれぬ前にハ宇宙間の森羅万象の中にあるにハ相違なけれど或ハ偶然の形に妨げられ或ハ他の意と混淆しありて容易にハ解るものにあらず。斯程解らぬ無形の意を只一の感動（インスピレーション）に由つて感得し之に唱歌といへる形を付して尋常の人にも容易に感得し得らるゝやうになせしハ是れ美術の功なり。故曰美術ハ感情を以て意を穿鑿するものなり

小説に勧懲模写の二あれど云々の故に摸写こそ小説の真面目なれ。さるを今の作者の無智文盲とて古人の出放題に誤られ痔持の療治をするやうに矢鱈無性に勧懲々々といふハ何事ぞと近頃二三の学者先生切歯をしてもどかしがられたるハ御尤千万とおぼゆ。主人の美術定義を拡充して之を小説に及ぼせバとて同じ事なり。抑々小説ハ浮世に形ハれし種々雑多の現象（形）の中にて其自然の情態（意）を直接に感得するものなれバ其感得を人に伝へんにも直接ならでハ叶ハず。直接ならんとにハ摸写ならでは叶ハず。されバ摸写ハ小説の真面目なること明白なり。夫の勧懲小説とハ如何なるものぞ。主実主義（リアリズム）を卑んじて二神教（ヂュアリズム）を奉じ善ハ悪に勝つものとの当推量を定規として世の現象を説んとす。是れ教法の提灯持のみ小説めいた説教のみ。豈に呼で真の小説となすにたらんや。さハいへ摸写々々とばかりにて如何なるものと論定めておかざれバ此方にも胡乱の所あるといふもの、よつて試に其大略を陳んに摸写といへることハ実相を仮りて虚相を写し出すといふことなり。前にも述し如く実相界にある諸現象にハ自然の意なきにあらねど夫の偶然の形に蔽ハれて判然とハ解らぬものなり。小説に摸写せし現象も勿論偶然のものにハ相違なけれど言葉の言廻し脚色の摸様によりて此偶然の形の中に明白に自然の意を写し出さんことと是れ摸写小説の目的とする所なり。夫れ文章ハ活んことを要す。文章活ざれバ意ありと雖も明白なり難く脚色ハ意に適切ならんことを要す。適切ならざれバ意充分に発達すること能ハず。意ハ実相界の諸現象に在つてハ自然の法則に随つて発達す

るものなれど小説の現象中にハ其発達も得て論理に適ハぬものなり。譬バ恋情の切なるものハ能く人を殺すといへることを以て意と為したる小説あらんに其の本尊たる男女のもの共に浮気の性質にて末の松山浪越さじとの誓文も悉皆鼻の端の嘘言一時の戯ならんとせんに末に至つて外に仔細もなけれども只親仁の不承知より手に手を執つて淵川に身を沈むるといふ段に至り是でハどうやら洒落に命を棄て見る如く聞えて話の条理わからぬ類ハ是れ所謂意の発達論理に適ハざるものにて意ありと雖も無に同じ。之を出来損中の出来損とす

夫れ一口に模写と曰ふと雖も豈容易の事ならんや。羲之の書をデモ書家が真似したとて其筆意を取らんハ難く金岡の画を三文画師が引写にしたれバとて其神を伝んハ難し。小説を編むも同じ事也。浮世の形を写すさへ容易なことでハなきものを況てや其の意をや。浮世の形のみを写して其意を写さゞるものハ下手の作なり。写して意形を全備するものハ上手の作なり。意形を全備して活たる如きものハ名人の作なり。蓋し意の有無と其発達の功拙とを察し之を論理に考へ之を事実に徴し以て小説の直段を定むるハ是れ批評家の当に力むべき所たり

＊〈初出〉
「中央学術雑誌」第二六号（明治19・4）
〈資料文献〉
『明治文学全集17　二葉亭四迷　嵯峨の屋おむろ集』（筑摩書房　昭和46・11）

開化新題歌集（抄）

大久保忠保編

大陽暦

天津日のあゆみにならふ暦にもひらけゆく世のしるしみえけり　横山由清

巻すてし古きこよみの三日ならし初夕月のはつかなるかけ　星野千之

ひと丶せにふた丶ひ春をむかへにしきのふは月の空ことにして　蔵田信中

あまつ日の正しき道に立かへり月の名さへに改りけり　岡野伊平

一月一日

あらたまるけふとてこそにかはらねはくる丶もたつも心なりけり　近藤芳樹

新年宴会

みきたまふ年のはしめのうたけをはやとに汲みても我ゑひけり　林　信立

君か世のつきせぬ年をむかへつ丶数もしられすたまふみき哉　増山正同

うれしさを色に出ぬはなかりけりいつかと待し豊の明りに　由　清

紀元節

年のはにいはふもかしこ橿原に御世しらしけんけふのその日を　首藤良照

かし原にしらし丶御代を万世もいやとしのはにあふくけふかも　伊　平

電信機

ことのはのかよふをみれは風の音の遠きさかひはなき世なりけり　三條西季知

これやこの天はせつかひ一すちにかよふことはも時の間にして　本居豊穎
わたの外国といふ国を隣にてことゝふ筋のしけくも有かな　飯田年平
稲つまの光のまにも五百重山こえてちりくる露の玉つさ　中村秋香
時のまにちさとをかよふ稲つまのたより嬉しき御世にも有かな　木場清生
風のむた天にきこえし神の世のおとつれすらも思ひやられぬ　猿渡容盛
そこひなき思ひはかりそわたつみの千尋の底もかよふ便りは　鈴木重嶺
まなはさる人そやさしきをしふれはかねの糸すら文字をしる世に　屋代柳漁
雲かける雁はたのましわたつみのそこともいはすふみかよふ世は　前島逸堂
まのあたりかたらふはかり千里までことゝひするそあやしかりける　高橋蝸庵
雁かねの翅何せん千里までことのはかよふ糸もありけり　西川広微
外国のとほきたよりもひと筋のいとにしよれはまことまちかし　竹内吉菅
打はへし糸もあやしな思ふことちさとの外にきこえかはして　小原燕子
海山のはるけき道も一すちのいとゝくかよふ里のおとつれ　正　同
いく千里たゝとる筆のつかのまにおもふことのはかきかはしつゝ　由　清
かけわたす糸ひと筋にさま〳〵のことのはくさそ千里ゆきかふ　岩間政養
たゆみなくひくいと筋のいとはやく千里をかけてかよふことの葉　田中美暢
かけわたすいともかしこきみ世なれやちさとのをちもとひつとはれつ　平野真守
梓弓ひくひと筋のいとみれはかよふことはの玉の緒にして　山中大観
風のとのとほくのつてを一筋のいとにたよりてきくかあやしさ　上月　亮
海川のへたてはいつらひとすちにおもふ心そたゝにかよへる　江刺恒久

千里ゆく虎もおよはし時のまにおもふこゝろのかよふたくみは　伊藤好清

梓弓矢よりもはやく風よりもときたよりをは何にたとへむ　天田元貫

稲つまの光はきえてあともなし是のたよりは何にたとへむ　畠山　茂

ときのまにかよふたよりはいなつまの光をみてや思ひよりけむ　玉城重清

いなつまの光のまにも千里まてかよふ便りのいとはやくして　山田則寿

国といふくにのきはみもさゝかにのいと〳〵くつたふわさのあやしさ　蔵田重時

雁かねの翅もかるし玉つさのわたの底をもかよふ世なれは　伊　平

時の間にちさとにかよふおとつれはひまゆく駒のときたくひかは　亮

郵便

ふみかよふ道もひらけて遠つ人かりのゆきゝを待国もなし　伊東祐命

これやこの天はせつかひ翅えてかよふに似たるかち便かな　猿渡盛愛

千里をも今は隣と玉つさのゆきゝしけかる世にこそ有けれ　伊藤春信

此ふみのたよりあまねしさつまかた沖の小島も蝦夷の千島も　瀧村鶴雄

あすか川雫はかりのせにかへてきのふのたよりけふそしらるゝ　重　嶺

ゆくとくとふみのたよりも安国のやすくかよへる世こそ安けれ　恋塚伊賀志

雁ならて千里の道もとたえせすゆきかひ安きふみのつて哉　桃井直恒

皆人もよりてそたのむかたいとのかたゐなかにも便よけれは　松澤　翠

ひらけゆく御世のめくみはをちこちのちなみへたてぬふみの便そ　坪井鴻緒

きゝしより思ひしよりもはやきかな千里のをちのふみの音つれ　佐々木高範

待ことのたかはぬ御世そおよひをり日をよむまにまかよふ玉章　長谷川安邦

わたくしの便りも今はわたくしのたよりにあらぬ便にそやる　千　之

ことのはのたよりからさすうれしきは恵みの露をかりの玉つさ　由　清

汽　車

見わたせはけふりは空に立かねてなひきなからもゆく車かな　風早公紀

年月をむかしは矢にもたくへてきかゝる車のありとしらすて　重　嶺

翅えて雲路をかけるこゝちせりこや今の世の天の鳥舟　大熊弁玉

打なひく烟のすゑと共にしもたちまちきゆる小車のおと　恒　久

すゝみゆく御世の姿はときのまに千里をはしる車にそしる　八木雕

時の間に千里をはしる車には翅くらへて飛鳥もなし　祐　命

はたゝ神はたゝく空をいなつまの光にのりて行かとそ思ふ　年　平

いるやなすはしりもゆくかたむけせんちまたやいつらみもわかぬまに　容　盛

人わたす三の車もおよはぬはたきる湯の気のちから成けり　由　清

雲きほひ神とゝろきて稲つまの光のまにもゆく車かな　蝸　庵

いにしかとみれは烟のたちまちにかへりくるまの早くも有哉　柳　漁

けふりたつかたはくるまといふかうちにその烟さへみえすなりゆく　若林悦静

すきゆくも早き車のけふりにはおくれてけりな山ほとゝきす　金子秋彦

千里ゆく車のけふりこれもまた虎のいふきのこゝちこそすれ　重　時

かけりゆく車のあとは中空にのこるけふりのすゑにこそしれ　牧野　伸

つはさある鳥もおよはし日もすから烟立つゝかよふ車は　大岡花郷

停車場

烟こそ空にたえせね行とくとのるもおる丶も時のまにして　佐野磯平

汽　船

はしりゆく浪にけふりはのこれとも船は跡なくなりにける哉　藤井行道

わたのはら行かふ舟に立のほるけふりもしけくなれる御世哉　中島歌子

みるかうちに舟は遠くも成にけりたつる烟をあとに残して　重　嶺

沖遠くけふりなひかししら波をわけてくるまの早くもある哉　藤木　啓

あら波にけふりなひかしゆく船を雲居をかける龍かとそ見し　猪坂　修

世をやすくわたる舟とは見ゆれともほのほの家はのかれさり皃　柳　漁

火の神のみたまにはしる舟なれはあらき波をもけたて丶そゆく　元　貫

吹風のちからたのまぬ艦みてそたくみし人のちからしらる丶　古城俊平

筒井つ丶ゐつ丶にあらぬ筒柱けふりなひかせくるは誰か舟　首藤法水

たなひきて残るけふりのきえぬまに消て跡なき舟そあやしき　大平　淡

そくはくの海坂こえて行かふもきのふとけふのほとにこそあれ　年　平

わたのはら雲かけふりかたちまちに山なす舟そ岸によせくる　雕

棹かちもなくて波路をはしるかなこれや神世の天の鳥舟　容　盛

浪のうへかけるを見れはけふりたつ船こそ国の翅なりけれ　千　之

余波のみけふりに見せて大船はやへの汐路にきえもゆくかな　蝸　庵

みなとにはけふりのすゑの残るまにみる／＼舟のかけそきえゆく　近藤光範

石炭をやくとたきらする湯の気にて沖にこかる丶舟そあやしき　由　清

飛脚船

横もしもたてふみももてゆく舟は日のたてぬきやしをりなるらん　大島貞薫

軽気球

そのかみにかゝるたくみの舟しあらは竹のをとめは月にかへさし　足立正声

日にすゝむ人のさとりを帆にあけて天津みそらをはしる舟かな　正　同

にし東心にのりてわたるかな月のみふねを友舟にして　豊　穎

軽くすむもの、姿を手にとりて玉となしてもはなつけふかな　清　生

ひらけゆく人のたくみの妙なるか雲のうへゆく舟も有けり　山田信興

しら波のうへもおもへはやすからす空ゆく舟よいかゝあやふき　海老名義明

人をさへのせて遥に天飛やかろき気によるわさそあやしき　由　清

久かたの月の都をみてしかな天の戸わたる舟のたよりに　中島守孝

かきりなき人のたくみをかちにして空の上ゆく舟も有けり　祐　命

空の海雲の浪間にくらけなすたゝよひのほる舟のあやしさ　容　盛

おりのほる心まゝなるさまみれは船は風こそたのみ成けれ　近藤広徳

馬　車

ひらけゆく馬には何かおよふへきたとへに引し三の車も　由　清

一すちに真砂けたてゝゆく駒はおのれ車におはるとや思ふ　修

とくかけるこれの車はとし月のひまゆく駒もおよはさりけり　大瀧茂雄

小車をつはさとなして雲雀毛の駒かける成道もとゝろに　重　時

ひらけゆく世の魁の馬くるま心ののらぬ人なかりけり　清　生

のるものと何おもひけん馬も猶今はくるまをと、ろかしつ、　多門正文
世中をうしにかへても小車をひきゆく駒のいさましき哉　広　微
たをやめか玉手たつさへ馬車大路せはしと乗人やたれ　燕　子
小車のうしとみし世もむかしへに早くめくれる駒のあかきや　豊　穎
いにしへのうしのあゆみに引かへてひまゆく駒の小車そとき　雕
いきのを、車にかけてひかせゆく駒のやつれのあはれなる哉　広　徳
わか駒にことひをかへてとくはしる車にしるし御世の手ふりは　鶴　雄
小車のあとみぬ駒にまかせつ、我はたしらぬ道いそくかな　鶴　久子

人力車

此ころは高きいやしきおしなへてのらぬ人なき道の小車　松平忠敏
人の乗るくるまを人のひくみれはあはれこの世をうしのなりはひ　柳　漁
汗あえて引ゆくよりものる人のくるま遅しと待やくるしき　真　守
すきゆけは跡おひすかひやちまたに力車そ引もたえせぬ　翠
手弱めとあひのり車ひく人はうしろに心ひかれもやせむ　八木朝直
ひかる、も引もひとしく国つ民牛なすさまのあはれなる哉　風間　安
おとらしと引そあらそふひらけゆく都大路をはしる車は　磯部最信
もの、ふのはても有とかあつさ弓ひきもたゆまぬ道の小車　吉　菅
賤かひく小車もせにかへやすしめくみの淵の都大路は　信　立
大路ゆく車も今はうしならてうちある人の引世也けり　金井明善
思ひきやとりし手綱をますらをか車にかへて引なれんとは　春　信

杖たのみありくそ薬やちまたに車にのれといふかうれたさ　赤沢宗凹

小学校

花もさきみもなりいてむめさしこむ文の林にまつはみえけれ　三田葆光

里の子も文の林に入立てみちをもとむる世となりにけり　歌子

竹馬といふ子らもなしきそひあふ学ひすゝみに心のりつゝ　重嶺

ひらけゆく学の窓のをしへ草花さき匂ふ世と成にけり　久間楳翁

ふみ学ふみちやすなはち九重のくもゐにのほるはしと成らん　逸堂

竹馬の手つなはなれてうなゐ子もわけこそのほれうひの山口　容盛

からやまと広きをしへを片山のせはき里にも学ふ御代哉　広橋庭世

あさか山なにはつこえてとつ国の道もふみみむ足もとそこれ　塚原幹麿

うなゐらも国の光をそへむとて心をみかくものまなひして　柳漁

たか里も硯の海にうなゐらか千鳥の跡をきそはぬはなし　白井幸彦

網引する磯家の蜑の子らまても硯の海をあさる御代かな　美濃部楨

雲のゐる遠きたかねもふみそめてのほりはつへきはしたてそこれ　翠

まくさかるうなゐも今は道かへて文の林にあさる御代かな　吉村美充

百たらすいつゝの声をはしめにて学の道にきそふうなゐ子　高野春栖

女教師

時めけるこれやをしへの師なるらむをみなゝからも我は良なる　小俣景徳

外国語学校

こと国のことのはくさも朝にけにをしへの庭にいやしけりつゝ　美充

ことたまのさきはふ国のくに人のうつすにかたき物いひもなし　祐命

洋字

鳥のあと今かけたれん横はしる蟹なすもしそ多くなりゆく　雕

女学校

をとめらか手につくはねのそれよりも心高くや物学ふらむ　信立

いつかたも学ひの窓の女郎花をしへ草にそ立ましりける　広徳

華族学校

いかならんみかなりいてん白雲にまかふ高まか山さくら花　燕子

農学校

うきわさと思ひなすてそおこたらてくさきる小田のかへす〳〵も　雕

いやとみにいや富ゆかん大御代の大みたからの道もひらけて　千之

工学校

まなへ人たくみのわさも一すちにうつ墨縄のたゆみなくして　雕

洋学生

横にはふ蟹なすもしは学ふともなほき御国の道なわすれそ　重嶺

世のために蟹なすもしは学ふとも横はしりする人といはるな　高野文樹

女生徒

にくけなる姿な見せそ姫小松心はかりに雲をしのきて　祐命

紫のこそめの袴うちきつゝ靴ふみならしゆくは誰か子そ　千之

新聞紙

待てさく梅か香よりもうれしきはあしたの窓にひらく一ひら　小中村清矩

天のしたありのこと〳〵しられけりこや久延毘古のかみの一ひら　豊穎

朝ことにとりみるふみや久延毘古の神のみたまの伝なるらむ　年平

みかくれてすむへきことも耳敏川きくより早くかき流すらん　葆光

けふはまたきのふにかはることくさをかきあつめてもみするふみ哉　小林翠山

よしあしのなにはのこともふしのまに耳新らしくきく世也けり　逸堂

仮そめにう丶る日ことのもしさへもしけれる御世のをしへ草かな　蝸庵

新らしくまためつらしきことくさをめさまし草と朝なさなみる　近藤正郷

新聞記者

よきたねもあしかるたねもひろへるはみのなりはひをはかる也けり　柳漁

おほかたのす丶ろかたりはさもあらはあれわかさかしらをましへすもかな　容盛

読売新聞

島の跡をふむとはすれどよしあしもわかたすてよむ人も有㒵　春信

説　教

一すちにまもれいつ丶の常の道みつの教をはしめにはして　朝直

さきくさのみつのをしへを人とは丶た丶まこころのひとついはまし　文樹

人みなはこみちによらて一すちにみつの教をわすれさらなむ　則寿

大御世のめくみをみつのみをしへはいつ丶の道のしをり也けり　岩村すゑ子

ひとすちにまつ三筋よりときいて丶いともかしこき教なりけり　信立

神道大教院

高ひかるひゝやの殿は皇神のみちを弘むる名そいちしろき　最信

神道事務局

高ひかる日比谷の里のみつかきの神世にかへるふりそたふとき　大橋反求斎

照影

其まゝに人の姿をうつし絵は百代に千代につたへつゝみむ　松平慶永

今はたゝ筆のすさひも何かせんまことをうつす鏡ある世そ　行道

思ひきやかけをうつしてふたゝひときえぬ鏡の世にあらんとは　公紀

めのまへのことはさらてもありぬへし昔をうつす鏡なりせは　芳樹

姿こそ紙にかゝみにとゝめけれうつりかはるはこゝろ也けり　年平

今の世のいまのすかたもうつしおけ今を昔と見ん人のため　容盛

夫なからかゝみの影をとゝめおきて我はしなすの翁とそなる　千之

面かけをまさめにとむるうつしゑは千世にくもらぬ鏡也けり　由清

千はやふる神の心かいつはらぬ姿を世々にのこすうつしゑ　反求斎

うつしゑに心はなきをともすれは物問ふへくもおもほゆるかな　伊平

写しおかは消ん期もなきわか姿子の子の子まてあはんとすらん　信興

伝えこし筆もおよはし此ころのこれや誠の千世のうつしゑ　増山喜久子

みにくかる我そやさしきいたつらに面かけ写す鏡ならねは　仲

偽のなき世なりけりまことその影うつしとるかゝみおもへは　安邦

大君の御影をいかてをかまゝしこれの鏡にうつしとらすは　政養

おろかにも筆のすさみをたのみてき写せは消ぬ鏡ある世に　山田和秀
なき人も鏡にきえぬかけみれは誠あひたる心ちこそすれ　菊地日亮
くもりなき御代の恵みのたまものは写して消ぬかゝみ也けり　元　貫
かけのみかことはもかはすものならはこれの鏡に何かまさらむ　後藤伴平
まことそのかけうつしとるしわさ社ひらけゆく世の鏡なりけれ　長谷川安資
塵すゑぬかゝみにうつすみすかたは曇らぬ御代のこれそ大君　村田霊定
むかしよりこのわさあらは親の親の遠つ御祖に今もあはましを　大久保忠保

蝙蝠傘

ゆふへまつ名にはたかひてひるのまのてる日をさふるかはほりの傘　行　道
傘となり杖ともなりてはやくよりひらけゆく世の道しるへせり　最　信
かくはかり開けもゆくかかさすへきかさをも杖につく世と成ぬ　山田謙益
みやこ人さしつれてゆくきぬ傘に世のゆたけさもみえわたる哉　容　盛
夕まくれ飛ふかはほりの傘なれはてる日さゝへてすゝしかりけり　景　徳
中〳〵にくるれは杖とかはほりの名は日かけさすほとにそ有ける　弁　玉
雨はれしのちにとる手のわつらひを杖にかへたるこれの絹傘　文　樹
かさにさし杖にもつきてかはほりのかろく出たつ世こそやすけれ　近藤芳介

氷　売

冬氷市路にひさく声きけは夏をわするゝ心ちこそすれ　慶　永
むすほゝる心もとけてすゝしきはちまたにひさく氷也けり　行　道
ひと眠りさめてのゝちに氷うる声きくはかりすゝしきはなし　松平親貴

たへかたき今日の暑にあつ氷ひさく声さへすすしかりけり　美暢

市くらに氷をひさくあき人は夏を冬にもかふる也けり　柳漁

八ちまたにひさく氷は水無月のあつき日かけにかへんとやする　朝直

いにしへのつけのゝみつききえはてゝ夏も氷のたゆる日そなき　重嶺

夏の日も大路にひさく厚氷闘鶏野の翁見やとかむらむ　容盛

不尽のねの雪たにきゆる水無月のもちありきてもうる氷哉　葆光

氷室もる人はなき世となりにけり氷めせとて市にひさけは　景徳

あつしさもやかてわすれて涼しきはこほりや夏の薬なるらむ　久子

いか斗こゝろくたきて厚氷あつさわするゝものとなしけむ　伊平

氷もる器もともにすきかけのすゝしくみゆるいよ簾かな　蝸庵

市人の心くたきて夏の日のあつきをけつる氷なるらむ　逸堂

ひらけゆく君かめくみのあつ氷夏もうる世となりにける哉　三田花朝尼

こほりこそいく薬なれみな月のあつさになやむ人の為には　大塚尚

夏むしのうたかふこともとけてけり今や氷をひさく市人　忠保

煉化石室

みかゝれし玉のうてなと見えつるは瓦をつめる家ゐ也けり　葆光

あなあはれ飛騨のたくみの墨縄もふるさるゝ世と成にける哉　容盛

あらかねのつちを石ともやきなしてつくれる家は千代もくちせし　啓

瓦もて石なしつくるたかとのはよもかくつちのあらひやはある　文樹

はにをもてたてつらねたる家つくりこと国にこし心ちこそすれ　安資

真木はしら今は何せん埴やきて石なしつくる家もある世に　蔵田年雄
埴ねりて焼て石なしたゝみたるこのたかとのになゐふるなゆめ　藤巻重威
知らさりきつちもて家はつくれとも焼てかためてたつるたくみは　和　秀

寒暖計

天地のこゝろやこれにかよふらんさらすはしらし暑さ寒さを　季　知
時々のあつさ寒さもあらはれて目にみつかねの器あやしも　忠　敏
老の身にひとりしらるゝわたくしの寒さはかるもの無かりけり　小出粲
百たらす八十きたのほる水かねに今日の暑さのほとを社しれ　忠　保

玻璃窓

雨風はめにのみ見つゝ窓ことにさかりをきほふともし火の花　年　平
ふみ学ぶ窓くらからすなりしより蛍も雪もあつめさりけり　藤　光
とちしまゝもとのあらはに見る窓は雪ふる時そことにたのしき　信　立
冬の日も風寒からす窓の戸をとさしなからに雪を見る哉　雕

瓦斯灯

ともし火のかけもちまたにかゝやきぬ誰かはいはぬ明らけき世と　行　道
やみの夜もてりわたりつゝ道芝にこゝろの花もひらくともし火　増山三雪子
くれゆけはちまたにたてるともし火の光も御世の花とこそみれ　喜久子
ともし火の中ゆく道の一すちに賑ふすゑもくまなかりけり　年　平
降しきる雨に風にもうつらぬはちまたをてらすともし火の花　大脇譲翁
ひらけゆく道をうなかすともし火にちまたに迷ふ人なかり鳬　燕　子

天地のあやにくすしきことわりも世に明らけきかすのともし火　清生

君か代のこれもめくみそ八ちまたの闇のよてらすともし火のかけ　広微

ともし火にちまたは闇もなきものをくらきこころはなとかてらさぬ　重嶺

諸人にあかりをかすのともし火は明らけき世の恵み也けり　柳漁

ひらけゆく御世のさかりにさくものはちまたちまたのともし火の花　千之

ともし火の花の光もひらけたる御世のちまたの一くさにして　重時

立つゝく市のちまたのともし火はくまなき御世の光也けり　淡

あらかねの土の下はふともし火の明らけき世は道もまとはす　恒久

石脳油

かきりなくいつる油もあるものを老をやしなふ瀧は物かは　小原秀真

ともし火の赤き心をつくせ人あふらもあまたわき出る世そ　安邦

夜光る玉も何せん国もせにてらすは石の油なりけり　燕子

鉄橋

火にやけす水にもくちすいく代をかかけてさかえむ黒かねの橋　赤江橋賢

かけかふるわつらひをなみ黒かねの橋は国とむはしとこそなれ　大観

まかねなすかたくな人もひらけゆく世にわたすへきはしにさりける　淡

くち残る身を何にかはたくへまし橋てふはしのまかねなりせは　重嶺

難波津にくろかねをもてかけし橋よしあしかふるはしめとそきく　広徳

万代橋

もろ人に万代やすくわたれとていはほの橋はつくり初けん　柳漁

よろつ代の末みえわたるはしなれはめかねてふ名もおはせ初けん　信　立

巌もてたくみにかけしめかねはし動かぬ御世のさまそみえける　藤木福謙

杣人のしらぬかたしは敷たてゝ万代はしの名こそしるけれ　悦　静

年へてもいかてか折れむくちせぬを思ひかけたる万代のはし　恒　久

鎧　橋

ひらけゆく世のものゝふも忘るなと橋によろひの名をおほせけむ　反求斎

国　旗

くもりなき御世のしるしはおほかれと先あふかるゝ日の御はた哉　季　知

千代かけてくもる時なく久かたの朝日の御旗四方になひかむ　脇坂安斐

明らけき国の光は朝日さす雲のはたてに見えわたるかな　力石重遠

天津日のかけにそみゆる御恵もあまねき御代のしるし也けり　粲

煖　爐

冬の日もやぬちは春の心ちせりたつるけふりも軒に霞みて　信　立

魂かへすそらたきならぬ烟より世になき春も顕にけり　柳　漁

避雷計

ことわりをきはめし人のたくみにははたゝ神すらおよはさり梟　忠　保

喞　筒

たはやすく雨もふらせてかの岡のおかみのわさも世に開けゝり　柳　漁

今は世にふかき筒井の水までも人のこゝろにまかせぬはなし　千　之

浮標
いちしるし底のいくりもかくれ洲も沖津舟路のしら浪のうへに　貞薫
検震機
いかにしてはかりそめけむ天地の時もさためすうこくこゝろを　祐命
洋画
いかはかり心くたきてゑかきけむ筆のいろとり細やかにして　雛
活版
むかしたれかゝる桜木うゑそめてもしの林の世にしけるらむ　重遠
ひらけゆく道をふみゝる人さはにある世はもしもうゝる也けり　忠保
摺附木
仮そめの人のちからにいつる火を石にのみともおもひけるかな　歌子
石盤
難波津を石のうへにもかくみれはきのふの紙はあしといはまし　安邦
紙屋川よそにもなして石の上にかになす文字の横はしる哉　広微
いく千たひ拭ひてはかきぬくひてはかきもつきせぬもしの数々　三雪子
鳶被
とひかけり空にや見らむ人もまたわかむれなして翅そへつと　重時
雨ふらぬときにもおもふ雨ころもはるゝ日に飛鳥の名なれは　広徳
勿大小
あやしかる布にも有かなきる人のおもふかままにのひもちゝみも　安邦

断髪

束のまもたゝいたつらに過さしと髪も結はぬ人そおほかる　安資
結ひたてし髪のもとゝりきりはらひ神代のままにかへるけふ哉　逸堂
かきなてゝみれはきるにもたらさりき老の白髪さてや有なむ　容盛
いさわれももとゝりきりてかきなてん此国ふりの姿なからに　千之

廃刀

つるき太刀いつこの淵にしつみけんはかてすみ行世とはなりにき　跡見重敬
君か代の春そのとけき長刀さして花みる人しなけれは　柳漁
秋の霜消ての後はうちしをれさやく力もあらぬのらかな　宮崎幸麿

立憲政体

たてぬきのもとをさためてくれはとりあやもにしきもおり初にけり　加部厳夫

復古

神路山下りはてたる末にこそむかしにかへる道はありけれ　祐命
限あれは松の梢に霧はれてもとつ光にかへる日のかけ　伊平

廃藩

わたくしのへたてのまかきのこりなくむかしの道にかへりぬる哉　祐命

廃関

天の下あまねく君の臣なれは心へたての関の戸もなし　反求斎

元老院

いかし鉾いかて定めんもと末もかたふかぬ世とみゆるはかりに　芳樹

訓盲院

時にあへはみぬめのうらの浦人も玉ひらふへき道やしるらん　加藤安彦

病　院

いく薬よもきか島にゆかすして世にあまねきも御代のたまもの　千之

いく薬こゝにはこやの山なしてもとむることもやすき御世かな　信立

かしこきや大洗磯の神はかりみちたらひぬる御世にも有かな　容盛

起廃病院

昔より世に捨られしかたゐらをたすくる道もひらけくるかな　守孝

養育院

道のへにかたゐもあらすなりにけりよつのまつしき民をめくみて　重嶺

育種場

やしなひの道ひろこりてこと国の草木もなひく君か御代かな　明善

雅楽稽古所

耳にまてゆたけきみ世の聞ゆるか日ことに習ふ小琴ふえのね　忠保

横須賀造船場

そのわさをとく習ひえてみくに人こと国ふりの舟つくる也　磯平妻さよ子

王子製紙場

けかれたるかゝふのさいていつのまに清くましろき紙となりけむ　重嶺

器械製紙場

しらさりき草よりとるもあやしきをわらけさいての紙にならんとは　信立

東京書籍館

よろつ代の橋にまちかくしけりあふ文の林を誰もわけみよ　秀　真

植物園

植なへし木々はくさ〳〵ことなれと国のさかゆく根さし也けり　雕

富岡製糸所

日にそへて世もとみ岡にとるいとを細き手わさと誰かみるへき　淡

しらさりききのふもとりし糸なれとかくうるはしきけふのたくみを　年　雄

警視分署

八ちまたを守るつかさは磐兼の神をいさをにおとらさりけり　反求斎

巡　査

ぬは玉のよるひるたえすめくれとも猶しら波はたゝんとほりす　重　嶺

磯ならぬ一木の杖のいかにして打くたくらむ沖津しら波　柳　漁

しら波もあとやけつらむわたつみのうら〳〵かけてめくるみるめに　粲

たつさへし木つゑはかりをたのみにていそしむも猶君が御稜威そ　広　徳

徴　兵

さき守かかたのまよひのうさもなしをり〳〵ことの衣たまへは　重　嶺

練　兵

明らけくをさまれる世ものゝふはつねにいくさをならしのゝ原　慶　永

むかてなす足なみ見れはさま〳〵の人の心もひとつとそなる　伊藤成路

くろかねの玉のひゝきそとゝろけるけふ兵をならし野の原　逸　堂

心あひしみいくさおしのあし揃へひとつむかてのゆくかことみゆ　千　之

近衛兵

みくるまの右にひたりに馬なめてますらたけをの君うちまもる　忠　保

陸　軍

捧けつる御旗かしこみいつかたも向はん仇はあらしとそ思ふ　市川重胤

陸軍兵学校

物部の学ひの窓の剣太刀みかくも御代の光なりけり　粲

陸海軍

屍には草むし又はみつくともかへりみなせそ大君の為に　反求斎

海　軍

とりよろひいかしほ筒を備へたる艦にはよする仇波もなし　重　胤

海軍始

乗そむる舟もつはらにつはものゝうちつとひぬる波そしつけき　美濃部鶯一

軍　艦

いにしへの枯野のなこりほに出て千ふね百舟八島もる也　鶴　雄

灯明台

こと国の舟もいのちとたのむらん御代の光をみするともし火　貞　薫

さしてゆくあらき波路もやすけきは恵みも高きともし火の影　秀　真

敷そふもうれしかりけり舟人の命とたのむ磯のともし火　鶴　雄

佃島灯台

くもりよもみあてたかへす百船のつくたにたてるともし火の影　由　清

博覧会

ひらけたる御世にしあらすは国々のもの、くさくさひとめにや見む　公　紀

さま〳〵の道のしわさも月にまし日にひらけゆく君か御代かな　正　同

けふひと日富たる夢をみつる哉綾よにしきよ玉よこかねよ　容　盛

人の上もかくそあるらしなくともと思ふものこそ世にはおほけれ　千　之

思ひきやひらけゆく世になからへて有とあるもの広くみんとは　広　徳

とつ国をひと日にめくる心ちしても、ちよろつの物を社みれ　吉　菅

世にあらんかきりつとへるもの皆をみてこそす、め人の心も　重　胤

まのあたりみておこたりをくゆる哉いにしへ今の人の工みを　風間有則

宝てふたからにそへて外国の人にみせはやふしの神山　大　観

博物館

あるか中に先つ目につくは千とせあまりふるき昔のふみにそ有ける　容　盛

国立銀行

君か世の富るそしるき市にたにこかね山なすところ有けり　重　嶺

あつまなるよしのと人や思はましこかねの花しさくら也せは　千　之

円　金

四方の国ましはりまろき中なれはかとあるこかねなき世と成ぬ　長谷川一貫

造幣

天の下めくらすためとたからなすこかねしろかねまとかにやせし　信立

楮幣

紙屋川こかねの花をかきなかしと、こほらぬも御世のみいつそ　安邦

一ひらのかみのこかねにかはれるも誠ある世のしるし也けり　信立

民撰議院論

猶早しいなおそしてふあらそひにひらけかねたる民くさの花　庭世

洋教

親をおきて隣のをちなたふとみそいかにをしへはたくみ也とも　金田知明

あつさ弓やそのをしへは糸ならて人の心のよるそあやしき　信立

たまちはふ神の思頼をわすれつゝけしき教に迷ふ人もあり　反求斎

礼拝堂

たかとの、高きをしへかしらま弓ひかる、人のおほくも有哉　忠保

貿易

なりをうりあるをあたへてへたてなくむつまは人の国もはらから　伊藤寛

欧布

おのかきるたもとはせはくたちなからいとゆたかにもおれる布哉　柳漁

欧婦

こしほそのをとめは広き袴きて都大路をせはしとやゆく　景徳

遠つ人つまもくる世となりにけりおもへはあはれ松浦佐用媛　柳漁

欧　人

唐ころもたもとも裾もせはけれとものゝたくみの広くも有かな　重時

天の原星のはやしのきはみまてはかりえしこそくすしかりけれ　容盛

欧　花

目になれぬ花のさかりの色みてもその国人のたくみをそしる　譲翁

松葉牡丹

ときはなる松のみとりのふかみ草千世へて色のかはらすもかな　逸堂

洋　行

四方の海皆はらからと思ふ世はことくにさへも隣とちなる　鶯一

西洋医術

粟からにはしかれて社とこよべにくすしの業はつたへましけめ　容盛

外国交際

大洋も人の心をへたてねはうとき国なき世と成にけり　祐命

西洋料理

しかすかにわすれもはてぬ皇国ふり箸ほしけなる人も見え嵬　容盛

測　量

わたつみの千ひろの底もみゆる哉人の心のふかき工みに　歌子

巻烟草

からふりのしわさ習ふと馬の上にけふりくゆらし行は誰か子そ　容盛

筆算

八百日ゆく浜の真砂を一筆にかきかそへてもたかはさりけり　祐命

牛乳

たらちねのともしきちにもみとり子のうゑぬはうしの恵みなり鳧　信立

おのか名のうしとないひそなれか乳も人をやしなふ物と社なれ　明善

うしのちを母のほそ乳になしかへてや丶眠れるかあはれみどり子　杉山昌隆

製鉄

黒かねをけつるもきるも一すちの湯気のちからをわかつ也けり　逸堂

鉄道

往かへり車もとしや鉄のみちある時にあへるたひ人　由清

まかねもて道こそつくれ剣太刀さやにをさまるみさかりの世は　盛愛

望遠鏡

遠めかねかへしてみれはわかやとの庭も千里の外の海山　千之

ゐなからに千里のをちもみゆるかなこや久延彦の神の物さね　容盛

種痘

おのつからやむを待子らあらぬ世はもかさの神やすみかなからむ　一貫

あやふきにのそみてうしといはんより安きにかはる種をうゑなん　信立

空蟬の人のしわさと成しよりもかさの神は跡たにもなし　柳漁

重荷をはおはせしものと小車のかろきかたにも引うつす哉　逸堂

紅の梅の花かと見ゆはかりうゑしもかさの色のよろしさ　昌隆

牛肉

世におそき心なれはやきのふまてくふをうしとは思ひたりけん　恒久

肉店

生るをは放つもあるをほふるさへうしと思はぬこれのなりはひ　春信

男女同権

をみなへし尾花とふたつあらそは丶いつれかかみにた丶んとすらむ　重嶺

もろ声にあしたつけなはにはつ鳥雌雄はすかたの名のみならまし　淡

庭つ鳥き丶す山鳥そをみてもめはおのつからいやしからすや　海老名由道

よしの川よしや名こそはかはるとも妹背は同し山にそ有ける　信立

おなしとは誰かいふらん鳥すらも牝鳥は時をつけぬ也けり　柳漁

いつれをかわきておもしとさたむへきおなし波間にうかふ鴛鴦　雕

太まにの御うらまさしく定まりし女男のことわりいかてたかはむ　容盛

二並のつくはの山は天地のはしめになれるすかたなりけり　葆光

久堅の天のみにしてあらかねのつちしあらすは物ならめやも　千之

妹とせの名こそはかはれよし野川よしあしわかぬ山そこの山　広徳

自主自由

高とのにすむも心のま丶ならむ富たにすれは身はひく丶とも　信立

位山高きも春の花にふして低きも秋の錦をそきる　中山立恭

翻訳書

横さはふ蟹のあしての跡とめて道しるへする浜千鳥かな　秋香

天理

もえのほり流れて下る火も水も神の定めし道はたかへす　豊穎

究理

あらかねの地の動くを天つ日のめくるとのみも思ひけるかな　燕子

地球

天の下国はかす〳〵わかるれとおもへは地はひとつなりけり　柳漁

御柱をめくりし神の跡とめて今もよとまぬこれの国土　畑田真幹

をとめ子かつくや手まりの形なすとをはたみそと国かそへつゝ　翠

地球儀

天地のかきりきはめしうつはみれは人のさとりそ尊とかりける　尚

天長節

千万とたれかいはゝぬ天つ日のみこのみことのあれまし、日を　佐々木秀禎

天津日の御はたかゝけて大君のあれまし、日を祝はぬはなし　茂雄

とこしへにほきまつらはや今ませるあきつ御神の生れまし、日を　信立

天津日の御旗かゝけて年ことに君かみかけをあふくけふかな　景徳

誰もみなかはらさるらん大君のあれまし、日を祝ふ心は　尚

府県会同

津のくにのなにはのことも民の為よしあしわくるつとひ也けり　松田美政

墨水行幸

宮人にとはれし鳥のたくひかは花はみゆきも待えたりけり　重威

開　拓

荒野らも田はたとなりて木の芽つみ苗とりとりに民そ賑はふ　山田真幸

和　魂

諺に身を捨て丶こそうかふ瀬のあれとは深きやまとたましひ

開明日新

山の井の浅き学ひそなけかる丶日に〳〵もののすゝみ行世に　真　幸

京都歌舞練場

まひうたふ姿をみれは久かたの天つをとめもおよはさりけり　忠　保

僧侶妻帯

しらさりきさかのをしへのさかさまにいもせの山をふみ分んとは　正　文

鵜鳥猟

うからすとたれか思はむ猟夫をらか音にひかりする筒のひゝきを　葆　光

室内銃

みたれむをわすれぬ御世はかり初のたはわさたにも昔には似ぬ　柳　漁

新　都

うへしこそ都しめけれ神代よりつたはるみつの宝田の里　芳　樹

避暑休暇

おのかし丶暑さけんとはこね路に湯浴するはた君かたまもの　明　善

幸遇開明世

雲わけて空ゆく舟もある御代にひらけぬは我心なりけり　芳　樹

日曜日

花もみちきそふあたりはにきはひてつかさつかさそけふは淋しき　文樹

馬くるま都大路のにきはひを思へはけふはみゆるしの日そ　和秀

洋犬

わきまへて人のわさする犬みれはをしへによらぬ物なかりけり　柳漁

権妻

くらゐ山高ねの松に咲にほふ藤はいかなるえにしなるらむ　福住正兄

文化日新

時は今日いつる国の名もしるくほから〳〵と明るしのゝめ　千之

士族

からかさのほねはかふとも道のへに落たる紙のくつはひろはし

士族帰農

弓矢をは小田のかゝしにまかせつゝ鍬とる身こそ心やすけれ　伊平

あはれわか世にへしほとはこの馬にあら田ふませむものとやはみし　祐命

士族商法

あなうしのしゝをやうらん武士の世にあき人となりし身の果　忠敏

あき人の物うる道はしらま弓思ひいれともあたやのみして　柳漁

士族引車

人の世は飛鳥川かも小車をせにかへてひく身とはなりにき

廃　官

すてられて国の為とやなりぬらむ君にむくゆるいさをなき身は　信　立

幼稚園

二葉よりをしへのみちにやしなはゝことなる花の実をや結はん　秀　真

うなゐ子か学ひの窓にことのはの花さく春を待やたのしき　明　善

母のひさまきてねし子もおのつからねひて見ゆるや教なるらん　容　盛

ふたはより生したてんと添竹の直きにならふやまとなてしこ　楳　翁

馬車退庁

わきも子にかへりくるまをまたせしの心のこまもかけやそふらん　祐　命

新進貴官

臣の子のよみほこらひし氏文もまきてをさめむ世と成に毘　容　盛

汽船出港

石炭のけふり色こく成にけりせとの大船今かいつらむ

地租改正

今よりは畔のあらそひなからまし小田のさかひもまきれなくして　柳　漁

新平民

みなもとは同し筋なる横なかれ濁ると人の何思ふらむ　山田　倬

葦原のおなしくぬちにおひ出し青人くさを何いとひ剣　信　立

家禄奉還

へをなしにこふしにすゐしはしたかを雲ゐに高くはなつ狩人　千　之

奉還金

二十日草はつかに富はえたれども散果けりなみにならすして　柳漁

禄　券

うりもせすかひもせすしてえし玉の有にまかせて我はありなん　千之

大和杖

これや此倭こゝろのやまと杖わかき人こそつくへかりけれ　柳漁

斜扉門

時めきし人のすみかとしられけりかたさかりなる門の扉は　千之

賞勲牌

日のあやをそらひにおひて国の為尽しゝいさを今そかゝやく　雕

日のもとの光を首にかけまくもかしこき君の恵みなる哉　反求斎

貸座敷

うかれ女にやどかす人に事とはむかれも真心ありやなしやと　春信

まれ人がひと夜かりねのあた枕かす世わたりもあはれ夢のま　最信

娼家写真

人心うこかは動けうこくともいたつらならぬこれの写しゑ　柳漁

隠　売

ひかれてはゆきの姫松しをれけりかくれたるより顕にけむ　幸麿

親といふ道をはふまて中々にわか子をやみにまとはする哉　柳漁

徽毒検査

なりあはぬ所あらはす妹よりもなりあまれるかみるやくるしき　詠者未詳

皆人にきすあらせしと毛を吹て疵をみる世も嬉しからすや　千浪

くるしきはいつれまされる玉手箱あけてみる身と明らるゝ身と　信立

穴かしこ草むす谷の奥までも御世の光のおよひける哉　柳漁

剣太刀さやかに見つゝ毛を吹て疵なき玉を拾ひける哉　葆光

娼妓解放

いとゆふのほたしとけぬることしより花やわか世の春をしるらん　祐命

つなかるゝほたしのかれて広き野をおのかまにまに遊ふ駒哉　朝直

招魂社

いさましくはたあはれ也国の為とふ火ときえし玉のやしろは　信立

神にさへいつけるみれはそのかみの烟はまことそらたきにして　柳漁

その魂は国のまめ人君か為命捨ても名こそすたらね　重胤

国の為とふ火ときえしますらをの玉祭るてふ御世そかしこき　明善

臨時招魂祭

まねかれてよりくる玉も見ゆはかりまつりの庭になひく旗の手　容盛

魯土戦争

とつ国といひてあらやめ立つゝく煙にかれしあはれ人草　清矩

徒　罪

大船のつくたによりて流れ木も世に立かへる時や待らむ　歌子

徴　役

しこ草もかりて捨ぬは天地にかはれる御世の恵み也けり　柳　漁

くれなゐのつゝ袖衣きたりとも赤き心をわするなよ人　鶯　一

墨水流灯

すみた川すむ鳥まねふ灯火も暑さを流すすさひ也けり　由　清

波のよるはともし火あかき都鳥はしとあしたやきえんとすらん　野村松月

すみた川流すともし火影とめて人のこゝろのよる瀬なりけり　松の門三草子

一すちにおもひつらねて都鳥たか為夜たゝ身はこかすらん　豊　穎

琉球藩

さつまかた遠くわたりて君か世の都に身をもおき縄の人　忠　保

＊〈初出〉

『開化新題歌集』（金花堂　明治11・11）

〈資料文献〉

『現代短歌大系』第一巻（河出書房　昭和27・8）

新体詩抄（抄）

外山正一・矢田部良吉・井上哲次郎　全撰

新体詩抄序

唐の横町の毛唐人が云ふにハ「大凡物不レ得二其平一則鳴、艸木之無レ声、風撓レ之鳴、水之無レ声、風蕩レ之鳴、」云云「人之於レ言也亦然、不レ得レ己而後言、其歌也有レ思、其哭也有レ懐、凡出二乎口一而為レ声者、其皆有二弗レ平者一乎」と我邦にも長歌だの三十一文字だの川柳だの支那流の詩だのと、様々の鳴方ありて、月を見てハ鳴り、雪を見てハ鳴り、花を見てハ鳴り、別品を見てハ鳴り、矢鱈に鳴りちらすとも、十分に鳴り尽すこと能ハず、何んとなれバ、古来長歌を以て鳴れるものなきにあらねども、こハ最と稀なることにして、殊に近世に至りてハ、長歌ハ全く地を払へる有様にて事物に感動せられたる時の鳴方ハ皆三十一文字や川柳や簡短なる唐詩と出掛け実に手軽なる鳴方なれバなり、蓋し其鳴方の斯く簡短なるを以て見れバ、其内にある思想とても又極めて簡短なるものたるハ疑なし、甚だ無礼なる申分かハ知らねども三十一文字や川柳等の如き鳴方にて能く鳴り尽すことの出来る思想ハ、線香烟花か流星位の思に過ぎざるべし、少しく連続したる思想、内にありて、鳴らんとするときハ固より斯く簡短なる鳴方にて満足するものにあらず又唐風の詩を作り稍〻長〳〵と鳴るもの、近来世間に尠しとせざれども抑も詩と云ふものハ其意味も固より大切なれども、其音調の良否も、又甚だ大切なり、夫れ変則者流の漢学者の唐詩を作るや、固より平仄てふものありて其詩たる一通りハ、音律に叶ひたることハ、万々疑なしと雖も、芥子坊主をして、之を吁鳴ら志めたらんにハ果して心地よき音調のものなるか、将た破鍋を雷木にて叩くが如きものなるかハ、未だ知るべからず、蓋し日本人に取りてハ支那流の詩ハ、恰も瘂の手真似、若くハ操人形の手踊の如きものなり、瘂に生れずして、瘂の真似をなし、人と生れて、人形の真似をするもの、又惘まざるべけんや、そこで我等ハ連続したる思想、内にある訳にもあらず心地よき音調を以て能く鳴ることの出来るものにもあらねども、全く三十一文字や堅くるしき唐詩の出来ざる悔しさに、何か一つと腕組志たれど、やはり古来の長歌流新体などゝ名を付けるハ付けたが、矢張自分免許の鼻高で、あたら西詩を惜げなく、訳も分らぬ文句以て、訳したものや、尚ほ拙な、をのが、ものせる長文句、能〳〵見れバ、

新体と名こそ新に聞ゆれど、
やはり古体の大仙の法螺、

法螺と知りつゝ古を、我よりなさん下心、笑止とこそハ云ふべけれ、法螺ハ我より始まれる、ものにあらぬハまだしもぞ人のなさゞることゝてハ、仮令へ法螺でもなきぞかし、唯々人に異なるハ人の鳴らんとする時ハ、志やれた雅言や唐国の、四角四面の字を以て、詩文の才を表ハすも、我等が組に至りてハ、新古雅俗の区別なく、和漢西洋ごちやまぜて、人に分かるが専一と、人に分かると自分極め、易く書くのが一ッの能見識高き人たちハ、可笑しなものと笑ハゞ笑へ、諺に云ふ、蓼食ふ虫も好き〴〵なれバ、多くの人の其中にハ、自分極の我等の美学を賛成する馬鹿なしとせず、安んぞ知らん我等のちんぷんかんの寝言とても遂にハ今日の唐詩の如く人にもてはやさるゝことなきを、穴賢、

明治十五年五月　　　ゝ山仙士外山正一識

凡例

一均シク是レ志ヲ言フナリ、而シテ支那ニテハ之ヲ詩ト云ヒ、本邦ニテハ之ヲ歌ト云ヒ、未ダ歌ト詩トヲ総称スルノ名アルヲ聞カズ、此書ニ載スル所ハ、詩ニアラズ、歌ニアラズ、而シテ之ヲ詩ト云フハ、泰西ノ「ポエトリー」ト云フ語即チ歌ト詩トヲ総称スルノ名ニ当ツルノミ、古ヨリイハユル詩ニアラザルナリ、

一和歌ノ長キ者ハ、其体或ハ五七、或ハ七五ナリ、而シテ此書ニ載スル所モ亦七五ナリ、七五ハ七五ト雖モ、古ノ法則ニ拘ハル者ニアラズ、且ツ夫レ此外種々ノ新体ヲ求メント欲ス、故ニ之ヲ新体ト称スルナリ、

一此書中ノ詩歌皆句ト節トヲ分チテ書キタルハ、西洋ノ詩集ノ例ニ倣ヘルナリ

一詩歌ノ初メニ往々序言ヲ附スルハ嘗テ新聞雑誌ノ類ニ掲ゲタル者ニテ、其事頗ル詩学ニ関係アルヲ以テ復タ之ヲ此ニ掲ゲ、敢テ其煩ヲ厭ハズ、看官幸ニ之ヲ諒セヨ、

明治十五年五月　　　編者識

グレー氏墳上感懐の詩

山々かすみいりあひの　鐘ハなりつゝ野の牛ハ
徐に歩み帰り行く　耕へす人もうちつかれ
やうやく去りて余ひとり　たそがれ時に残りけり

四方を望めバ夕暮の　景色ハいとゞ物寂し
唯この時に聞ゆるハ　飛び来る虫の羽の音
遠き牧場のねやにつく　羊の鈴の鳴る響

猶其外に常春藤しげき　塔にやどれるふくろふの
近よる人をすかし見て　我巣に寇をなすものと
訴へんとや月に鳴く　いとあハれにも声すなり

かしこには楡又こゝに　あらゝぎの木ぞ生茂る
其下かげにうづだかく　苔むす土の覆ひたる
壙に埋まれこの村の　古人長く打眠る

のきの燕もにハとりも　木魂に響く角笛も
あさぼらけにぞなりぬれバ　かまびすしくハありつれど
冥土の人の眠をバ　覚すことこそなかりけれ

死にたる人のはかなさよ　身を暖むる爐火も
妻のよなべも誰が為めぞ　愛るわらべがかたことに
爺の帰りをよろこびて　小膝にすがることもなし

曾てこの世に居し時ハ　麦も小麦も其鎌に
山もはたけも其くはに　手荒き馬も其むちに
繁れる森も其斧に　まかせて君が儘なりき

功名とても浮雲の　過るが如きものなれバ
この古人の世の益と　ほねをりするも不運をも
わびしき妻子の暮しをも　笑ふべきにハあらずかし

富貴門閥のみならず　みめうつくしきをとめごも
浮世の栄利多けれど　いつか無常の風ふかバ
草葉の露もおろかなり　黄泉に入るの外ぞなき

苔にうもれし古人ハ　墓場の上に寺をたて
あたりまバゆき屋の内に　頌歌の声に合すなる
楽器の音を聞ずとも　身の不徳とな思ひそよ

ひつぎ肖像美を尽し　人の尊敬多くとも
ひとたび絶えし玉の緒を　つなぎとむべき術ハなし

へつらふ人のほめ言も　長き眠ハ覚すまじ

考へみれバ廃れたる　此古墳の古人も
世にすぐれたる量ありて　国を治むる徳を具し
詩文の才も多けれど　あらはれずして失せける歟

学びの海ハ広けれど　わたる船路を知らざれバ
心の性ハ賢きも　身ハ賤しくて貧なれバ
世のほまれをバ聞かずして　空しく鄙に終りけり

深き水底求むれバ　輝く珠も有るぞかし
高き峯をバ尋ぬれバ　かをる木草の多けれど
千代の八千代の昔しより　人に知られで過ぎにけり

実に此墓に埋もれて　業ハおとるもハムデンに
詩ハ拙くもミルトンに　国に軍を挙ずとも
クロムエルにも比ぶべき　人のかバねやあるならん

議院の議士を服さしめ　人のおどしも外に見る
国の安危を身に委ね　高き誉望を民に得る
此等のわざハおしなべて　古人何ぞあづからん

恵みハひろく及ばねど　又常々のふるまひに
不徳もいとゞ少なしや　人を殺して王となり
民をなやめて利をあみす　夢にもみまじさることハ

まことをかくすそら言に　恥るを忍ぶ心の苦
且つ巧なる詩文もて　富貴に媚る世のならひ
是ハ都の弊なれど　未だ此地に及ぼさず

此処に生れて此処に死に　都の春を知らざれバ
其身ハ浄き蓮の花　思ひハ清める秋の月
実に厭ふべき世の塵の　心に染みしことぞなき

されど収めしなきがらの　しるしの為と側近く
建し石碑ハ今もあり　文ハ拙く彫りざまハ
醜しとてもたび人の　憐を争で惹かざらん

碑面にえれる名に年齢に　記しゝ文字ハ拙くも
記念の功ハ有ぞかし　又有がたき経文の
文句を引きてえりたるハ　人に無常を諭す為め

蓋し此世に生れ来て　程なく死るその時に
別れの惜しきこともなく　浮世の花の栄をバ

心の外に打捨てゝ　去り行く人ハなかるべし

眼の光り止むときハ　恋しかるらん身のやから
たましい体を去るときハ　いたく慕はん妻子ども
たとひ焼くとも埋むとも　人の思ひハ消えハせじ

偖又此に古人の　いハれハ書けど余とても
いつか帰らぬ旅にたち　過ぎ行く後ハ世の人の
如何せしやと思ひやり　たづぬることも有るならん

しからん時ハ此さとの　頭に霜を重ねたる
老人斯くぞ曰ふならん　我儕ハ彼れが朝早く
昇る旭を見バやとて　岡に登るを常に見き

又彼処なる川ばたの　枝伸び垂れし山毛欅の木の
わだかまりたる根の側に　身を横たへて昼いこひ
流るゝ水に打臨み　其常なきをかこちけん

又彼処なる常葉木の　木立の下にさまよひて
かしら傾けうでを組み　知る人なさの歎かしさ
とゞかぬ恋の口惜しさ　世のうさ抔をかこちけん

さるにひと日ハ彼の人を　慣れし岡にも樹陰にも
絶て見ることなかりけり　其翌朝になりぬれど
野にも森にも川辺にも　身をバ現ハすことぞなき

又其次の朝ぼらけ　屍送る歌きけば
まさしく彼の為めなりき　君ハ字を知る人なれば
彼の山樝の陰にある　碑文を読みて識りたまへ

碑文

土に枕しこの下に　身をかくしたる若人は
富貴名利もまだ知らず　学びの道も暗けれど
あはれ此世を打捨て　あの世の人となりにけり

仁恵深き人なれば　天も憫み報いけり
憂き人見れバ涙ぐむ　(外に詮すべなき故に)
ひとりの友のありしとよ　(外に望みはなかるらん)

これより外に此人の　善し悪し共になほ深く
尋るとても詮ハなし　たましひ既に天に帰し
後の望みをいだきつゝ　神にまぢかく侍るなり

抜刀隊

、山仙士

我ハ官軍我敵ハ　天地容れざる朝敵ぞ
敵の大将たる者ハ　古今無双の英雄で
之に従ふ兵ハ　共に慓悍決死の士
鬼神に恥ぬ勇あるも　天の許さぬ叛逆を
起しゝ者ハ昔より　栄えし例あらざるぞ
敵の亡ぶる夫迄ハ　進めや進め諸共に
玉ちる剣抜き連れて　死ぬる覚悟で進むべし

皇国の風と武士の　其身を護る霊の
維新このかた廃れたる　日本刀の今更に
又世に出づる身の誉　敵も身方も諸共に
刃の下に死ぬべきぞ　大和魂ある者の
死ぬべき時ハ今なるぞ　人に後れて恥かくな
敵の亡ぶる夫迄ハ　進めや進め諸共に
玉ちる剣抜き連れて　死ぬる覚悟で進むべし

前を望めバ剣なり　右も左りも皆剣
剣の山に登らんハ　未来の事と聞きつるに
此世に於てまのあたり　剣の山に登るのも
我身のなせる罪業を　滅す為にあらずして
賊を征伐するが為　剣の山もなんのその
敵の亡ぶる夫迄ハ　進めや進め諸共に
玉ちる剣抜き連れて　死ぬる覚悟で進むべし

剣の光ひらめくハ　雲間に見ゆる稲妻か
四方に打出す砲声ハ　天に轟く雷か
敵の刃に伏す者や　丸に砕けて玉の緒の
絶えて墓なく失する身の　屍ハ積みて山をなし
其血ハ流れて川をなす　死地に入るのも君が為
敵の亡ぶる夫迄ハ　進めや進め諸共に
玉ちる剣抜き連れて　死ぬる覚悟で進むべし

弾丸雨飛の間にも　二ツなき身を惜まずに
進む我身ハ野嵐に　吹かれて消ゆる白露の
墓なき最後とぐるとも　忠義の為に死ぬる身の
死て甲斐あるものならバ　死ぬるも更に怨なし
我と思ハん人たちハ　一歩も後へ引くなかれ
敵の亡ぶる夫迄ハ　進めや進め諸共に
玉ちる剣抜き連れて　死ぬる覚悟で進むべし

我今茲に死ん身ハ　君の為なり国の為

捨つべきものハ命なり　仮令ひ屍ハ朽ちぬとも
忠義の為に捨る身の　名ハ芳しく後の世に
永く伝へて残るらん　武士と生れた甲斐もなく
義もなき犬と云ハるゝな　卑怯者となそしられそ
敵の亡ぶる夫迄ハ　進めや進め諸共に
玉ちる剣抜き連れて　死ぬる覚悟で進むべし

社会学の原理に題す

ゝ山仙士

宇宙の事ハ彼此の　別を論ぜず諸共に
規律の無きハあらぬかし　天に懸れる日月や
微かに見ゆる星とても　動くハ共に引力と
云へる力のある故ぞ　其引力の働ハ
又定まれる法ありて　猥りに引けるものならず
且つ天体の歴廻れる　行道とても同じこと
必ず定まりあるものぞ　又雨風や雷や
地震の如く乱暴に　外面ハ見ゆるものとても
一に定まれる法ハあり　野山に生ふる草木や
地をハふ虫や四足や　空翔けりゆく鳥類も
其組織より動作まで　都て規律のあるものぞ
又万物ハ皆共に　深き由来と変遷の
あらざる物ハなきぞかし　鳥けだものや草木の
別を論ぜず諸共に　親に備ハる性質ハ
遺伝の法で子に伝へ　適するものの栄ゑゆき
適せぬものハ衰へて　今の世界に在るものハ
桔梗かるかや女郎花　梅や桜や萩牡丹
牡丹に縁の唐獅子や　菜の葉に止まる蝶てふや
木の間囀る鶯や　門辺にあさる知更鳥や
雲居に名のる杜鵑　同じ友をバ呼子鳥
友を慕ひて奥山に　紅葉ふみわけ啼く鹿や
訳も分らで貝の音に　追ハれてあゆむ牛羊
羊に近き猿ハまだ　愚なことよ万物の
霊とも云へる人とても　今の体も脳力も
元を質せば一様に　一代増に少しづゝ
積みかさなれる結果ぞと　今古無双の潤眼で
見極ハめたるハこれぞこれ　アリストートル、ニウトンに
優すも劣らぬ脳力の　ダルウヰン氏の発明ぞ
これに劣らぬスペンセル　同じ道理を拡張し
化醇の法で進むのハ　まのあたりみる草木や
動物而已にあらずして　凡そありとしあるものハ
活物死物夫而已か　有形無形夫〳〵の
区別も更になかりしを　真理極めし其知識
感ずるも尚あまりあり　されバ心の働も

思想智識の発達も　言語宗旨の改良も
社会の事も皆都て　同じ理合のものなれバ
既にものせる哲学の　原理の論ぞ之に次ぐ
生物学の原理やら　心理の学の原理をバ
士台となして今更に　社会の学の原理をバ
書にものさる、最中ぞ　此書に載せて説かる、ハ
そも社会とハ何ものぞ　其発達ハ如何なるぞ
其結構に作用に　社会の種類如何なるや
種族と親と其子等の　利害の異同如何なるや
男女の中の交際や　女子に子供の有様や
取扱の異同やら　種々な政府の違ひやら
違ひの起る源因や　僧侶社会のある故や
其変遷の源因や　儀式工業国言葉
智識美術や道徳の　時と場所との異同にて
遷り変りて化醇する　其有様を詳細に
論述なして三巻の　長き文にぞせらるべき
最とも目出度き美学にこそ　既に出でたる一巻を
読たる者ハ誰ありて　此書を褒めぬ者ぞなき
実に珍敷しき良書なり　社会の事に手を出して
何から何とせハをやく　責任重き役人や
走り書きやらから志やべり　舌も廻ハらぬくせにして
天下の事ハ一と飲みと　法螺吹き立て、利口ぶる
新聞記者や演説家　此書を読みて思慮なさバ
人をあやまる罪とがの　少しは減りもするならん
月日の事や星の事　動植物や金属や
夫等の事ハさて置きて　凡そ天下の事業ハ
畳一枚させバとて　足袋を一足縫へバとて
長の年月年季入れ　寐る眼も寐ずに習ハねバ
出来る事にハあらざるに　独り社会の事計り
年季も入らず学問も　するに及バぬ訳なれば
新聞記者や役人と　成るハ最と最と易けれど
か様な者が多ければ　忽ち国に社会党
尚ほ恐ろしき虚無党の　起るハ鏡に見る如し
揉めに揉めたる其上句　虻蜂取らずの丸潰れ
秩序も建たず自由なく　泥海にこそなるべけれ
再び浪風静まりて　大平海と成る迄ハ
百年足らず掛らんハ　革命以後の仏蘭西の
有様見ても知れたこと　そこに心が付きたらバ
妄に手出しする勿れ　妄に志やべること勿れ
広き世界の其中に　恐るべきもの多けれど
盲目同士の戦に　越したるものハあらぬかし
覡ひきまらぬ棒打の　仲間入りこそあやふけれ
今の世界ハ旋風　烈しく旋る時なるぞ
烈しき中へつい一寸　絡き込まれたら運の尽

足も裾ハらず瞑眩き　　頭ハいとゞぐら付きて
ぐる〳〵と廻ハされて　　すき間もあらず廻ハされて
上句のハてハ空中へ　　絡き上げられて落されて
初て悟る其時ハ　　早遅蒔の辣椒
後悔先きに立ぬなり　　颶風烈しく吹く時ハ
其吹く中へ過ちて　　船を入れぬが楫取の
上手とこそハ云ふべけれ　　政府の楫を取る者や
輿論を誘ふ人たちハ　　社会学をバ勉強し
能く慎みて軽率に　　働かぬやう願ハしや

＊〈初出〉
『新体詩抄』（丸屋善七刊　明治15・8）
〈資料文献〉
『明治文学全集60　明治詩人集㈠』（筑摩書房　昭和47・12）

《付記》各作品の本書への収載にあたり、原則として漢字を新字体に改めた。

協力　田口真理子・今福ちひろ

文学年表(明治元〜二〇年)

凡例

一、作品の記載および作品名は原則として初出時によった(ただし、単行本の場合は初版)。
二、作者名は初出時にこだわらず、一般的に知られている名前とした。
三、雑誌の創刊については終刊年についても(〜)で示すように努めた。
四、漢字は原則として新字体に改めた。
五、年表の作成にあたっては『現代日本文学大年表(明治篇)』(久松潜一編 明治書院 一九六八・五)、『日本近代文学年表』(小田切進編 小学館 一九九三・一二)、『近代文学年表』(年表の会編 双文社出版 一九八四・四)、『日本近代文学を学ぶ人のために』(上田博・木村一信・中川成美編 世界思想社 一九九七・七)ほか、多くの文学史、年表類を参考にした。
六、なお、本年表作成は、田口真理子が担当し、瀧本和成が監修した。

年代	明治元(1868)年
小説・戯曲	1月 薄緑娘白波(仮名垣魯文・青盛堂刊)(〜4年)〔全8編〕 月未詳 厚化粧万年島田(二代為永春水・紅英堂刊)(〜7年) 室町源氏胡蝶巻 第一三編(高畠藍泉、条野採菊・紅英堂刊)(〜15年)〔全26編〕 白縫譚 第56・57編(柳下亭種員、二世柳亭種彦、柳水亭種清・菊寿堂刊)(〜18年)*第63〜90編は柳水亭種清 児雷也豪傑譚 第43編(柳水亭種清・甘泉堂刊) 春色玉襷(条野採菊・文鱗堂刊)〔全3編〕
詩歌	1月 歎涕和歌集(宮地維宣編・刊)〔全4編〕 4月 殉難前草(城兼文編・文正堂刊) 殉難後草(城兼文編・青雲閣刊) 10月 興風集(久坂通武・松下村塾) 12月 蓮月式部二女和歌集(大田垣蓮月、高畠式部・金屏堂刊)
評論・随筆など	3月 西洋経済小学 上・下(イリス、神田孝平訳)*「経済小学」(慶応3年)の再版 7月 立憲政体略(加藤弘之・谷山楼刊) 訓蒙 究理図解 上・中・下(福沢諭吉・慶應義塾刊)
文壇・政治・社会	1月 王政復古の大号令が出される 戊辰戦争起こる 2月 「中外新聞」創刊(〜6月) 「太政官日誌」創刊(〜10月) 3月 五箇条の御誓文発布 4月 徳川慶喜、江戸城を明け渡し水戸に幽居 「江湖新聞」創刊(3日〜5月22日) 「もしほ草」創刊(〜3年3月) 5月 上野彰義隊の乱 7月 江戸を東京と改名する詔書を出す 8月 会津藩白虎隊、飯盛山で自刃 9月 明治と改元、一世一元の制を定める (没)二世柳亭種彦、寺門静軒、大隅言道、橘曙覧 (生)清水紫琴、内田魯庵、山田美妙、徳富蘆花、北村透谷、三宅(田辺)花圃

明治2（1869）年	明治3（1870）年
1月 誠忠義士 烈女銘々伝（条野採菊・文永堂刊） 七不思議葛飾譚 第10編（二世柳亭種彦・紅英堂刊）〔全10編〕＊初編元治元年～ 7月 戯曲 吉様参由縁音信（河竹黙阿弥・中村座初演） 8月 戯曲 桃山譚（河竹黙阿弥・市村座初演）	1月 柳蔭月朝妻 初編（条野採菊・紅英堂刊）（～5年）〔全6編〕 金花七変化 第27編（鶴亭秀賀・金松堂刊） ＊第28編以下は仮名垣魯文 北雪美談 時代加賀見 第40～48編（為永春水・若林堂刊）（～16年）〔全48編〕＊初編安政3年 9月 万国航海 西洋道中膝栗毛 初編（仮名垣魯文・万笈閣刊）（～9年3月）〔全15編30冊〕＊12編以降総生寛
4月 殉難遺草（城兼文編・文正堂刊） 6月 殉難続草（城兼文編・文正堂刊） 平野国臣歌集（平野国臣・柏原屋刊） 8月 頭書大全 世界国尽（福沢諭吉・慶応義塾刊）〔全6冊〕	4月 海人の苅藻（大田垣蓮月・辻本仁兵衛刊） 9月 沖縄集（宜野湾朝保編・相屋九兵衛刊）
1月 蘭学事始（杉田玄白・杉田鶚廉刊） 匏庵十種（栗本鋤雲・九潜館刊） 4月 交易問答 上・下（加藤弘之・谷山楼刊） 12月 西洋聞見録 前編（村田文夫編述・井筒屋勝次郎外刊）＊後編4年1月	7月 真政大意 上・下（加藤弘之・谷山楼刊） 10月 西洋事情 2編（福沢諭吉・尚古堂刊） ＊1編慶応2年初冬 11月 西国立志編（スマイルス、中村敬宇訳・木平謙一郎蔵刊版・静岡本屋市蔵・東京須原屋茂兵衛外刊）（～4年7月）〔全13編11冊〕＊「自助論」の訳 月未詳 西洋紀行 航海新説（中井桜洲・万笈閣刊）
1月 東京丸屋商社（丸善の前身）創業 2月 新政府、小学校設立を奨励 新聞紙印行条例、民間新聞の発行許可制定 開成所を大学南校、医学校を大学東校と命名 3月 東京遷都 「六合雑誌」創刊 5月 榎本武揚ら五稜郭の戦いに敗れ降服、戊辰戦争終る 「俳諧新聞誌」創刊 6月 版籍奉還、二七四名の旧藩主を知事に任命 10月 イギリス軍楽長フェントン「君が代」作曲 （没）横井小楠 （生）大町桂月、川上眉山、大橋乙羽、江見水蔭、木下尚江、馬場孤蝶、高安月郊	1月 東京・横浜間に電信開通 国旗を日の丸に決定 7月 普仏戦争始まる 9月 フランス革命が起こり共和制を宣言 政府、平民に苗字の使用を許す 10月 森有礼、教育制度研究のため渡米 12月 徴兵制の発布 西周が育英舎を開設、「百学連環」を講義 「毎日新聞」創刊（創刊時「横浜毎日新聞」、現在の毎日新聞とは別、帝都日日新聞に吸収、日本初の日刊紙）（～昭15年） （没）細木香以、柳川春三 （生）金子筑水、伊原青々園、巌谷小波、笹川臨風、菊池幽芳、堺利彦、田岡嶺雲、小金井喜美子、宮崎滔天、戸川秋骨

年				
明治4（1871）年	1月 藪黄鸝八幡不知（条野採菊・紅英堂刊）〔全5編〕 ＊初編慶応2年 仮名読太閤記（条野採菊・紅木堂刊） 松飾徳若譚（仮名垣魯文・青盛堂刊）（～5年）〔全7編〕 口述 菊模様皿山奇談〔全3編〕（三遊亭円朝、条野採菊補筆・若栄堂刊） 4月 牛店雑談 安愚楽鍋 初編～2編（仮名垣魯文・誠英堂刊）（～5年）〔全3編〕 8月 戯曲 出来穐月花雪聚（河竹黙阿弥・守田座初演） 月未詳 釈迦八相倭文庫 第58～60編（万亭応賀・錦重堂刊）（～5年）	2月 類題新竹集 上・中・下（猿渡容盛・玉巌堂刊） 4月 夕日岡月次集（伊達千広編・牟久園刊） 5月 神妙集（亀井茲藍・亀井家刊） 7月 見外発句集（小林見外・菊守園刊） 12月 ふもとのましば（小山敬容・野呂直貞刊）	5月 西洋夜話 5編（石川彝編訳・翰林堂刊）（～6年5月） 8月 泰西勧善訓蒙 前・後・続篇（ボンヌ、箕作麟祥訳・中外堂刊）（～7年）〔全15冊〕	1月 ドイツ帝国成立 郵便規則制定 出版条例制定 3月 パリ・コミューン成立 4月 戸籍法制定 5月 日本初の金本位制による新貨条例制定、円、銭の単位始まる 「新聞雑誌」創刊（～7年12月） 7月 廃藩置県の詔書を出す 文部省設置 8月 斬髪廃刀令 11月 津田うめら五少女、最初の女子留学生として米国に留学 （没）大国隆正、井上文雄 （生）高山樗牛、島村抱月、横山源之助、太田玉茗、国木田独歩、幸徳秋水、土井晩翠、田山花袋、徳田秋声
明治5（1872）年	4月 魯敏孫全伝（斎藤了庵訳・香芸堂刊） 5月 理解新文 豊稔五穀祭（万亭応賀・仙鶴堂） 6月 大洋新話 蛸入道魚説教（仮名垣魯文・存誠閣刊） 9月 寓言 かたわ娘（福沢諭吉・福沢諭吉刊） 月未詳 聖愚新文 聖人肝潰志（万亭応賀・山静堂刊） 大鈍託文鬼談（万亭応賀・山崎屋清七刊） 倭国字西洋文庫（仮名垣魯文・紅木堂刊） 河童相伝 胡瓜遣 初編（仮名垣魯文・万笈閣刊） 今朝之春三組盃（三遊亭円朝、条野採菊綴・青盛堂刊）	4月 国尽富士の麓（吉良義風・中村堂、尚古堂刊） 6月 首書絵入 世界都路（仮名垣魯文・万笈閣刊）	2月 学問のすゝめ（福沢諭吉・自家版）（～9年11月）〔全17編〕 自由之理（ミル、中村敬宇訳・木平謙一郎蔵版・吉川半七外刊）〔全5巻6冊〕 西洋新書（梅亭金鵞編・宝生堂刊）（～8年） 8月 擬泰西人上表（中村敬宇・新聞雑誌） 童蒙をしへ草（チャンブル、福沢諭吉訳・尚古堂刊）〔全2編5冊〕 10月 日本国尽（瓜生三寅・名山閣刊） 月未詳 西洋料理通 上・下（英人撰述、仮名垣魯文編・江島喜兵衛刊）	1月 全国の戸籍調査実施、皇族・華族・士族・平民の身分が定められる 3月 土地永代売買の禁解除 4月 兵部省を廃し、陸海軍両省を設置 8月 学制を発布 義務教育制度実施 10月 新橋・横浜間鉄道開業式 11月 徴兵の詔書出る 12月 太陽暦を採用 （生）島崎藤村、樋口一葉、佐佐木信綱、岡鬼太郎、岡本綺堂
明治6（1873）年	3月 和談三才図笑（万亭応賀・仙鶴堂刊） 当世利口女（万亭応賀・山崎屋清七刊） 通俗 伊蘇普物語 6冊（渡辺温訳・無尽蔵刊）	2月 小学 暗誦十詞（福沢諭吉・須原屋他刊） 3月	1月 西国立志編巻之二 其粉色陶器交易（佐橋富三郎・村山勘兵衛刊） 7月	2月 切支丹禁制を解除 3月 中村正直ら、同人社を設立

明治6（1873）年	明治7（1874）年
4月 復古夢物語　初編（松村春輔・文永堂刊）（～9年）〔全8編〕 5月 分根正札　知恵秤（万亭応賀・仙鶴堂刊）（～7年）〔全3号〕 芳香余談　二葉廼風（梅亭金鵞・錦森堂刊）〔全3巻〕 10月 江湖機関西洋鑑（岡丈紀・万笈閣刊） 12月 訓蒙　話草　上・下（福沢英之助訳・自家版）＊イソップ物語の抄訳	1月 阿玉ヶ池櫛月形（条野採菊、為永春水・紅英堂刊）〔全3編〕 3月 便蒙　近世記聞（条野採菊・甘泉堂刊）（～15年2月）〔全12編〕＊2編より染崎延房 6月 開化自慢（山口又市郎・柳原嘉兵衛刊） 9月 佐賀電信録　上・下（仮名垣魯文・名山閣） 10月 日本女教師（万亭応賀・山城屋清七刊） 11月 近世あきれ蓁（万亭応賀・小説社書林） 12月 台湾外記（染崎延房編・永保堂刊）
横文字百人一首（黒川真頼撰・文淵堂刊） 8月 文明開花　童戯百人一首（総生寛撰・椀屋喜兵衛刊）	6月 類題和歌月波集（近藤芳樹編・聚珍堂刊） 9月 義烈回天百首（染崎延房編・金松堂刊） 10月 梅裡句集（清遠舎梅裡） 11月 讃美歌（ダッチ・リフォームト教会・長崎メソジスト教会）
三則教の捷徑（仮名垣魯文・中西源八刊） 8月 第一文字之教（福沢諭吉・自家版） 第二文字之教（福沢諭吉・自家版） 9月 文明開化　初編（加藤祐一口述・柳原喜兵衛刊）〔全4冊〕＊第2編7年5月 月未詳 馬太伝（ヘボン訳、ブラウン改訂・刊行所不詳）	2月 民選議院ヲ設立スルノ疑問（加藤弘之・日新真事誌） 3月 洋字ヲ以テ国語ヲ書スルノ論（西周・明六雑誌） 福沢先生ノ論ニ答フ（加藤弘之・明六雑誌） 百一新論　上・下（西周・山本覚馬刊） 4月 東京新繁昌記　初編～6編（服部撫松・山城屋政吉刊）（～9年4月）〔全6編〕＊後編撫松軒刊（14年6月） 5月 平仮名ノ説（清水卯三郎・明六雑誌） 妻妾論（森有礼・明六雑誌）（～8年2月） 京猫一斑（成島柳北・山城屋政吉） 7月 知説（西周・明六雑誌）（～12月） 致知啓蒙　上・下（西周・自家版） 12月 国体新論（加藤弘之・谷山楼蔵梓・稲田佐兵衛発兌刊）
外国人との結婚を許可 7月 森有礼、明六社の結成を首唱 地租改正条例を布告 9月 開成学校、九月に始まる二期制を採用 10月 祝祭日を定め、休暇とする 征韓論破れ、西郷隆盛参議などを辞職 11月 内務省設置 12月 郵便はがき・封嚢、発売される （没）八田知紀 （生）岩野泡鳴、平田禿木、河東碧梧桐、与謝野鉄幹、綱島梁川、姉崎嘲風、津田左右吉、泉鏡花	1月 東京警視庁設置 板垣退助ら、愛国公党結成、民選議院設立を左院に建白 2月 江藤新平らによる佐賀の乱起こる 「知恵ノ指南　民間雑誌」創刊（～8年6月） 3月 「明六雑誌」創刊（～8年11月） 4月 板垣退助ら高知で立志社創立 5月 台湾出兵 6月 北海道屯田兵制度を設ける 9月 「朝野新聞」創刊（～44年7月） 11月 「読売新聞」創刊（～） （生）高浜虚子、河井酔茗、佐藤紅緑、児玉花外、上田敏、上司小剣

明治8（1875）年	明治9（1876）年
3月 寄笑新聞（梅亭金鵞編・寄笑社刊）（〜5月） 事情 明治太平記（村井静馬編・延寿堂刊）（〜12年3月）〔全22編〕 4月 報国やまと魂（染崎延房・延寿堂刊） 近世桜田奇聞三輯（松村春輔編・武田文永堂刊）（〜9年5月） 5月 怪化百物語（高畠藍泉・和泉屋市兵衛刊） 開巻驚奇 暴雨物語（永峰秀樹・奎章閣刊）＊「アラビアンナイト」の訳 11月 岩田八十八の話（前田香雪・東京平仮名絵入新聞）	1月 開明小説 春雨文庫 初編〜2編（松村春輔編・文永堂刊）〔全8編〕＊11〜16年まで和田定節 4月 天路歴程（バンヤン、村上俊吉訳・七一雑報）（〜10年8月） 7月 一大奇書 書林之庫（田島象二・玉養堂刊） 11月 名古屋帯旅寝の虚解（無署名・仮名読新聞） 絵本 熊本太平記（篠田仙果編・山本平吉刊）（〜10年2月）〔全3編〕 天草島優名之会合 上・中・下（篠田仙果編・山本平吉刊）
1月 近世 報国百人一首（高畠藍泉編・政栄堂刊） 2月 防長正気集（天野御民編・風萍堂刊）	1月 明治歌集（橘東世子編・橘道守刊）（〜23年1月）〔全8巻〕＊第6巻より橘道守編、第2・3巻金花堂刊、第4巻より椎本文庫刊 2月 新編 俳諧題鑑（横山利平、不去庵幹雄校訂・東京俳門書屋刊） 5月 改正讃美歌（熊野雄七編・十字屋書舗刊） 9月 埋木廼花 上・下（高崎正風編・宮内省刊）
1月 如是我観（津田真道・瑞穂屋卯三郎刊） 3月 善良ナル母ヲ造ル説（中村正直・明六雑誌） 西洋開化小史 上巻（ギゾー、室田充美訳・印書局）＊下巻5月 文明論之概略（福沢諭吉・自家版）〔全6冊〕 心理学 第1・2巻（ヘブン、西周訳・文部省）＊第3巻9年9月 5月 西語十二解（西村茂樹・明六雑誌） 8月 文論（福地桜痴・東京日日新聞） 10月 国政転変ノ論（箕作麟祥・万国叢話）	3月 日本文典 上・下（中根淑・森屋治兵衛刊） 4月 学者安心論（福沢諭吉・自家版） 8月 龍動繁昌記（桜州山人・郵便報知新聞） 10月 思想論（植木枝盛・郵便報知新聞） 12月 書語口語同ジキヲ欲スルノ説（和田文・同人社文学雑誌）
2月 東京女子師範学校開校 4月 元老院、漸次立憲政体樹立の旨を詔勅 「平仮名絵入新聞」創刊 5月 千島樺太交換条約調印 6月 新聞紙条例、讒謗律公布 「東京曙新聞」創刊（〜15年2月） 11月 徴兵令改正、国民皆兵となる 新島襄、京都に同志社英学校開校 「仮名読新聞」創刊（〜13年10月） （没）本木昌三、大田垣蓮月 （生）田口掬汀、小栗風葉、服部躬治、柳田国男、大塚楠緒子、長谷川如是閑、野口米次郎	2月 「大坂日報」創刊（〜）「新文詩」創刊 3月 廃刀令により帯刀禁止 4月 「昇楽余聞 東京新誌」創刊（〜16年1月） 6月 「近事評論」創刊（〜16年5月） 7月 「同人社文学雑誌」創刊（〜16年3月） 8月 札幌農学校開校 10月 熊本神風連の乱、27日秋月の乱、28日萩の乱起こる 11月 工部省管轄の美術学校成立 12月 「日本経済新聞」創刊（〜） （生）蒲原有明、押川春浪、近松秋江、金子薫園、尾上柴舟、長谷川天渓、太田水穂、島木赤彦

明治10（1877）年	明治11（1878）年
3月 鹿児島戦争記(篠田仙果・当世堂刊) 6月 弥生之雪 桜田実記(篠田仙果・当世堂刊) 9月 和蘭美政録 楊牙児奇談(クリステル マイエル、神田孝平訳・花月新誌)(～11年2月) 11月 西南鎮静録(沼尻絓一郎編・万笈閣刊)〔全6巻〕 文珠痴恵 三人同行(梅亭金鵞・団団珍聞)(～11年7月) 12月 鳥追お松の伝(久保田彦作・仮名読新聞)(～11年1月)〔全3編〕＊のち「鳥追阿松海上新話」と改題、錦栄堂刊(11年1月～3月)	1月 鳥追阿松海上新話(久保田彦作・錦栄堂刊)〔全3編〕 2月 英国龍動新繁昌記(マレー、織田純一郎訳・坂上半七刊) 6月 新説 八十日間世界一周 前篇(ヴェルヌ、川島忠之助訳・丸屋善七刊)＊後篇13年6月 夜嵐阿衣花廼仇夢(岡本起泉・金松堂)(～11月)〔全8編15冊〕 8月 金之助の話説(前田香雪・東京絵入新聞)(～9月) 10月 妄想未来記(梅亭金鵞・驥尾団子)(～11月) 小倉山青樹栄 昔日新話(泉龍亭是正・延寿堂)(～12年3月) 欧州奇事 花柳春話(リットン、織田純一郎訳・坂上半七刊)(～12年4月)〔全5編〕
6月 明治現存 三十六歌撰(山田謙益編・雪吹屋刊) 8月 明治歌集 第2編(橘東世子編・金花堂刊) 11月 歌留かや集 上・中・下(松波資之編・刊) 12月 新選名家歌集(根岸千引編・江島喜兵衛刊)	1月 同風歌集 第1篇(毛利千秋、大平相治編・飯山綱之助刊) 5月 開花 珍奇詩文集(藤原元親編・錦鼓堂刊) 瀧のしぶき 上・下(黒田清綱編・金華堂) 明治詩文歌集(岡本邁編・同盟書楼刊) 8月 志濃夫廼舎歌集(橘曙覧遺稿集、井出今滋編・稲田左兵衛刊)〔全5巻〕 11月 開化新題歌集 第1編(大久保忠保編・金
5月 利学 上・下(ミル、西周訳・島村利助他刊) 9月 日本開化小史(田口卯吉・丸屋善七刊)(～15年10月)〔全6巻〕 12月 蘆騒氏民約論(ルソー、服部徳訳・島村利助他刊)〔全4冊〕 恕軒文鈔 初編(信夫恕軒・奇文欣賞書楼)＊2編15年5月、3編21年12月	1月 福沢文集 1編(福沢諭吉・松口栄造刊)＊2編12年 2月 奚般氏心理学 上(ヘーブン、西周訳・文部省刊)＊下巻12年 3月 柳北奇文 上・下(成島柳北、西山喜内編・明八堂刊) 6月 西洋品行論(スマイルズ、中村敬宇訳・珊瑚閣刊)(～12年)〔全12冊〕 8月 画入 通俗民権百家伝 1～3(島田三郎訳・薔薇楼刊) 9月 通俗国権論(福沢諭吉・自家版) 12月 通俗民権論(福沢諭吉・自家版)
1月 「花月新誌」創刊(～17年10月) 2月 西南戦争始まる(～9月24日) 3月 「穎才新誌」創刊(～34年6月) 「団団珍聞」創刊(～40年7月) 4月 旧開成所、医学校を合併、東京大学とする 5月 博愛社(現日本赤十字社)設立 8月 第一回内国勧業博覧会を上野公園で開催 10月 コレラ全国に流行、死者八千名にのぼる 11月 「魯文珍報」創刊 「東京毎夕新聞」創刊(～11年5月)＊初の夕刊紙 (没)木戸孝充 (生)柳川春葉、中村吉蔵、薄田泣菫、窪田空穂、伊良子清白、岡麓	1月 「有喜世新聞」創刊(～16年1月) 4月 依田学海らが団十郎、菊五郎らに演劇改良の必要を説く 5月 パリ万国博覧会開催 大久保利通、島田一郎らに暗殺される 6月 新富座新装開場、劇場の新富座時代始まる 8月 陸軍士官学校設立 フェノロサ来日、東京大学哲学教師となる 竹橋事件起こる 10月 仮名垣魯文、団十郎の新演出による「一張弓千種重藤」を「活歴」と名づける 12月 「驥尾団子」創刊(～16年5月) 「芸術叢誌」創刊 「月とスッポンチ」創刊(～13年2月) 「風俗新誌」創刊

明治11(1878)年	明治12(1879)年	明治13(1880)年
12月 新未来記(ジオスコリデス、近藤真琴訳・青山清吉刊)	1月 菊種延命袋(久保田彦作・錦栄堂刊)(～13年9月) 2月 水錦隅田曙(伊東専三・有喜世新聞)(～4月) 其名も高橋毒婦の小伝 東京奇聞(岡本起泉・島鮮堂刊)(～4月)[全7編21冊] 高橋阿伝夜叉譚(仮名垣魯文・金松堂刊)(～4月)[全8編] 5月 雪月花三遊新話(篠田仙果・山村金三郎刊) 欧洲小説 哲烈禍福譚(フェヌロン、宮島春松訳・太盛堂刊)(～13年6月)[全8冊] 6月 欧洲奇話 寄想春史(リットン、織田純一郎訳・山中市兵衛刊)(～13年3月)[全3編] 7月 格蘭氏伝倭文賞(仮名垣魯文・金松堂刊) 9月 巷説児手柏 前編(高畠藍泉・文永堂刊)＊後編12月	1月 名広沢辺萍(花笠文京・いろは新聞)(～4月) 3月 鵝瓈皤児回島記(スウィフト、片山平三郎口訳、九岐晰筆記・玉山堂)＊「ガリバー旅行記」の訳 九十七時二十分間 月世界旅行(ヴェルヌ、井上勤訳・二書楼)(～14年3月) 春風情話(スコット、橘顕三訳、実際は坪内逍遙訳・中島精一刊) 坂東彦三倭一流(岡本起泉・島鮮堂刊)(～8月)
花堂刊)＊第2編13年11月	3月 僧良寛歌集(村上恒二郎編・小林二郎刊) 4月 民権田舎歌(植木枝盛・集文堂刊)＊「民権自由論」附録 同風歌集 第2編(毛利千秋編・飯山綱之助刊) 明治歌集 第3編(橘東世子編・金花堂刊) 7月 奇題百詠(細川春流・小林二郎刊) 12月 由良牟呂集 1・2(大熊弁玉・西口忠助刊)	3月 捕春天伝奇(森槐南・森春濤刊) 5月 類題明治和歌集 上・下(朝比奈泰吉編・万笈閣刊) 6月 千草の花 6巻(高崎正風編・宮内省刊)
社会党鎮圧法(社説・東京日日新聞)	3月 ちまたの石ふみ 上・下(拜郷蓮茵述・正宝堂) 4月 民権自由論(植木枝盛・船木弥助刊)＊付録に「民権田舎歌」 5月 百科全書 修辞及華文(チェンバース、菊池大麓訳・文部省刊) 8月 民情一新(福沢諭吉・慶応義塾出版社刊) 10月 泰西雄弁大家集 2巻(久松義典訳・巌々堂刊)(～11月) 11月 開化本論 上・下(吉岡徳明・弘道社刊) 普通民権論(福本日南・磊落堂刊)	1月 民権 国家破裂論(井上勤・二友書楼) 2月 平仮名民権論(小室信介・大阪朝日新聞) 3月 民権弁惑(外山正一・自家版) 利用論 上・下(ミル、渋谷啓蔵訳・山中市兵衛刊) 4月
参謀本部設置 (生)吉野作造、松根東洋城、有島武郎、平出修、鏑木清方、真山青果、千葉亀雄、寺田寅彦、与謝野晶子	1月 東京学士会員(現日本学士院)設立、福沢諭吉、初代会長となる 「朝日新聞」(大阪)創刊(～) 「東京経済雑誌」創刊(～大12年9月) 2月 二世河竹新七、新富座で初の翻案物「人間万事金世中」を上演 3月 「歌舞伎新報」創刊(～30年3月) 東京府会開会(府県会の初め) 4月 琉球藩を廃し、沖縄県とする旨布告 「京都新聞」創刊(～)＊創刊時「京都商事迅報」 9月 学制を廃し、教育令を制定 10月 文部省に音楽取調掛を設置 「嚶鳴雑誌」創刊(～16年5月) 11月 国会開設の上奏を決議、自由民権運動高まる 「東京横浜毎日新聞」創刊 12月 「いろは新聞」創刊 (生)正宗白鳥、長塚節、山川登美子、長谷川時雨、河上肇、永井荷風	3月 片岡健吉、河野広中ら愛国社あらため、国会期成同盟を結成 「愛国志林」創刊(～14年6月) 4月 集会条例を定める 5月 「臥遊席珍」創刊 9月 「親釜集」創刊

明治13（1880）年

6月
民権演義 情海波瀾（戸田欽堂・聚星社刊）
吉野一重咲丸岡八重咲 恋相場桜花夜嵐（仮名垣魯文・金松堂刊）（～14年8月）
7月
沢村田之助曙草紙（岡本起泉・島鮮堂刊）（～10月）〔全5編〕
10月
冠松真土夜暴動 前編・後編（武田交来録・錦寿堂）
11月
開巻驚奇 龍動奇談（リットン、井上勤訳・世渡谷文吉刊）
12月
端西独立 自由の弓弦（シラー、斎藤鉄太郎・泉増吉訳・三余蔵堂刊）＊ウイリアム・テルの訳
月不詳
二万里海底旅行（ヴェルヌ、鈴木梅太郎訳・山本刊）

新撰季寄俳諧手洋燈（荻原乙彦編・正文堂他刊）
7月
明治開化和歌集 上・下（佐佐木弘綱編・山中市兵衛刊）
11月
開化新題歌集 第2編（大久保忠保編・金花堂刊）
12月
民権自由かぞえ歌（植木枝盛・世益雑誌）

斯氏教育論（スペンサー、尺振八訳・文部省）
5月
文明開化は小説を害す（高畠藍泉・芳譚雑誌）
7月
言論自由論（植木枝盛・愛国舎刊）
11月
人民ノ国家ニ対スル精神ヲ論ズ（植木枝盛・愛国新誌）
12月
平仮名国会論（小室案外堂・大阪朝日新聞）
花柳事情 1～3（田島象二・弘令社）

「世益雑誌」創刊
10月
国安妨害、風俗壊乱を認められる新聞、雑誌の発行を停止または禁止する旨布告
「六合雑誌」創刊（～大10年）
11月
国歌「君が代」初演
「東京輿論新誌」創刊 「江湖新報」創刊
12月
教育令改正
「東洋事情」創刊 「俳諧・明倫雑誌」創刊（～45年3月）
（生）田中貢太郎、津田青楓、厨川白村、山川均

明治14（1881）年

1月
川上行義復讐新話（岡本起泉・島鮮堂刊）（～2月）〔全2編6冊〕
冬楓月夕栄（彩霞園柳香・金松堂刊）（～5月）〔全3編〕
2月
幻阿竹噂廼聞書（岡本起泉・島鮮堂刊）〔全3編〕
春色雙木の花（宮崎夢柳・高知新聞）（～3月）
4月
岡山記聞筆之命毛（高畠藍泉・芳譚雑誌）（～15年3月）
戯曲 薫兮東風英軍記（戸田欽堂・増田三郎刊）
5月
西国烈女伝（田島象二訳編・弘令本社刊）
鞱旗群馬嘶（彩霞園柳香編・金松堂刊）（～10月）〔全3編〕
6月
仏国情話 五九節操史（デュマ、松岡亀雄訳・温故堂刊）
明治烈婦伝（松村春輔・文永堂刊）

2月
花仙堂家集（松波資之、松浦辰男編）
4月
明治三十六歌撰（岡田伴治編・刊）
5月
忘貝 上・下（村山松根・山本彦兵衛刊）
6月
柳園詠草 上・下（石川依平・平尾八束刊）
8月
讃美歌（デニング編・英国監督会派日本函館教会）
9月
開化 新題和歌梯（佐佐木弘綱編・文言堂刊）
11月
小学唱歌集 初編（依田学海・文部省音楽取調掛編・文部省刊）

1月
女権真論（スペンサー、井上勤訳・兎屋刊）
2月
文章論（福地桜痴・東京日日新聞）
4月
近世社会党の原因を論ず（小崎弘道・六合雑誌）
5月
社会平権論（スペンサー、松島剛訳・報告社）（～17年2月）〔全6巻〕
6月
稗史小説ノ利益ヲ論ズ（中島勝義・鳳鳴新誌）
10月
稗史小説ノ結構及ビ効用ヲ論ズ（三木愛花・東京新誌）（～12月）
11月
航西日乗（成島柳北・花月新誌）（～17年8月）
政治論略（ボルク・金子堅太郎訳・元老院刊）

2月
内務省警保局、新聞雑誌などの納入を命ず
3月
憲兵条例公布
「東洋自由新聞」創刊（～4月）
5月
初の管弦楽演奏、東京女子師範学校で行われる
「公教万報」創刊（～18年4月）
10月
開拓史官有物払下事件により大隈重信罷免、矢野文雄、犬養毅、高田早苗ら辞職
明治23年に国会を開設する旨の詔書発せられる
自由党結成、総理に板垣退助を選任
「東洋学芸雑誌」創刊（～昭5年12月）
11月
「信濃毎日新聞」創刊（～）
（生）森田草平、小山内薫、大須賀乙宇、会津八一、岩波茂雄、橋口五葉、石原純

明治15（1882）年	明治16（1883）年
2月 良政府談（トマス・モア、井上勤訳・兎屋思誠堂刊）＊16年「新政府組織法」と改題 3月 ハムレット（シェークスピア、矢田部良吉訳・東洋学芸雑誌） 恨瀬戸恋神奈川 六冊（岡本起泉・島鮮堂刊）〔全2編6冊〕 4月 魯国奇聞 烈女之疑獄（杣田策太郎抄訳・由己社） 薫兮東風英軍記（戸田欽堂・増田三郎刊） 5月 民権泰斗 板垣君近世記聞（中島市平・金松堂） 6月 欧洲情譜 群芳綺話（ボッカッチョ、大久保勘三郎訳・博聞社刊） 8月 仏蘭西革命記 自由之凱歌（デュマ、宮崎夢柳訳・絵入自由新聞）（～16年2月） 9月 冤枉之鞭笞（宮崎夢柳訳・絵入自由新聞）（～10月） 虚無党退治奇談（ヴェルヌ、川島忠之助・自家版） 10月 哲爾自由譚―一名自由之魁 前編（シラー、山田郁治訳・甘泉堂刊） 11月 革命余聞 勇婦テレーズ伝（シャトリアン、河津祐之・小宮山天香訳・日本立憲政党新聞）（～16年2月） 12月 仏蘭西革命起源 西洋血潮小暴風（デュマ、桜田百衛訳・絵入自由新聞社刊）	1月 天下無双人傑海南第一伝奇 汗血千里駒（坂崎紫瀾・土陽新聞）（～9月） 3月 斉武名士 経国美談 前編（矢野龍渓・報知新聞社刊）＊後編17年2月 開明奇談 写真廼仇討（伊東専三・滑稽堂刊） 4月 昔語千代田刃傷（須藤南翠・開花新聞）（～8月） 6月 浅尾岩切真実競（古川魁雷・鶴声社刊）
3月 ハムレット（シェークスピア、矢田部良吉訳・東洋学芸雑誌） 新撰俳諧 明治歳時記栞草（三森幹雄編・東京錦城書楼刊） 4月 キングスレー作悲歌（外山正一訳・東洋学芸雑誌） 5月 抜刀隊（外山正一訳・東洋学芸雑誌） 6月 千題千首 明治歌集（大野定子編・駒井友三郎刊） 8月 新体詩抄（外山正一、矢田部良吉、井上哲次郎・丸屋善七刊） ＊第2編12月 10月 新体詩歌 第1集（竹内節編・微古堂刊）（～16年9月）〔全5集〕 11月 思ひやつれし君（勝海舟訳・東洋学芸雑誌）	2月 古詩平仄論 2巻（森槐南・宝書閣刊） 3月 小学唱歌 第2編（文部省音楽取調掛編・文部省刊） 薫風小集（藤下天真編・梅菊双楼刊） 5月 明治英名百首（福城駒
2月 民権自由論 2編（植木枝盛・東萍館刊） 3月 民約訳解（ルソー、中江兆民訳・政理叢談）（～16年9月） 4月 帝室論（福沢諭吉・時事新報）（～5月） 5月 時事大勢論（福沢諭吉・慶応義塾出版社刊） 7月 泰西革命史鑑正続（久松義典訳・巌々堂刊）（～18年5月） 8月 倍因氏 心理新説 第1～第4（ベイン、井上哲次郎抄訳・同盟社）（～11月） 9月 発蒙攪眠 清治湯の講釈（坪内逍遥・東京絵入新聞）（～12月） 10月 人権新説（加藤弘之・自家版） 美術真説（フェノロサ、大森惟中訳・竜池会刊） 12月 人権新説駁論（矢野龍渓・畑野林之助刊）	1月 天賦人権弁（植木枝盛・栗田信太郎刊） 天賦人権論（馬場辰猪・自家版） 4月 倫理新説（井上哲次郎・文盛堂刊） 7月 羅馬字を主張する者に告ぐ（外山正一・東洋学芸雑誌） 8月 政治に関する稗史小説の必要なるを論ず（無署名・絵入自由新聞）
1月 「絵入人情 群芳新誌」創刊（～9月） 2月 中島信行、小室信介（案外堂）ら、立憲政党を結成 3月 伊藤博文、憲法調査のため渡欧 上野動物園開園、上野博物館開館 「時事新報」創刊（～昭11年12月） 4月 板垣退助、遊説中の岐阜で襲われ負傷、「板垣死ストモ自由ハ死セズ」の名句伝わる 「日の出新聞」創刊 8月 樽井藤吉ら東洋社会党を結成 我が国初の近代詩集「新体詩抄」初編刊行、〈新体詩〉の流行を生み、「新体詩歌」などこれに追随 9月 「絵入自由新聞」創刊（～23年11月） 10月 「内外政党事情」創刊（「江湖新聞」「東洋事情」合併改題） （没）岡本起泉、鷲津毅堂、橘東世子、武田交来 （生）川田順、石井柏亭、小川未明、生田長江、金田一京介、斎藤茂吉、野口雨情、渡辺水巴、瀧田樗陰、青木繁、生方敏郎、鈴木三重吉、野村胡堂、有島生馬、種田山頭火	1月 「絵入朝野新聞」創刊（～22年5月） 4月 改正新聞紙条例、改正出版条例を定め、言論弾圧強化 「吾妻新誌」創刊（～19年11月） 5月 「かなのみちびき」創刊 7月 かな文字運動の諸団体合同「かなのくわい」結成 8月 「官報」刊行開始

明治16（1883）年	明治17（1884）年
露国奇聞 花心蝶思録（プーシキン、高須治助訳・法木徳兵衛刊）＊「大尉の娘」訳 7月 花春時相政（伊東専三・滑稽堂刊）（〜17年1月） 全世界一大奇書（井上勤訳・報告堂刊）（〜18年10月）〔全10巻〕＊「アラビアンナイト」の訳 月世界一周（ヴェルヌ、井上勤訳・博聞社刊） 8月 勤王為経民権為緯 新編大和錦（小室案外堂・日本立憲政党新聞）（〜11月） 茨城阿瀧粉白糸（須藤南翠・東勝堂刊） 亜非利加内地 三十五日間空中旅行（ヴェルヌ、井上勤訳・絵入自由出版社刊）（〜17年2月）〔全7冊〕 9月 福島奇聞 自由の夜譚（箕輪勝編・金松堂刊） 阿国民造 自由迺錦袍（桜田百衛・日進堂刊） 10月 絶世奇談 魯敏孫漂流記（デフォー、井上勤訳・博聞社刊） 西洋珍説 人肉質入裁判（シェークスピア、井上勤訳・今古堂刊）＊「ベニスの商人」の訳 12月 経世指針 鉄烈奇談（フェネロン、伊沢信三郎訳・白梅書屋）	1月 勤王佐幕 巷説二葉松（宇田川文海・駸々堂刊） 泰西活劇 春窓綺話 上・下（スコット、服部誠一、実は坪内逍遙訳・坂上半七刊） 2月 六万英里 海底紀行（ヴェルヌ、井上勤訳・博聞社刊） 3月 政党余談 春鶯囀（ヴィスコンスフィールド、関直彦訳・坂上半七刊）（〜9月）〔全4編〕 4月 興亜綺譚 夢恋々（小室案外堂・自由新聞）（〜6月） 南山皇旗の魁（坂崎紫瀾・土陽新聞）（〜11月） 5月 仏蘭西太平記 鮮血の花（デュマ、宮崎夢柳訳・自由燈）（〜9月） 該撒奇談 自由太刀余波鋭鋒（シェークスピア、坪内逍遙訳・東洋館刊）
太郎編・文盛堂刊） 8月 明治俳家 五十鈴川（安田雷石編・大村安兵衛刊） 10月 東京大家 十四家集（平井元満編・金花堂刊）	2月 孝女白菊詩「巽軒詩鈔 2巻」（井上哲次郎・鉤玄堂刊） 明治志士心血集 第一号（中安守編・中学舎刊） 3月 小学唱歌集 第3編（文部省音楽取調掛編・文部省刊） 4月 井上文雄翁家集（井上文雄・別所七平刊）〔全3冊〕 俳諧絵入八百題（原田梅年、其角堂永機・求古探新書房刊）
東洋民権百家伝＝東洋義人百家伝（小室案外堂・自家版）＊二秩より「東洋義人百家伝」に改題 9月 小説文体（坪内逍遙・明治協会雑誌）（〜10月） 支那開化小史 5巻（田口卯吉・経済雑誌社刊）（〜21年2月） 10月 東京妓情（田島象二・同楽野楼）〔全3冊〕 11月 維氏美学 上・下（ウエロン、中江兆民、野村泰亭訳・文部省編輯局刊）＊下巻17年3月	1月 明治廿三年後ノ政治家ノ資格ヲ論ズ（徳富蘇峰・自家版） 2月 漢字を廃すべし（外山正一・東洋学芸雑誌）（〜4月） 社会ニ起レル人為淘汰ノ一大疑問（加藤弘之・東洋学芸雑誌） 3月 一局議院論（植木枝盛・自由新聞社刊） 5月 社会ニ起レル人為淘汰ノ疑問ノ答弁（加藤弘之・東洋学芸雑誌） 9月 歌学論（末松謙澄・東京日日新聞）（〜18年2月） 稗官者流（仮名垣魯文・芳譚雑誌） 文明東漸史（藤田茂吉・報知社刊）
伊藤博文ら、憲法調査のための外遊を終えて横浜着 「かなのまなび」創刊 9月 三池炭坑、高島炭坑で坑夫暴動 大井憲太郎、奥宮健之ら、人力車夫を組織し、車界党を結成、即日禁止される 11月 麹町に鹿鳴館開館（コンドル設計） 「大日本美術新報」創刊（〜20年12月） （没）桜田百衛、岩倉具視 （生）魚住折蘆、秋田雨雀、志賀直哉、高村光太郎、茅野蕭々、水野葉舟、北一輝、佐々木邦、相馬御風、前田夕暮、阿部次郎、野上豊一郎、岡田八千代、安倍能成	2月 フェノロサら、鑑画会結成 5月 自由党員、群馬県下での蜂起（群馬事件） 「自由燈」創刊 6月 日本鉄道上野・高崎間開通 「女学新誌」創刊（〜18年9月） 7月 華族令を公布、公・侯・伯・子・男爵の五等を設ける 「演劇新報」創刊（〜18年7月）「かなのしるべ」創刊 8月 「改進新聞」創刊（〜28年10月）（「開花新聞」を継承） 9月 加波山事件起きる 10月 「今日新聞」（のちの「都新聞」）創刊（〜昭17年10月） 自由党解散

明治17（1884）年

6月
惨風悲雨 世路日記（菊亭香水・東京稗史出版社刊）
7月
仏国革命 修羅の衢（ユーゴー、坂崎紫瀾訳・自由新聞）（～12月）［中絶］＊「九十三年」の訳
島衛沖白波（伊藤専三・滑稽堂刊）
怪談 牡丹燈籠（三遊亭円朝演述、若林玵蔵筆記・東京稗史出版社刊）（～12月）［全13冊］
独逸奇書 狐乃裁判（ゲーテ、井上勤訳・絵入自由出版社刊）
9月
自由の花笠（坂崎紫瀾訳・土陽新聞）（～11月）
自由艶舌女文章（小室案外堂・自由燈出版局）
12月
新説 黄金廼花籠（須藤南翠・改進新聞）（～18年2月）
虚無党実伝記 鬼啾啾（ステプニヤック、宮崎夢柳訳・自由燈）（～18年4月）＊「地底のロシア」の訳

6月
松のした露（勝海舟編・自家版）
10月
歌楽論（末松謙澄・東京日日新聞）（～18年2月）
11月
東京大家 十四家集評論二冊（海上胤平・晩成堂刊）
月未詳
蜻蛉集（Poems Dela Libellule）（西園寺公望、ゴーチェ訳）＊「古今集」の仏訳

10月
真理一斑（植村正久・警醒社刊）

自由党員、農民ら、埼玉県下で蜂起（秩父事件）
「東洋絵画叢誌」創刊（～19年1月）
12月
自由党員の名古屋鎮台襲撃計画発覚（飯田事件）
金玉均、日本へ亡命
（没）笠亭果仙、成島柳北
（生）白柳秀湖、山村暮鳥、中村星湖、片上伸、小宮豊隆、長谷川伸、田村俊子、宮地嘉六、荻原井泉水、竹久夢二、下村湖人、辻潤

明治18（1885）年

1月
円朝叢談 塩原多助一代記（三遊亭円朝演述、若林玵蔵筆記・速記法研究会刊）（～3月）
2月
開巻悲憤 慨世士伝（リットン、坪内逍遙訳・晩青堂刊）＊前編のみ
拍案驚奇 地底旅行（ヴェルヌ、三木愛花・高洲墨浦訳・九春社刊）
3月
新篇 黄昏日記（デュマ、小宮山天香、岡田茂馬訳・書肆駸々堂刊）＊「椿姫」の訳
5月
竪琴草紙（山田美妙・我楽多文庫）（～6月）
江島土産 滑稽貝屏風（尾崎紅葉・我楽多文庫）（～19年5月）
花茨胡蝶廼彩色（古川魁蕾子・駸々堂刊）
6月
一読三歎 当世書生気質（坪内逍遙・晩青堂刊）（～19年1月）［全17冊］
7月
西洋人情話 英国孝子ジョージスミス之伝（三遊亭円朝演述、若林玵蔵筆記・速記法研究会刊）
8月
新説 小簾の月（醒々居士・上田屋刊）

1月
筑波嶺集（色川御蔭編・色川誠一刊）
2月
俳諧明治万題集（下山為山編・青雲堂刊）
4月
明治現存 続三十六歌撰（豊島有常編・雪吹廼屋刊）
8月
詠歌自在（佐佐木弘綱編・柳瀬喜兵衛刊）
10月
十二の石塚（湯浅半月・自家版）
余波の水茎（井上井月・版元不詳）
12月
東京大家 十四家集評論弁（鈴木弘恭・吉川半七刊）

2月
文章論ヲ読ム（神田孝平・東京学士会院雑誌）
3月
仮作物語の変遷（坪内逍遙・中央学術雑誌）
小説稗史の本文を論ず（坂崎紫瀾・自由燈）
5月
詩歌の改良（坪内逍遙・読売新聞）
政治小説の効力（坂崎紫瀾・自由燈）
6月
日本婦人論（福沢諭吉・時事新報）
第十九世紀日本ノ青年及其教育（徳富蘇峰・自家版）＊のち「新日本之青年」と改題
8月
小説を論じて書生形気の主意に及ぶ（坪内逍遙・自由燈）
小説論一斑―小説の主眼（坪内逍遙・自由燈）
文学論（有賀長雄・丸善刊）
9月
小説文体一家言（坂崎紫瀾・自由燈）

1月
矢田部良吉ら羅馬字会を創立
2月
神田孝平「文章論ヲ読ム」で言文一致を説く
尾崎紅葉、山田美妙、石橋思案ら日本初の文学結社硯友社を結成
3月
「中央学術雑誌」創刊（～20年11月）
4月
朝鮮をめぐり、清国と天津条約調印
5月
「日出新聞」創刊（～昭17年3月）
「我楽多文庫」創刊（～19年5月） 活版非買本（19年11月～21年2月）、公売本（21年5月～22年2月）
6月
「ROMAJI ZASSHI」創刊
7月
婦人束髪会設立、束髪流行する
北村透谷、大矢正夫の朝鮮革命計画への勧誘を拒絶
10月
「女学雑誌」創刊（～37年2月） 「かなのざつし」創刊
11月
「新体詩林」創刊（～19年4月）
大阪事件起こる

明治18（1885）年	明治19（1886）年
10月 佳人之奇遇（東海散士・博文堂刊）（～30年10月）〔全8編16冊〕 11月 諷世嘲俗 繋思談（リットン、藤田茂吉、尾崎庸夫訳、実は朝比奈知泉訳・報知社刊）（～21年5月） 12月 群衡鳴門名話（染崎延房・東京絵入新聞）（～19年4月） 新磨 妹と背かがみ 13冊（坪内逍遙・会心書屋刊）（～19年9月）	1月 慨世悲歌 照日の葵（須藤南翠・改進新聞）（～4月） 3月 今様商人気質（饗庭篁村・読売新聞）（～5月）＊第2回より「当世商人気質」 4月 内地雑居 未来之夢（坪内逍遙・晩青堂刊）（～10月） ＊第10号で中絶 6月 雨牕漫筆 緑蓑談（須藤南翠・改進新聞）（～8月） 二十三年未来記（末広鉄腸・原田庄左衛門刊） 諷誡 京わらんべ（坪内逍遙・鈴木書房刊） 8月 政治小説 雪中梅 上巻（末広鉄腸・博文堂刊）＊下巻11月 泣花怨柳 北欧血戦余塵（トルストイ、肌香夢史訳・忠愛社）＊「戦争と平和」の訳 9月 一顰一笑 新粧之佳人（須藤南翠・改進新聞）（～12月） 10月 侠骨居間に馨く賊膽猶ほ腥し 松の操美人の生理（三遊亭円朝口述、小相英太郎筆記・やまと新聞）（～12月） ボッカース翁十日物語 想夫恋（ボッカッチョ、菊亭静校閲、佐野尚訳・丸善書店刊） 三英双美 政界之情波（ビーコンスフィールド、渡辺治訳・丸善書店） 11月 嘲戒小説天狗（山田美妙・我楽多文庫）（～20年7月）
	1月 越佐歌集 上・下（石丸忠胤編・玄同社刊） 4月 新体詩学必携（中川清次郎演・有朋舎刊） ＊「有朋志叢」第1号附録 7月 書生唱歌（国府寺新作、大和田建樹訳） 8月 新体詞選（山田美妙編・香雲書屋刊） 9月 纂評新体詩選（竹内隆信編・春陽堂刊） 10月 新体詞華 少年姿（山田美妙・香雲書屋刊） 12月 歌道ノ沿革（小中村義象・東洋学芸雑誌）
日本開化之性質―一名社会改良論（田口卯吉・経済雑誌社刊） 小説神髄（坪内逍遙・松月堂刊）（～19年4月）〔全9冊〕	2月 当世書生気質の批評（高田早苗・中央学術雑誌） 3月 言文一致（物集高見・十一堂刊） 日本文体文字新論（矢野龍渓・報知社刊） 4月 小説総論（二葉亭四迷・中央学術雑誌） 5月 男女交際論（福沢諭吉・時事新報）（～6月） 文章新論（坪内逍遙・中央学術雑誌）（～7月） 6月 理学鉤玄（中江兆民・集成社刊） 日本之意匠及情交―一名社会改良論（田口卯吉・経済雑誌社刊） 9月 演劇改良論私考（外山正一・丸善商社書店刊） 美とは何ぞや（坪内逍遙・学芸雑誌）（～11月） 10月 演劇改良意見（末松謙澄・時事新報） 将来の日本（徳富蘇峰・経済雑誌社刊） 11月 演劇改良会の解散を望む（高田早苗・中央学術雑誌） 日本文章論（末松謙澄・文学社刊）
12月 太政官制を廃し、内閣制度確立、第一次伊藤博文内閣成立、森有礼、初代文部大臣となる （没）小室案外堂、高畠藍泉 （生）大杉栄、尾崎放哉、北原白秋、中里介山、飯田蛇笏、野上弥生子、武者小路実篤、長田秀雄、中勘助、平野万里、土岐善麿、木下杢太郎、若山牧水	1月 北海道庁を設置 「鷗夢新誌」創刊（～32年2月） 3月 帝国大学令公布 4月 師範学校令、中学校令、小学校令公布 5月 各国公使と第一回条約改正会議開催 6月 甲府の製糸工場女工スト（日本初のストライキ） 7月 地方官制が定められ、県令を県知事と改称 「大八洲学会雑誌」創刊（～38年11月） 8月 末松謙澄ら演劇改良会結成 10月 英国汽船ノルマントン号、紀州沖で沈没 「やまと新聞」創刊 「信濃教育」創刊（～） 11月 「我楽多文庫」創刊（～21年2月） 12月 森鷗外、ナウマンと論争 「東洋学会雑誌」創刊（～23年11月） （没）小野梓、萩原乙彦、木村鐙子、染崎延房 （生）木下利玄、平塚らいてう、石川啄木、岡本一平、谷崎潤一郎、宮島資夫、三ヶ島葭子、古泉千樫、中村武羅夫、吉井勇、後藤末雄、本間久雄、萩原朔太郎

明治19(1886)年

12月
政治小説 新日本(尾崎行雄・集成社、博文堂刊)(～20年3月)
和蘭美政録 楊牙児奇談(神田孝平訳、成島柳北編・中川鉄次郎刊)

明治20(1887)年

1月
浮世人情 守銭奴の肚(嵯峨の屋お室・大倉孫兵衛刊)
伊国情史 鴛鴦奇観(ボッカッチョ、近藤東之助訳・高崎書房刊)＊「デカメロン」の訳
3月
此処やかしこ(坪内逍遙・絵入朝野新聞)(～5月)
政事小説 花間鶯 上(末広鉄腸・金港堂刊)(～21年3月)＊中編20年10月、下編21年3月
4月
欧州小説 黄薔薇(三遊亭円朝口述、石原明倫筆記・金泉堂刊)
5月
屑屋の籠 前編(西村天囚・博文堂刊)＊後編21年5月
6月
女子参政 蜃中楼(広津柳浪・東京絵入新聞)(～8月)
新編 浮雲(二葉亭四迷・第一篇金港堂刊、坪内逍遙名義、第二篇金港堂刊21年2月、第三篇都の花22年7～8月)、＊合本は金港堂刊24年9月
7月
風琴調一節(山田美妙・以良都女)(～9月)
8月
政治小説 妻の嘆(コリンズ、井上勤訳・兎屋誠刊)
9月
鉄世界(ヴェルヌ、森田思軒訳・集成社書店刊)
11月
武蔵野(山田美妙・読売新聞)(～12月)

4月
和歌に宗教なし(大西祝・六合雑誌)
5月
新体 勧学歌(新体詩学研究会編・文学改良書院刊)
いなはの波(上田重女・武乃舎刊)
7月
国学和歌改良論(小中村義象、荻野由之・吉川半七刊)
10月
自由詞林(植木枝盛・市原真影刊)
11月
新撰新体詩集(岩崎熊吉編・大塚熊吉刊)
12月
新調唱歌 詩人の春(大和田建樹・文盛堂刊)
幼稚園唱歌集(文部省音楽取調掛編・文部省刊)
歌学新論(物集高見・松成堂刊)

1月
日本小説改良論(関直彦・東京日日新聞)
2月
妹と背鏡を読む(石橋忍月・女学雑誌)
馬琴小説の神髄(植村正久・女学雑誌)
日本教育原論(杉浦重剛・金港堂刊)
4月
新日本之青年(徳富蘇峰・集成社刊)
5月
第十九世紀の文明を論ず(レーザン、酒井雄三郎訳・国民之友)
三酔人経綸問答(中江兆民・集成社刊)
7月
近来流行の政治小説を評す(徳富蘇峰・国民之友)
8月
平民の目さまし(中江兆民・文昌堂磯部太郎兵衛刊)
9月
批評の標準(坪内逍遙・中央学術雑誌)
浮雲の褒貶(石橋忍月・女学雑誌)(～10月)

1月
鹿鳴館で白熱灯を点灯 東京電灯会社営業を開始
2月
「哲学雑誌」創刊(～)「国民之友」創刊(～31年8月)
「絵画叢誌」創刊(～大6年3月)
3月
植村正久、一番町教会(のちの富士見町教会)設立
4月
「同志社文学会雑誌」(創刊時「同志社文学雑誌」)(～28年4月)
大日本美術教会設立
5月
日本赤十字社創立、第一回総会開催
6月
大橋佐平、博文館を創業、「日本大家論集」を刊行
7月
和歌改良論起こる
「以良都女」創刊(～24年6月)
8月
高田早苗「読売新聞」主筆となる
「日本之女学」創刊(～22年12月)「出版月評」創刊(～24年8月)「反省会雑誌」(「中央公論」の前身)創刊(～31年12月)
10月
東京音楽学校創立
12月
保安条例公布(秘密結社集会の禁止など)、尾崎行雄、中江兆民ら東京から追放される
「欧米大家・文学之花」創刊
(生)葛西善蔵、折口信夫、長田幹彦、江口渙、山本有三、荒畑寒村、中塚一碧楼

■執筆者一覧（執筆順）

桑原 三郎（くわばら さぶろう） 1926年生まれ 慶應義塾福澤研究センター顧問
社団法人福澤諭吉協会理事
日本児童文芸家協会顧問 文学博士

平岡 敏夫（ひらおか としお） 1930年生まれ 筑波大学名誉教授

野村 幸一郎（のむら こういちろう） 1964年生まれ 京都橘女子大学文学部助教授

瀧本 和成（たきもと かずなり） 編者紹介欄に記す

上田 博（うえだ ひろし） 編者紹介欄に記す

木股 知史（きまた さとし） 1951年生まれ 甲南大学文学部教授

水野 洋（みずの ひろし） 1962年生まれ 履正社高等学校教諭

古澤 夕起子（ふるさわ ゆきこ） 1957年生まれ 立命館大学講師

山下 多恵子（やました たえこ） 1953年生まれ 長岡工業高等専門学校講師

森﨑 光子（もりさき みつこ） 1955年生まれ 立命館大学講師

田村 修一（たむら しゅういち） 1959年生まれ 立命館大学講師

池田 功（いけだ いさお） 1957年生まれ 明治大学政経学部教授

越前谷 宏（えちぜんや ひろし） 1953年生まれ 龍谷大学文学部教授

山本 欣司（やまもと きんじ） 1966年生まれ 立命館大学講師

橋本 正志（はしもと まさし） 1972年生まれ 立命館大学大学院研究生

伊藤 典文（いとう のりふみ） 1950年生まれ 編集者

椿井 里子（つばい さとこ） 1961年生まれ 花園大学講師

外村 彰（とのむら あきら） 1964年生まれ 大阪産業大学講師

村田 裕和（むらた ひろかず） 1975年生まれ 立命館大学大学院博士課程後期課程在学中

鈴木 敏司（すずき としじ） 1957年生まれ 建築家

内田 賢治（うちだ けんじ） 1976年生まれ 立命館大学大学院研修生

田口 真理子（たぐち まりこ） 1975年生まれ 立命館大学大学院研修生

■編者紹介

上田　博

1940年生まれ　立命館大学文学部教授　文学博士

著書：『石川啄木　抒情と思想』（三一書房　1994・3）、『与謝野寛・晶子　心の遠景』（嵯峨野書院　2000・9）、『別離／一路〈和歌文学大系27〉』（明治書院　2000・12）など

瀧本和成

1957年生まれ　立命館大学文学部助教授

著書：『森鷗外　現代小説の世界』（和泉書院　1995・10）、『明治文学史』（共編　晃洋書房　1998・11）、『森鷗外を学ぶ人のために』（共著　世界思想社　1994・2）など

明治文芸館Ⅰ――新文学の機運　福澤諭吉と近代文学　〈検印省略〉

2001年5月10日　第1版第1刷発行

編　者　上田　博
　　　　瀧本和成
発行者　中村忠義
発行所　嵯峨野書院

〒615-8045　京都市西京区牛ヶ瀬南ノ口町39　TEL(075)391-7686/FAX(075)391-7321　振替01020-8-40694

ベル工房・糀谷印刷・兼文堂

ISBN4-7823-0334-3